Gesänge aus Dunklen Zeiten

Phantastische Geschichten des Mittelalters

BURGENWELT VERLAG

1. Auflage | 2013
ISBN 978-3-943531-07-7

Alfred-Nobel-Str. 39 | 28207 Bremen

Lektorat | Korrektorat: Tatjana Stöckler | Isabella Benz |
Michèle-Christin Jehs | Jana Hoffhenke
Satz | Gestaltung: Jana Hoffhenke
Umschlaggestaltung | Coverillustration: Simon Stadler
Buchblock-Illustration: Detlef Klewer
Printed in Germany

www.burgenweltverlag.de | www.facebook.de/burgenweltverlag

Inhaltsverzeichnis

Vorwort der Herausgeberinnen

Als wir vor einem Jahr mit der Planung einer neuen Ausschreibung begannen, schien uns das Ziel – ein fertiges Buch in den Händen zu halten – noch unglaublich weit entfernt. Vom ersten Feilen am Ausschreibungstext bis zum endgültigen Setzen des allerletzten Kommas sind nun über zwölf Monate vergangen, die für uns Herausgebende in jeglicher Hinsicht spannend und bewegend waren.

Für die Anthologie »Gesänge aus Dunklen Zeiten« hatten wir nach Geschichten gefragt, die in eine von drei Kategorien passen sollten. Im ersten Themenbereich konnte eine mittelalterliche Geschichte geschrieben werden, in der ein phantastisches Element vorkommen musste. Die zweite Kategorie warf die Frage auf, was passiert wäre, wenn ein Ereignis in der europäischen Historie einen anderen Verlauf genommen hätte. Die Geschichten sollten dann in einer dadurch veränderten Alternativhistorie spielen. Die dritte Variante eröffnete den Schreibenden die Möglichkeit, auf den Pfaden mittelalterlicher Autoren zu wandeln und Geschichten und Geheimnisse des Mittelalters zu verfassen als wären es bislang im Verborgenen tradierte Schriften.

Die Kurzgeschichten sollten die Brücke zwischen historischer Realität einerseits und phantastischer Erzählung andererseits schlagen. Ohne im Mindesten zu übertreiben, können wir sagen, dass die eingereichten Werke unsere Erwartungen in vielerlei Hinsicht übertrafen. 170 Autorinnen und Autoren beteiligten sich an der Ausschreibung, so viele wie noch nie zuvor bei einer Anthologie des recht jungen Burgenwelt Verlages. Die Vielfalt der erdachten Geschichten und die hohe handwerkliche Qualität machten das Lesen und Bewerten für uns zu einem unvergleichlichen Vergnügen. Umso schwerer fiel die Auswahl und in einigen Fällen tat es weh, sich von guten und überzeugenden Werken nach der kurzen Bekanntschaft wieder trennen zu müssen.

Wir wollten jedoch eine breite Vielfalt zusammenführen und alle drei Themenbereiche, die wir in der Ausschreibung vorgegeben hatten, berücksichtigen.

Insgesamt fanden deshalb nach konstruktiven, aber harten Verhandlungen der Jury 15 in unseren Augen besonders gelungene Geschichten den Weg in die vorliegende Sammlung der »Gesänge aus Dunklen Zeiten«.

Wir möchten an dieser Stelle allen Teilnehmerinnen und Teilnehmern danken – jenen, die in diesem Buch versammelt sind, aber auch jenen, die es leider nicht geschafft haben. Sie alle haben dafür gesorgt, dass wir eine wundervolle und kreative Zeit während des Entstehungsprozesses der Anthologie hatten.

Den Leserinnen und Lesern wünschen wir nun ein paar gemütliche Stunden und wir hoffen, dass dieses Buch Ihnen so viel Freude bereitet, wie es bei uns der Fall war!

Isabella Benz, Michèle-Christin Jehs & Jana Hoffhenke

Basilissa

Alexander Schmidt

Gesponnen von der Moire Hand.
Des Menschen Schicksal unabwendbar.
Befreit vom Los erst wird, wessen Faden reißt.
Davor nur sein Schwingen freier Wille heißt.

Teil I – Klotho
12. Juni 816, Studiu-Kloster (Konstantinopel)

Bedächtigen Schrittes ging der Greis durch die Gänge einer der ehrwürdigsten Abteien der Kapitale. Der vom steten Schleifen über den Boden ausgefranste Saum kündete vom jahrelangen Gebrauch seiner Kutte. Doch weder an der Schönheit der Fresken an den Wänden noch an den Statuen oder Altären konnte der Mann sich erfreuen. Schließlich erreichte er das Ziel seiner täglichen Wanderungen, ertastete die steinerne Bank in der Apsis und ließ sich schwer darauf fallen. Um ihn herum herrschte die Stille der Toten. Im Zentrum des Chors standen die Sarkophage, stumme Gefährten seiner letzten Jahre. Seiner war noch leer, aber er würde nicht mehr lange warten müssen. Der Mann richtete seinen Habit und wappnete sich, wohl wissend, dass seine Widersacherin kommen würde. Heute waren die vier Jahre, die sie ihm gegeben hatte, um. Aber auch dieses letzte Mal würde der Besuch vergeblich sein.

Bald hörte er raschelnde Gewänder, die ihre nahe Ankunft verhießen. Er straffte sich, legte seine Hände in den Schoß und rief sich ihre Erscheinung an jenem schicksalhaften Tag in Erinnerung: Das Charisma dieser zierlichen Person hatte die jahrhundertealte Macht von Purpur, Gold und Perlen ins Diesseits gerückt. Widerwillig musste er sich damals niederknien, um ihre roten Stiefel zu küssen. Seine Erinnerung überhöhte sie sicherlich, doch nun war sie in all ihrer Pracht bei ihm und setzte sich, umhüllt von einem leichten Weihrauchduft, neben ihn. Wahrscheinlich war sie zum Gottesdienst in der Hagia Sophia gewesen. Von der gegenüberliegenden Seite verriet ihm ein Geräusch die Anwesenheit ihres Leibwächters, der mit seiner Rüstung an der Wand entlanggeschabt sein musste.

»Ihr hattet um eine Unterredung gebeten, Domina Irene?«, eröffnete er den Tanz der Rhetorik, der in den nächsten Stunden die Apsis zu einem Ballsaal der gelehrten Rede werden lassen würde, einem Schach im Kopf, und er durfte sich keinesfalls in Widersprüche verstricken oder ihr unterliegen.

»Kyrios Leo, meine Frage hat sich in all den Jahren nicht geändert: Werdet Ihr mich anerkennen?«

»Nein.«

»Dann werden wir ein letztes Mal zusammen in die Vergangenheit reisen und ich zeige Euch die Schwächen Eurer Argumentation und wo Ihr gescheitert seid. Beginnt bei dem Attentat auf Euch!«

»Wie Ihr befehlt, Irene. Ich werde Euch erneut berichten, wie es sich zugetragen hat: Es war am 25. April 799. Die Prozession zu Ehren des Heiligen Markus hatte gerade das Griechenkloster San Silvestro erreicht, als urplötzlich Attentäter aus der Menge auf mich zustürmten, Schläger, wie sie in den Straßen Roms schon immer zu Hause gewesen sind. Erst trugen sie ihre Waffen unter den Gewändern, aber als sie sich auf mich stürzten, zogen sie Dolche und Knüppel und rangen mich nieder. Pater Salvatore entglitt vor Schreck das schwere Vortragekreuz und es fiel dumpf auf die Erde. Ich sah nur noch, wie das Antlitz des Herrn mit Schmutz besudelt wurde. Als ich getreten und geschlagen wurde, übermannte mich der Schmerz, bis mich endlich Dunkelheit umfing.

Später erwachte ich liegend vor dem Altar von San Silvestro und um mich herum standen meine Peiniger. Ich will nicht verhehlen, dass Angst mich packte, aber mein Vertrauen in Christus, unseren Herrn, blieb ungebrochen. So stand ich auf und versprach ihnen, mich für sie einzusetzen, sollten sie mich freilassen. Doch zu meinem Unglück drang ich nicht zu ihnen durch. Sie rissen mir die heiligen Gewänder vom Leib und stülpten mir einen Sack über den Kopf. So, meiner Amtstracht beraubt, führten sie mich durch die Sakristei und wohl hinten aus der Kirche heraus, um mich durch unbelebte Gassen zu schleppen.

Nach einiger Zeit quietschte eine Tür in den Angeln und wir erreichten, dem Geruch nach Weihrauch zu urteilen, wieder eine

Kirche. Sowie sie den Sack entfernten, erkannte ich das Erasmuskloster am Monte Celio. Noch immer wusste ich nichts über meine Angreifer, als ein besser gekleideter Mann auf mich zutrat. Es war einer meiner Gegner aus dem römischen Stadtpatriziat, augenscheinlich der Auftraggeber dieser Schlägerbande!

›Leo‹, sprach er mich an, ›gesteht Ihr, dass Ihr Ämter an Eure Parteigänger verkauft habt, gesteht Ihr Ehebruch und Meineid?‹

Ich wusste nicht, wie mir geschah, und konnte auf solche Verleumdungen nur mit einem deutlichen ›Nein‹ antworten. Da trat schon einer der Schergen hinter mich, bog meinen Kopf zurück, und ein anderer packte mit der Zange zu und riss mir die Zunge heraus. Welche furchtbaren Schmerzen mir das verursachte, muss ich nicht weiter berichten, genauso wenig, welch namenlose Furcht mich in ihren Fängen gepackt hielt, bis der Glaube an den Herrn mich wieder aufrichtete.

Just in diesem Moment kam ein weiterer der Folterknechte mit einem glühenden Eisen und brannte mir das Licht aus den Augen. Zum zweiten Male an diesem Tag wurde ich ob dieses Martyriums ohnmächtig, doch wieder verließ mich mein Glaube nicht. Der Herr war bei mir, denn ich überlebte nicht nur diese grausigen Qualen, sondern wurde durch Seine Gnade gerettet. Eingesperrt im Erasmusklosters wuchs meine Zunge auf wundersame Weise nach, genauso wie meine Augen binnen kürzester Zeit Gottes herrliche Schöpfung wieder erblicken konnten. Derart durch Seinen göttlichen Willen gestärkt, konnte ich wenige Tage später vollständig genesen aus meiner Zelle entkommen.«

»Kyrios Leo«, brauste Irene auf, »so kann ich Euch nicht glauben. Wollt Ihr Euch tatsächlich Eure letzte Chance mit der Erzählung dieses erfundenen Mirakels und Eurem Starrsinn verbauen?«

»Ihr wolltet meine Geschichte hören, Irene, dies ist sie.«

»Ihr seid nicht der Löwe, der sich in Eurem Namen versteckt, alter Mann, viel eher seid Ihr ein Fuchs, der die Zeichen der Zeit zu deuten wusste. Ich werde Euch erzählen, wie es wirklich war! Ihr habt Zeit Eures Lebens die guten Dinge zu schätzen gewusst, habt Ehebruch begangen, Meineide geleistet und Ämter aller Art für blankes Gold verkauft. Euer Unrecht schrie zum Himmel, sodass sich ein paar aufrechte Diener des Herrn fanden, die Euch entmachten wollten. Sie entführten Euch bei der Prozession und brachten Euch an die besagten Orte, aber von Folter kann keine Rede gewesen sein, nicht wahr? Ihr wart gut untergebracht und nur halbherzig bewacht. Eure Entführer schrieben einen Brief an … wie hieß er nochmal, Leo? Sein Name ist mir entfallen.«

»Karl, dies war sein Name, wie Ihr sehr wohl wisst.«

»Richtig, diesem Karl schrieben sie einen Brief, weil sie in ihm den Schutzherrn der Kirche sahen. In dem Schreiben klagten sie Euch all dieser Verbrechen an und baten um einen neuen Amtsträger, da sie Euch für unfähig hielten. Wie recht sie doch hatten! Aber Euch gelang die Flucht in die Kirche des Heiligen Petri, wo Winigis Herzog von Spoleto und Abt Wirund, beides Gesandte dieses Karls, zufällig anwesend waren. Ihr tischtet ihnen diesen erdichteten Wunderbericht auf, wie Euch Zunge und Augenlicht unter Folter und furchtbaren Leiden genommen wurden, aber durch göttliches Wirken wieder geheilt seien. Ergebene Christen, die sie waren, glaubten sie Euch und nicht den Anklagen Eurer Entführer. Sie brachten Euch zu Eurer Sicherheit über Spoleto nach Franken, ins Reich ihres Königs.

Wisst Ihr, Leo, was mich wirklich interessiert? Habt Ihr Eure Entführer selbst angeheuert oder war es vielleicht sogar dieser Karl?«

»Nichts von beidem stimmt, Irene!«

»Interessant, doch warum hat der Herr Euch das Augenlicht nicht noch einmal wiedergegeben, als ich Euch blenden ließ? Vielleicht solltet Ihr darauf eine Antwort finden. Ich warte immer noch, dass dieses Wunder geschieht.«

»Der Herr wird es wissen, Irene, und er wird sich meiner annehmen. Vielleicht bedurfte ich meines Augenlichtes nur bis zu dem Tag, als Ihr es mir nahmt.«

»Wie dem auch sei. Kommt jetzt zu dem Teil, als Ihr diese lächerliche Anmaßung plantet, in diesem barbarischen Ort an der Quelle der Pader, wo sie nicht einmal die Gabel kannten.«

»Es stimmt, Domina Irene, dass ich von Wirund und Winigis nach Spoleto begleitet wurde und mich in den Schutz König Karls begeben habe. Ich will weiter berichten:

Im Spätsommer 799 erreichte unser kleiner Zug endlich Paderborn und auch König Karl, der damals Vater Europas genannt wurde. Dieser ruhmreiche Mann begrüßte mich voller Demut und zeigte sich bestürzt, als er von meiner Gefangennahme und den Misshandlungen erfuhr. Gleichzeitig aber war er voll des Staunens und erfüllt vom Glauben, als er meine genesene Zunge und meine wiederhergestellten Augen sah. Wir verstanden uns prächtig und unternahmen ausgedehnte Spaziergänge um seine Pfalz herum. Der König wollte meine Entführer zum Tode verurteilen, aber als wahrer Christenmensch bewegte ich ihn dazu, meine Peiniger zur Verbannung zu begnadigen. Im Herbst wurde ich dann von den Erzbischöfen Hildebald von Köln und Arn von Salzburg nach Rom zurückgeleitet. Die Macht des Königs der Franken, der die heidnischen Sachsen bekämpfte und das Christentum verbreitete, stand ab jetzt hinter mir, wodurch meine Rechtmäßigkeit als Papst auch von der Opposition anerkannt wurde!«

»Ach Kyrios Leo«, seufzte Irene, »Ihr bestreitet immer noch, dass Ihr schon damals mit diesem Karl über die Usurpation des Kaisertitels gesprochen habt? Das Kaisertum hat seinen Sitz in Konstantinopel! Habt Ihr nicht schon im Sommer 799 bei Eurem Besuch in Paderborn darüber geredet, wie Ihr es anstellen wolltet? Ihr als Bischof von Rom würdet Eure Macht behalten, die durch Eure innerrömischen Gegner in Gefahr war, und dieser Karl würde seinen etlichen Triumphen noch einen weiteren hinzufügen. Aus dem König der Franken sollte durch die von Euch vollzogene Krönung der Römische Kaiser werden! Von dieser Allianz wolltet ihr beide profitieren. So war die Abmachung, oder? Gebt es endlich zu!«

»Mitnichten, Domina Irene«, verteidigte sich Leo, »ich werde Euch erzählen, wie es sich verhielt: Zurück in Rom untersuchten ab dem Herbst 799 die Gesandten Karls den Fall meiner Entführung, den sie dem König dann vortragen wollten. Nachdem er mehr als ein Jahr durch sein Reich gereist war, wurde Karl am 23. November

800 kurz vor Rom feierlich empfangen. Und bevor Ihr fragt, Domina Irene, sein Anliegen in Rom war mitnichten eine Kaiserkrönung, sondern der Besuch der Apostelgräber, natürlich der Schutz meiner Person, des Papsttums und damit einhergehend die Wiederherstellung der Ordnung.«

»Wisst Ihr, Leo, wenn die Usurpation des Kaisertitels nicht Euer Ziel gewesen ist, warum wurden dann in Rom keine kaiserlichen Münzen mehr geschlagen und Urkunden nicht mehr mit der Kaisertitulatur versehen? Ich befand mich später selbst im Lateranpalast und habe Euer Mosaik gesehen: Der Heilige Petrus überreicht Euch das Pallium und Karl eine Standarte. Darunter steht: ›Heiliger Petrus, gib Papst Leo das Leben und König Karl den Sieg.‹ Dies ist eine eindeutige Abwendung vom rechtmäßigen Kaisertum. Ihr wolltet Euch einem neuen Herrn zuwenden, wie Ihr es schon in Paderborn besprochen hattet. Karls Zug nach Rom hatte nur ein Ziel: Die Kaiserkrönung!«

»Nein, Irene, Karl … Karl hatte keine Ahnung. Er war von vielen in dem kleinen Örtchen Mentana empfangen und jubelnd in die Kapitale geleitet worden, wo ich ihn vor St. Peter begrüßte. Dann begann der Prozess zur Aufklärung meiner Entführung, der einen Monat dauerte und einen Tag vor dem Heiligen Abend endete, als ich den Reinigungseid leistete. Damit unterwarf ich mich Gottes Urteil und mir sollte, falls ich etwas Unwahres sagten würde, als Strafe für Meineid die Schwurhand abfallen! Was«, ruhig lächelnd hielt er ihr sein Brustreliquiar mit dem Splitter vom Wahren Kreuz Christi entgegen, »nicht passiert ist.«

»Wohl wahr«, lachte Irene verächtlich, »Ihr listiger Fuchs! Jedoch ist mir zu Ohren gekommen, was Ihr geschworen habt: ›Die Verschwörer haben mich verstümmeln wollen!‹ Das sind Eure Worte gewesen, Leo. Kein Wort davon, dass sie es wirklich getan haben, wie Ihr noch heute behauptet! Immerhin hattet Ihr damals noch so viel Respekt vor einem Eid und vor Gott, dass Ihr dort nicht lügen wolltet. Aber weiter, schließlich kommen wir nun zum Teil, der das Antlitz der Welt verändert hat.

Wie durch göttliche Vorsehung erschienen am 23. Dezember Gesandte aus Jerusalem, die diesem Karl die Schlüssel zum Heiligen Grab und die Fahne Jerusalems überreichten und sich so seiner Herrschaft unterwarfen. Jerusalem, das geistige Zentrum der Welt, huldigte diesem Karl zwei Tage, bevor Ihr ihn, überraschend für alle, zum Kaiser gekrönt habt! Seht Ihr nicht selbst, wie abgesprochen das aussieht? Und dann, am 25. Dezember, habt Ihr bei der Weihnachtsmesse eine Krone hervorgezaubert, an der die Goldschmiede doch monatelang gearbeitet hatten. Ihr batet Karl, kurz niederzuknien, damit Ihr ihn zum Kaiser krönen könntet, weil er so ein guter Christ sei. Er sollte sich jetzt nicht zieren, schließlich sei es göttliche Fügung! König Karl ging also unwissend in die Kirche und kam als Karl, Kaiser der Römer, wieder heraus! So soll es gewesen sein, Leo?«

»Es gab damals, am Weihnachtstag 800, und es gibt auch heute, fast 16 Jahre später, keinen legitimen Kaiser mehr in Konstantinopel. Niemals kann eine Frau rechtmäßig das Imperium innehaben und mit dieser Befehlsgewalt Reich und Truppen führen! Irene, seht das doch endlich ein! Karl war damals der einzige Herrscher, der die Würde tragen konnte, und deswegen krönte und salbte ich ihn zum Kaiser. Er selbst wollte die Zeremonie nicht auf diese Weise, da ihn somit eine andere Macht, nämlich das Papsttum, legitimiert hatte und er sich von mir abhängig fühlte.«

»Ich bin mir sicher, dass Karl Bescheid wusste. Aber, Leo, ihr hättet ahnen können, was diese Nachricht in Konstantinopel auslösen würde.«

Teil II – Lachesis
11. Januar 801, Hippodrom in Konstantinopel

Ein neuer sonniger Tag begann in der erstaunlichsten Stadt des Erdenkreises, in Konstantinopel[1]. Der Sand der Arena war noch eingefärbt von den letzten Pferderennen. Die Blauen, Haralds be-

1) Reminiszenz an den Asterix-Band „Die Lorbeeren des Caesar".

vorzugte Zirkuspartei, hatten keine Kosten und Mühen gescheut, damit der Sand in ihrer Farbe erstrahlte. Harald scharrte mit dem Fuß darin, bis er die farbige Schicht durchstieß und darunter auf den gelben Sand des Hippodroms traf. Er hob den Blick und wurde sich einmal mehr der Wucht und Lautstärke bewusst, die annähernd 100.000 Menschen in der vollen Arena erzeugten. Mit allen anderen Soldaten, die auf der Rennbahn angetreten waren, wartete er auf das Erscheinen eines Strategos oder Domestikos, um eine Erklärung für den Ruf zu den Waffen zu bekommen. Die kaiserliche Garde der Herkulianer war genauso angetreten wie die eilends zusammengerufenen Tagmata: die besten Elite-Regimenter der Welt. Die Soldaten aus den Ländern des Reiches würden sicherlich erst außerhalb Konstantinopels zu ihnen stoßen, die Angetretenen dagegen füllten das ganze Hippodrom, und soweit er wusste, war dies zu ihren Lebzeiten noch nicht vorgekommen. Weit im Hintergrund stand er bei den ersten Söldnern, auf die bei Kriegszügen immer zurückgegriffen wurde. Am Vortag hatte er, genauso wie hunderte anderer, sein Kreuz auf das Papier der Rekrutierungsoffiziere gesetzt und die Nacht im Hippodrom verbracht. Sie waren, an der Sollstärke der Reichstruppen bemessen, noch nicht viele, und er hatte sich selbst ausrüsten müssen, aber er würde seinen Schnitt bei den Plünderungen schon machen – zumindest solange ihn nicht irgendein Feind zuerst erledigte.

Heute würde verkündet werden, was geschehen war. Ganz Konstantinopel hielt den Atem an, ob die Araber wieder die Grenze überschritten hatten und es in den Kampf Richtung Osten ging, oder ob sich Khan Kardam und seine Bulgaren wieder erhoben hatten.

»Solange Sold und Beute stimmen, soll es mir egal sein, wie der Gegner heißt«, sinnierte Harald in der Kühle des Januartages. Die Unruhe auf den Rängen der riesigen Arena war mittlerweile mit Händen zu greifen, da das Volk wissen wollte, was passiert war. Es wurde Zeit für eine Proklamation aus der kaiserlichen Loge!

»Woher kommst du?«, schrie sein Nebenmann, den er ob der Kakophonie kaum verstehen konnte. Die ganze Arena glich einem Bienenkorb.

»Aus dem Norden, wo die härtesten Krieger der Welt geboren werden«, gab er selbstbewusst zurück. »Und du?«

»Aus dem Osten, aus Armenien.«

Harald schaute sich den Burschen genauer an und sah einen Jüngling vor sich, dem noch nicht einmal ein Flaum wuchs. Sein eigener, honigblonder Bart konnte mittlerweile sogar geflochten werden.

»Junge, bist du dir sicher, dass du schon einmal Schwert und Schild geführt hast? Meine kleine Schwester könnte dich besiegen!«, raunzte er den Jungen an.

»Du wärst überrascht«, schmunzelte dieser zurück. »Ich bin Michael. So Gott will, decke ich deine Seite und du die meine!«

»Harald«, stellte er sich vor und reichte dem Armenier seine riesige Pranke, »und ich glaube nicht, dass …«

Weiter kam er nicht, da sich Stille ausbreitete und Bewegung in die Kaiserloge kam. Aller Augen richteten sich nach oben und die Soldaten nahmen Haltung an, als ein Heerführer an die Brüstung trat und seine Stimme durch die Arena hallte.

»Römer, Soldaten, Nachfahren Konstantins, in dessen Stadt ihr wohnt: Unerhörtes hat sich im Westen zugetragen! Ein bedeutungsloser Barbarenkönig wagt es, sich in Rom zum Kaiser ausrufen zu lassen. Er wurde ermahnt und will nicht abdanken. Wir alle, die wir in Treue dienen, wir wurden auf schändlichste, ungebührlichste Weise herausgefordert, aber wir nehmen an. Beim allmächtigen Gott, jener hat zu viel gewagt! Wir werden seine kümmerliche Horde durch unsere Übermacht vernichten, seine Männer zur Flucht zwingen und sein Land mit Salz bestreuen, wie es einst Scipio Aemilianus mit Karthago gemacht hat. Wir werden diesem Primitiven mit Hilfe des gerechten Gottes entgegentreten! Noch heute geht es westwärts auf der Via Egnatia gen Dyrrachion. Werden wir uns alleine stellen müssen? Nein, es werden weitere Verbündete zu uns stoßen. Männer, Bürger Konstantinopels, ich will, dass ihr euer Bestes gebt und noch darüber hinausgeht! Ihr seid die Elite des Reiches! Seit Konstantin ist dies das Zentrum des Römischen Imperiums. Nieder mit dem Usurpator!«

Harald schüttelte im aufbrandenden Jubel verwirrt den Kopf. »Michael, hast du schon mal von diesem König gehört? Er muss entweder sehr dumm oder sehr mutig sein, um sich mit denen«, unbestimmt deutete er auf die Elite-Regimenter, »anlegen zu wollen.«

»Wie recht du hast«, gab sein Nebenmann ebenso kopfschüttelnd zurück.

28. März 801, Adriatisches Meer

Harald stand mit dem Ruder in der Hand am Heck eines von unzähligen Schiffen, die die Meerenge bevölkerten wie die Sterne am Himmel. Er schaute voraus auf das Ufer von Brundisium, wo das Heer zu landen gedachte. Mehr als zwei Monate hatten sie bis Dyrrachion gebraucht und mittlerweile war auch der Name ihres Gegners bekannt geworden: Karl, wie er sich nannte, war der König der Franken, und er dachte immer noch nicht daran, die Kaiserwürde niederzulegen. Doch nun sah er sich der geballten Macht des größten Imperiums des Erdenkreises gegenüber. Soweit Harald gehört hatte, war durch Tributzahlungen ein Waffenstillstand mit Bulgaren und Arabern ausgehandelt worden, wodurch große Teile des Reiches als befriedet galten. Fast alle Soldaten in dieser Armee waren geschulte Veteranen von vielen Fronten, aber das wurde auch von den Kriegern dieses Karls gesagt, der mittlerweile überall im Lager »Karl der Leichtfertige« genannt wurde.

Harald besann sich wieder auf die anstehende Aufgabe, schüttelte sich die Gischt aus dem Bart und schrie seinen Männern Mut zu: »Hört auf zu kotzen, ihr armseligen Landratten, ich werde euch schon heil an Land bringen! Kämpft tapfer, und wir teilen die Beute gerecht. Macht mir ja keine Schande!«

»Ja, Pentarch«, kam es kläglich zurück.

Diese Römer waren einfach keine Seefahrer, wie schon seit jeher. Warum sie ausgerechnet ihn zum Anführer einer fünf Mann starken Vorhut gemacht hatten, war ihm schleierhaft, aber zumindest hatte er dadurch Michael zu seiner »Hand«, wie er sich und seine vier Haudegen nannte, dazu holen können. Lachend gab er Amir, dem Syrer, ein Zeichen, sich mit dem Schild voraus im Bug zu positionieren. Der kürzlich erst zum Christentum missionierte Nubier Tano sowie der Thraker Burgras ruderten sie über das adriatische Meer und rundeten seinen Söldnertrupp ab. Mit kräftigen Ruderschlägen kamen sie dem Land näher und heute würde sich zum ersten Mal zeigen, aus welchem Holz diese Franken Karls des Leichtfertigen wirklich geschnitzt waren.

»Schild höher, Amir, der Beschuss beginnt!«, schrie er dem Syrer zu und kurz danach bohrten sich schon die ersten Pfeile in die Planken seiner Nussschale.

»Rudert schneller, schneller! An Land geben wir ihnen alles zurück!«, feuerte er sie weiter an.

»Setz dich wenigstens hin, Pentarch!«, gab Amir von vorne zurück. »Stehend hilft dir mein Schild wenig.«

Widerwillig kniete sich Harald ins Heck, sah aber, dass die vordersten Schiffe schon das Ufer erreichten. Die Landung hatte begonnen. Wenig später fuhr auch der Bug seines Bootes knirschend in den Sand des Strandes und sie zückten ihre Waffen, um den Franken entgegenzutreten. Ein Blick zurück zeigte Harald, dass die großen Dromonen mit den regulären Truppen nahten. Selbst das kaiserliche Kommandoschiff kam bereits in Sicht. Voraus dagegen waren kaum Verteidiger anzutreffen. Dies schien ein guter Tag zu werden. Er packte Michael beim Arm und raunte:

»Halte dich hinter mir, dann überlebst du!« Zielstrebig setzte er sich an die Spitze seiner Männer und führte sie in die Schlacht.

17. Juli 801, Rom

Als die Befehlshaber in Sicht kamen, nahm Harald in der ersten Reihe Haltung an. Stolz betrachtete er seine Rangabzeichen, die ihn als Dekarch auszeichneten, Führer von einem Contubernium aus zehn

Männern. Nach den Scharmützeln in Rom war er für besondere Tapferkeit ausgezeichnet worden, außerdem hatte er bisher keinen Mann aus seiner Hand verloren. Michael war zwar kein herausragender Kämpfer, hatte aber taktisches Geschick bewiesen, sodass Harald ihn zu seinem Nachfolger, zum Pentarchen ernannt hatte.

Heute war das Heer an einer traditionsreichen Stelle aufmarschiert: An der Milvischen Brücke vor den Toren Roms, wo vor fast 500 Jahren Konstantin seinen Konkurrenten Maxentius besiegt und den Grundstein für ein neues Imperium gelegt hatte. Bis hierhin war ihnen wenig Widerstand entgegengetreten, fast ganz Rom war ihnen wie ein reifer Apfel in die Hände gefallen. Einzig im Vatikan und der Engelsburg, dem befestigten Grabmal Hadrians, regte sich letzter Widerstand von papsttreuen Franken und Bürgern Roms, sodass die Stadt noch nicht ganz als erobert galt. Plünderungen waren nicht erlaubt, was Harald, wie alle anderen Söldner auch, den Tag hatte verfluchen lassen, an dem er sein Kreuz gemacht hatte. Karl der Leichtfertige seinerseits hatte bisher jede Schlacht vermieden und sich noch nicht gezeigt, sodass auch hier die Beute mager ausgefallen war.

Harald spürte allerdings, dass heute etwas anders war als sonst, wenn die Soldaten für Befehle antraten. Keiner der Befehlshaber ergriff als erster das Wort und so warteten sie, bis sich von der rechten Flanke ein Raunen breit machte, das wie eine Welle auch bis zu ihm und seinen Männern vordrang. Dann sah auch er es: Die kaiserliche Entourage marschierte in Prunkrüstungen aus Purpur und Gold auf einen Hügel. In der Mitte nahm eine Gestalt den Helm ab und wandte sich mit heller Stimme an die Soldaten:

»Römer! Hier, an dieser Stelle, hat Konstantin eine entscheidende Schlacht gewonnen. Er griff Rom an und siegte, so wie auch wir Rom angriffen und siegten. Doch wie bei Konstantin ist der Krieg noch nicht vorbei. Karl flieht zusammen mit dem Papst und dem Großteil seines Heeres vor uns und versucht, sich in seine Heimat zu retten. Er nennt sich noch immer Kaiser! Männer, das nehmen wir nicht hin. Wir ziehen hinterher, nach Norden, über die Alpen und stoßen ins Herz Germaniens!«

Die Soldaten schlugen mit ihren Schwertern auf ihre Schilde und ein Ruf erhob sich, der bis weit über den Tiber schallte: »Basilissa, Basilissa, Basilissa!«

Die Kaiserin hatte gesprochen und selbst Harald war mit eingefallen, hatte sich dem Charisma der mächtigsten Frau der Welt nicht entziehen können.

Nun ging es mit der Basilissa, der ersten Kaiserin, seit Caesar die Republik zerschmettert hatte und Augustus Kaiser geworden war, nach Germanien, wo noch kein römisches Heer dauerhaften Erfolg gehabt hatte.

12. Juni 812, Aachen

Haralds gewaltiger Tritt sprengte die Tür und zwölf Mann seiner Truppe drängten ihm nach in das Zwielicht des Oktogons. Einzelne Sonnenstrahlen durchschnitten das unfertige Dach des Kirchenbaus. Geblendet dachte Harald, dass Karl zuletzt wohl doch das Geld ausgegangen sein musste. Dann hörte er nur noch das Zischen einer herabsausenden Waffe und das Kreischen von Metall auf Metall. Michael hatte den Hieb für ihn pariert. Als Haralds Sicht sich wieder klärte, war sein Kampfgefährte schon heran, um dem hünenhaften Franken sein Schwert in die Brust zu treiben. Stolz blickte Harald sich um. Nach mehr als zehn Jahren war aus dem Jüngling ein Krieger geworden und aus Harald ein Comes, dessen 200 Mann in der Schlacht um Aachen einen hohen Blutzoll bezahlt hatten. Michael und er waren im Laufe des Kieges zu einer eingespielten Einheit geworden und hatten sich gegenseitig unzählige Male den Rücken gedeckt. In Mainz hätte Harald ohne ihn das Zeitliche gesegnet, von Trier ganz zu Schweigen, wo sie Burgras verloren hatten. Köln hatte fast fünf Jahre standgehalten und den Tod von Amir und Tano gesehen, aber auch dort war ihnen Karl der Leichtfertige entkommen. Doch jetzt war die Jagd vorbei. Die restlichen Leibwächter legten ihre Waffen nieder, als sie die Unausweichlichkeit ihrer Lage erkannten. Zusammen mit seinen Männern suchte Harald Karl und fand ihn im Obergeschoss auf einer Art erhöhtem Thron sitzend, der genauso lächerlich aussah wie der selbsternannte Kaiser. Zu seinen Füßen standen der Papst sowie ein paar weitere Würdenträger. Harald, genau wie alle anderen Anwesenden auch, wusste, dass es vorbei war. Er gab den Befehl, auf den alle so lange gewartet hatten: »Ruft die Basilissa, wir haben ihn!«

Keine Stunde später erschien die Herrscherin im kaiserlichen Purpur mit wenigen ihrer Leibwächter. Ihr Ornat war prunkvoll mit Gold und Perlen ausgestattet.

»Karl, König der Franken«, hob sie an, »steigt von diesem Stuhl herab und ergebt Euch. Die Milde Caesars wurde oft als sein bester Charakterzug gepriesen. Wenn Ihr Euch also mitsamt den Euren unterwerft, will auch ich Milde zeigen.«

Harald sah es in den Augen des alternden Mannes, er würde sich niemals ergeben, er hatte das Herz eines Kriegers. Als der König aufstand, stürmte Harald schon vor. Tatsächlich zog Karl der Leichtfertige seinen Dolch, um sich vom Thron herab auf die Kaiserin zu stürzen. Harald riss die Basilissa zur Seite – der Dolch traf und es wurde schwarz um ihn.

12. Juni 816, Studiu-Kloster (Konstantinopel)

Harald veränderte seine Position an der Klosterwand und stellte fest, dass er mal wieder in seinen Erinnerungen versunken war, während die beiden Kontrahenten sich ihre Versionen entgegenhielten. Er gönnte sich einen Blick auf seine Kaiserin, die majestätisch neben dem alten Papst saß. Von dem Ausgang des Kampfes im Aachener Oktogon wusste Harald kaum noch etwas. Im Lazarett hatte Michael ihm erzählt, dass die Leibwächter mit dem Usurpator kurzen Prozess gemacht hatten. Sein Gefolge war gefangen genommen worden. Karl der Leichtfertige hatte die Milde der Basilissa verspielt und war zu Füßen seines Thrones verblutet. Papst Leo sowie die weiteren Würdenträger waren geblendet und zusammen mit der Leiche Karls nach Konstantinopel gesandt worden, um ihr Lebensende unter

Aufsicht im Studiu-Kloster zu verbringen. Alles Zureden ihrer Berater hatte nichts genützt, Aachen war auf Befehl der Kaiserin geschleift und von der Landkarte getilgt worden. Symbolisch hatte die Kaiserin selbst Salz auf das Land gestreut, die heißen Quellen verschütten lassen und verkündet, dass nie wieder an dieser Stelle eine Stadt gebaut werden dürfe. Im selben Jahr noch hatte das Frankenreich im Frieden von Laurensberg kapituliert und Irene anerkannt, die danach die Eingliederung ins Römische Reich befohlen hatte.

Harald hatte seine Rettungstat mit einem Auge bezahlt, das selbst der kaiserliche Medicus nicht hatte retten können. Eine eindrucksvolle Narbe zierte nun sein Gesicht und es war ein Wunder, dass er überhaupt noch lebte. Er war wegen dieser Tat in die Leibgarde der Herkulianer aufgenommen worden, die das Leben der Basilissa auf Schritt und Tritt beschützten. Zu diesem Zweck war er immer bei den Treffen zwischen Irene und Papst Leo zugegen. Im Grunde wussten alle Anwesenden, dass die Kaiserin, wie stets zuvor, bei dem alten Mann nichts würde erreichen können. Der Widerstand in Rom war nie gebrochen worden und sie hatte Papst Leo nicht zu einem Märtyrer machen wollen, der die Rebellion nur noch weiter beflügelt hätte. Eine Ironie des Schicksals, dass gerade dieser in Rom so unbeliebte Papst jetzt für die Römer zum Aushängeschild ihres Kampfes geworden war.

»Das Papsttum ist am Ende, Leo«, beschloss die Kaiserin ihren Disput. »Ihr, genauso wie Eure Anhänger in Rom, seid nur ein Relikt vergangener Tage. Unser Kaiserreich erstreckt sich mittlerweile wieder bis zum Hadrianswall im Norden und überall werde ich, wie es seit Konstantin üblich ist, durch den Kaisertitel als höchste Autorität in christlichen Glaubensfragen akzeptiert. Wenn Ihr so wollt, mein alter Weggefährte, bin ich der Papst, und ein besserer, als Ihr es je wart! Auch Rom wird das eines Tages akzeptieren müssen! Mit Euch oder, wie ich eher vermute, ohne Euch. Also Leo, zum letzten Mal, akzeptiert Ihr mich als höchste Autorität des Christentums?«

»Niemals, Irene! Eine Frau kann weder Kaiser noch Gottes Stellvertreter auf Erden sein!«

Die Basilissa erhob sich und trat auf Harald zu.

»Kommt, Waräger. Auch im Angesicht des Todes bleibt der letzte Papst, den die Welt gesehen hat, unbelehrbar. Er wird heute sein Grab neben diesem Karl finden. Verbreitet, dass er an Altersschwäche gestorben ist.«

Teil III – Atropos

Als er [Karl der Große] aber dort [in Rom] einige Tage blieb, um sein Heer wieder in Ordnung zu bringen, berief der apostolische Bischof aus der Nachbarschaft zusammen, so viele er konnte, und vor ihnen und vor den unbesiegbaren Begleitern des ruhmreichen Karl rief er diesen, der nichts weniger vermutete, zum Kaiser und Beschützer der römischen Kirche aus. Ablehnen konnte es dieser nicht, da er es für eine göttliche Fügung hielt, doch nahm er es nicht gerne an, weil er dachte: die Griechen würden, von noch heftigerem Neid entflammt, etwas zum Schaden des Frankenreiches ins Werk setzen [...].

Notker der Stammler (883 n. Chr.)[2]

2) Notker, Taten Karls hg. von Reinhold Rau, Quellen zur karolingischen Reichsgeschichte, Bd. 3, Darmstadt 1992. (Freiherr vom Stein-Gedächtnisausgabe, 7), S. 363.

Über den Autor

Die Erforschung des Vergangenen von Antike zu Mittelalter und Früher Neuzeit ist für Alexander Schmidt sowohl tägliche Arbeit als auch Vergnügen. In seinen belletristischen Erzählungen versucht er den kulturellen Hintergrund der Zeit einzufangen, damit der Leser die kleinen Geschichten innerhalb der großen Geschichte entdeckt und zum Weiterlesen angeregt wird. Geboren 1977 in Rheinberg, liegt sein Lebensmittelpunkt mittlerweile im westfälischen Münster, wo er mit seiner Lebensgefährtin wohnt.

Der Denkzettel

Barbara Siwik

Man schrieb das Jahr des Herrn 1022. Es war Winter, kalt und dunkel. Die es einrichten konnten, blieben hinter dem Ofen hocken, es sei denn, sie froren aus Mangel an Feuerholz oder zur Ehre des Himmels, weil sie Armut gelobt hatten. Coelestina, die Pförtnerin des Benediktinerinnenklosters zu Kaufungen, gehörte zu Letzteren. Soeben stolperte sie bibbernd über den verschneiten Klosterhof, vorbei an den Mauern der fast vollendeten neuen Kirche, die finster in den Himmel ragte. Sie war wegen eines unverhofft eingetroffenen Gastes wieder mal viel zu spät dran.

Aus der Kapelle wehte ihr der Singsang der Nonnen entgegen, die längst mit der Komplet – dem Abendgebet – begonnen hatten.

Es ließ sich nicht verhindern, dass die Kapellentür bei Coelestinas Eintritt misstönend quietschte. Für Bruchteile eines Augenblicks stockte der Gesang, aber nur die Äbtissin hob missbilligend den Kopf.

»Wenn sie doch mit sich selbst so streng umginge«, dachte die Pförtnerin unwillig und huschte zum letzten Platz rechts im Gestühl.

Wer sich verspätete, musste zur Buße während der Gebete stehen. Das war zwar ermüdend, aber im Winter durchaus auch ein Vorteil: Man vermied die Berührung mit dem von Raureif überzogenen Holz. Zudem konnte man den Blick unter der Kapuze hervor unauffällig schweifen lassen. Während Coelestina also fromm die in jahrelanger Übung auswendig gelernten Texte mitbetete und -sang, spähte sie in die Dunkelheit der Kapelle hinein. Dort zeichnete sich, außerhalb des Lichtkreises der Kerzen kaum wahrnehmbar, ein Schatten ab. Das konnte nur der Benediktiner sein, den sie vor einer knappen Stunde durch die Klosterpforte eingelassen hatte. Merkwürdig, dass er noch vor ihr hier war, obgleich sie ihn doch gerade erst im Dormitorium für Gäste verlassen hatte.

Der Böse reitet, schnell hörte sie die Großmutter daheim in der Kate krächzen, und vermutlich ritt der Satan auch wirklich gelegentlich in

Gestalt mancher Edlen aufgeputzt über den Klosterhof, aber gewiss scheute er Weihwasser und betrat keine Kirche.

Vielleicht hätte sie trotzdem darauf bestehen sollen, dass der Mönch ihr Name und Herkunft nannte. Stattdessen hatte sie nur gefragt, ob er in Ordensangelegenheiten unterwegs sei und sich mit einem Nicken von seiner Seite zufriedengegeben. Sei's drum! Hier im Kloster galt das Gesetz: Verwehre keinem Zuflucht, der zu später Stunde anklopft! Also hatte sie den Mönch hereingeführt, ihm ein Lager für die Nacht bereitet und weil Solongia, die Kellermeisterin, inzwischen bereits zum Gebet gegangen war, sich auch noch um eine Mahlzeit für ihn gekümmert – Wasser, Brot und Zwiebeln.

Während dieser Zeit war kein einziges Wort zwischen ihnen gefallen.

Coelestinas Blick glitt zur Äbtissin hinüber. Von deren Gesicht war wegen der Kapuze nicht viel zu erkennen, soviel jedoch schien sicher: Frau Udas Gedanken waren nicht beim Gebet, denn sie bewegte die Lippen nicht. Der Gast konnte daran nicht Schuld haben, denn sie wusste noch gar nichts von ihm. Erst morgen würde sie von seiner Anwesenheit erfahren, weil zwischen dem Abend- und Morgengebet im Kloster das Große Schweigen herrschte. In dieser Hinsicht führte Äbtissin Uda ein strenges Regiment nach benediktinischer Regel. Für sich selbst legte sie die *regula* weniger wortgetreu aus.

Als ehemalige Kaiserpfalz beherbergte das Kloster Kaufungen häufig hohe Gäste auf der Durchreise nach dem Süden und die Äbtissin ließ es sich nicht nehmen, die edlen Herrschaften persönlich zu empfangen. »Sie spielt wieder die Hochgeborene«, lästerten die Nonnen, wenn sie verbotenerweise durch die nur scheinbar geschlossenen Fensterläden in den Hof lugten; und ein bisschen Neid schwang durchaus in solchen Bemerkungen mit. Doch war es denn notwendig, dass Frau Uda sich wie eine Dame beschenken ließ, an der Tafel der Herrschaften den Vorsitz führte und deshalb oft die vorgeschriebenen Gebetszeiten versäumte? Falls solches Kaiserin Kunigunde endlich zu Ohren gekommen war, dann hatte die Hohe Frau diesen Mönch vielleicht als …

Die Nonnen sangen »nunc dimittis servum tuum domine« – nun entlässt du, Herr, deinen Knecht – und rissen Coelestina aus dem Grübeln.

Das Bibbern in der Kälte hatte bis zur nächsten Gebetszeit ein Ende.

Wegen der anmaßenden Gedanken, die den Lebenswandel der Äbtissin betrafen, betete die Pförtnerin in Windeseile ein *Vaterunser* und ein *Ave Maria*, die vorgeschriebene Buße für kleinere Sünden, und reihte sich in die Prozession der Nonnen ein, die der Kreuzträgerin über den Hof ins Klostergebäude folgten.

Der Mönch musste die Kapelle schon vorher verlassen haben …

~

Im Dormitorium der Benediktinerinnen war es kalt. Einen Kamin gab es nur im Refektorium. Vorhänge trennten die Schlaflager voneinander. Schweigend legten die Nonnen Umhang und Schleier ab und schlüpften im Habit unter die groben Decken. Die benediktinische Regel verlangte, dass sie angekleidet und gegürtet schliefen – in der kalten Jahreszeit eine Wohltat, im Sommer jedoch mitunter eine zusätzliche Buße.

Nach und nach erloschen die Kerzen, nur neben Coelestinas Lager blieb es hell. Sie hatte in dieser Nacht Weckdienst. In wenigen Stunden musste sie die Schwestern zum nächtlichen Gebet rufen. Auch wenn sie schlief, würde ihr Ohr das Klicken des aus der Kerzenuhr herabfallenden Metallplättchens wahrnehmen. Es war so ziemlich das erste, das man an klösterlichen Nachtgeräuschen verinnerlichte.

Zur Rechten hörte sie hinter dem Vorhang Solongias unruhiges Atmen. Die Kellermeisterin war noch wach.

Schweigen hin, Schweigen her! *Ich muss es loswerden*, dachte Coelestina. *Wozu hat Gott mir eine Zunge gegeben, wenn ich sie nicht zur rechten Zeit nutze?*

Vorsichtig schob sie den Vorhang ein wenig zur Seite.

Solongia saß sofort aufrecht.

»Im Gäste-Dormitorium schläft ein Benediktiner«, hauchte Coelestina.

»Er klopfte vor der Komplet … kommt vielleicht aus Bamberg … ist vielleicht ein Prüfer …«

»Meinst du, sie wird abgesetzt?«, wisperte Solongia.

»Weiß nicht«, flüsterte Coelestina und ließ den Vorhang zurückgleiten.

~

Äbtissin Uda nahm für sich das Privileg einer angewärmten Kammer in Anspruch. Auf der Pfanne glühten Holzkohlen und zusätzlich zur groben Decke befand sich auf ihrem Lager ein wärmendes Fell. Ein geräumiger Schrank ließ den Schluss zu, dass die Äbtissin auch sonst einiges besaß, das nicht allen zugänglich war. Zwar hatte der Ordensgründer Sankt Benedikt in seiner *regula* weise verfügt, dass das Laster des persönlichen Eigentums mit der Wurzel auszurotten sei, doch wie sollte die Kellermeisterin mit Geschenken wie etwa einer einzelnen Karaffe Wein aus Burgund wirtschaften? Oder gar mit dem süßen Backwerk, das ein luxemburgischer Vetter Uda erst wenige Tage zuvor von einer Reise mitgebracht hatte?

Es wäre unhöflich gewesen, solche Geschenke nicht anzunehmen und es war in jedem Fall Sünde, sie verderben zu lassen. Also empfand die Äbtissin keine Gewissensbisse, als sie sich nach dem Aufenthalt in der zugigen Kapelle einen Becher Wein einschenkte und dazu vom süßen Gebäck naschte. *Schließlich bin ich nicht irgendwer, sondern die Nichte der Kaiserin,* dachte sie.

Was wäre nur aus ihr in dem weltfernen, burgundischen Nest geworden, ohne Aussicht auf eine standesgemäße Heirat? Da war es wesentlich besser, über einen Nonnenkonvent zu herrschen, hin und wieder als Gastgeberin mit Ebenbürtigen zu tafeln und sich von ihnen hofieren zu lassen. Bis zum Sommer sollte die neue Kirche vollendet werden. Kein Geringerer als der Bamberger Bischof würde sie konsekrieren. Neben ihm aber würde sie stehen, ihm gleich an

Bedeutung, in der Hand den Äbtissinnenstab. Über ihr gab es nur noch den Kaiser und die Kaiserin.

Zufrieden mit sich und der Welt und müde vom Weingenuss sank Äbtissin Uda aufs Lager und zog das Fell bis unters Kinn.

~

In dieser Nacht fiel der Schnee in dichten Flocken.

Pünktlich eine Stunde nach Mitternacht weckte Coelestina ihre Mitschwestern; es war Zeit für die Matutin.

Während die Nonnen zum Aufwärmen ins Refektorium schlüpften, pochte sie erst verhalten, dann heftig an die Kammertür der Äbtissin, aber dahinter blieb es still.

Wie überall im Kloster gab es auch an dieser Tür kein Schloss, doch nie hätte eine der Schwestern gewagt, den Türriegel ohne Aufforderung zurückzuschieben und die Kammer zu betreten. Coelestina klopfte daher noch mehrmals, immer mit dem gleichen Ergebnis.

Im Refektorium warteten die Benediktinerinnen inzwischen geduldig und schweigend auf das Erscheinen der Äbtissin. Als Coelestina allein zurückkam, wussten alle, Frau Uda würde wieder einmal das gemeinsame Gebet versäumen.

Die Sakristanin ergriff das Stangenkreuz und führte die Prozession durch den tiefen Schnee zur Kapelle.

Von ihrem Platz aus hielt Coelestina Ausschau nach dem Mönch. War er ein echter Benediktiner, dann würde er die Matutin nicht versäumen, war er etwas anderes …

Diesmal erschien der Fremde nicht. Da hielt es Coelestina nicht mehr im Gestühl. Unbekümmert um das Quietschen der Tür schlüpfte sie aus der Kapelle und kämpfte sich durch den Schnee zurück ins Dormitorium der Gäste. Leise öffnete sie die Kammertür des Fremden einen Spaltbreit und horchte in die Finsternis. Aber da atmete niemand.

»Guter Gott!«, dachte sie beunruhigt, »wer hat sich da eingeschlichen?«

So schnell es ihr möglich war, tastete sie sich in der Finsternis zurück auf den Hof und watete hinüber zum Dormitorium der Nonnen …

~

Jäh fuhr die Äbtissin aus ihrem tiefen Schlaf empor. Am Eingang der Kammer stand eine Gestalt, einem Mönch sehr ähnlich.

Der Fackelschein aus dem Gang warf den Schatten des Mannes verzerrt auf den Ziegelboden, das Gesicht des Fremden wurde von der Kapuze verdeckt.

»Wer hat Euch erlaubt, hier einzutreten?«, rief Uda aufgebracht. »Wisst Ihr nicht, wen Ihr vor Euch habt?«

»Eine Sünderin«, erwiderte der nächtliche Besucher in verächtlichem Ton. Hinter ihm fiel die Tür krachend ins Schloss. Die blakende Öllampe auf dem Tisch wurde plötzlich um vieles heller. Das Licht brach sich in der Weinkaraffe, die neben der Tonschale mit dem Gebäck stand. Der Mönch ergriff das Gefäß und ließ es zu Boden fallen.

Beim Klirren des splitternden Glases zuckte Uda zusammen. Schreck und Empörung standen ihr gleichermaßen ins Gesicht geschrieben.

Sie wollte aufschreien, doch die Stimme gehorchte ihr nicht.

»Erhebe dich!«, befahl der nächtliche Besucher streng.

Seit ihren Kindertagen hatte niemand mehr in diesem Ton mit Uda gesprochen und die Äbtissin hatte nicht vor, dem Befehl Folge zu leisten, doch eine geheimnisvolle Kraft zog sie gegen ihren Willen vom Lager empor.

»Knie nieder!«, hörte sie die Stimme des Mönches. »Hier!«

Dabei wies er auf die Weinlache und die darin schwimmenden Glasscherben. Die Äbtissin wagte nicht zu widersprechen.

Wie Messer gruben sich die Splitter durch den Habit in ihre Knie. Während sie vergeblich versuchte, am Tischbein Halt zu finden, um dem schlimmsten Schmerz zu entgehen, dachte Uda: *Ich träume … gleich werde ich erwachen! Wie sollte sich ein Fremder einschleichen?*

Er müsste sich im Kloster auskennen. Mit dünner Stimme stammelte sie, man werde sie gleich zum Gebet rufen und dann werde …

»Den Weckruf, Uda, hast du verschlafen und die Art deiner Gebete machen dem Satan Freude, nicht dem Himmel«, unterbrach sie der Fremde barsch. »Eine Abtrünnige bist du. Brichst die *regula*, in der es heißt: Zu leben nicht nach eigenem Gutdünken, zu gehorchen nicht eigenen Begierden, zu zittern vor dem Wort, das von den Nachlässigen sagt, verdorben sind sie in ihren Gelüsten. Zu ihnen spricht Gott: Was zählst du meine Gebote auf, da Zucht dir verhasst ist und du meine Worte hinter dich wirfst? Stolze und Ungehorsame soll man durch Züchtigung im Zaum halten, denn es heißt: Schlage deinen Sohn, so rettest du sein Leben vor dem Tod.«

Obwohl sie in einer Kammer gesprochen wurden, hallten die Worte der benediktinischen Regel wie in einer Kirche.

»Wer seid Ihr?«, wimmerte die Äbtissin.

Der Mönch antwortete nicht, aber er versetzte der Knienden unversehens einen Schlag ins Gesicht. Die Ohrfeige brannte wie Feuer, und dies schien sich im gesamten Körper auszubreiten. Uda schrie auf und hielt sich den Kopf. Vor ihren Augen kreisten glühende Räder; die Glasscherben bohrten sich tiefer in ihre Knie; schließlich raubte ihr der Schmerz das Bewusstsein …

~

Draußen stand Coelestina zitternd in einer Nische des Ganges. Sie hatte sich nicht geirrt: Der Fremde war wegen Frau Uda hier!

Seine furchterregende Stimme jagte ihr einen Schauer nach dem anderen den Rücken hinunter. Wer war dieser Mann, dass er eine Äbtissin schlagen durfte? Denn anders konnte sie das klatschende Geräusch und den Schrei Udas nicht deuten!

Unvermutet stand der Fremde im Gang. Wann hatte er die Kammertür geöffnet und geschlossen? Coelestina presste sich tiefer in die Nische und hielt die Luft an, als er geräuschlos an ihr vorüberglitt und am Ende des Ganges mit der Finsternis verschmolz.

Der Böse reitet schnell, hörte sie die Stimme der Großmutter, die mehr über dunkle als über lichte Mächte gewusst hatte. Nein! Der hier war gewiss nicht der Böse! Es sei denn, er hätte in der Hölle die *regula Benedicti* eingeführt.

Erst als sie wieder in der Lage war, ruhig zu atmen, öffnete Coelestina behutsam die Kammertür. Weindunst schlug ihr entgegen.

Aha, deshalb war Frau Uda nicht zu wecken gewesen! Und an Gebäck hatte sie sich auch in aller Heimlichkeit gütlich getan.

Die Äbtissin lag zusammengekrümmt auf dem Boden.

Coelestina schob die Unterarme in die weiten Ärmel ihres Habits und betrachtete die reglose Gestalt. Ihr Mitleid hielt sich in Grenzen, allerdings in immer noch christlichen: Wer Unrecht tat, handelte sich Strafe ein. Darin unterschied sich das klösterliche Leben nicht von dem, das sie daheim in der Kate des Vaters geführt hatte.

Schließlich bückte sie sich und zerrte die Ohnmächtige mühsam auf ihr Lager. Der Habit der Äbtissin war feucht vom Wein und dort blutig, wo die Scherben sie verletzt hatten. Coelestina unterließ es, die Splitter zu entfernen und bedeckte Frau Uda nur mit dem Fell. Sollte die Äbtissin doch denken, sie sei selbst dorthin gekrochen. Coelestina jedenfalls würde kein Wort darüber verlieren, dass sie in der Kammer gewesen war. Eilig verließ sie den Raum und erwartete die Mitschwestern im Dormitorium. Manchmal war das Große Schweigen ein Segen – niemand konnte sie vor morgen früh fragen, warum sie die Kapelle vorzeitig verlassen hatte.

~

Nach den Laudes, zu denen Coelestina die Äbtissin erst gar nicht geweckt hatte, flüsterte Solongia: »Ich schaue nach dem Mönch; der wird Hunger haben.«

Schon bald war sie mit allen Anzeichen der Bestürzung zurück, zog die Pförtnerin im Refektorium auf die Seite und erklärte, das Lager sei unberührt, ebenso das Abendbrot.

Coelestina hatte Ähnliches bereits befürchtet, versicherte jedoch – der Wahrheit entsprechend – sie habe den Mönch beim Abendgebet in der Kapelle gesehen.

»Der ist längst über alle Berge«, sagte Solongia enttäuscht. »Ein Prüfer scheint er jedenfalls nicht gewesen zu sein.«

Über alle Berge – das war wohl nicht ganz zutreffend. Dazu gehörten Wege und fester Tritt. Beides schien der Gast nicht nötig zu haben. Doch über das nächtliche Ereignis würde Coelestina auch mit Solongia nicht sprechen, denn sie verbot es sich, eins und eins in rechter Weise zusammenzubringen. Also versicherte sie nur, dass ein der *regula* kundiger Prüfer schnell erkannt haben könne, dass Frau Uda vom Pfad der Frömmigkeit abgewichen sei.

»Hast du die Kapelle verlassen, um dieser Sache nachzugehen?«, wollte Solongia wissen.

Coelestina versprach dem Himmel, einen ganzen schmerzhaften Rosenkranz zu beten, schüttelte den Kopf und log tapfer, es sei sie nur ein menschliches Rühren angekommen. »Doch als ich eben an der Pforte nach dem Rechten sah, fand ich den Riegel zurückgeschoben.«

Für heute hatte sie das erlaubte Maß der Notlügen ausgeschöpft!

~

Äbtissin Udas Platz blieb auch beim Frühmahl leer. Das gab unter den Nonnen Anlass zu zahlreichen bissig geäußerten Vermutungen.

Coelestina gelobte einen weiteren schmerzhaften Rosenkranz als Buße und sagte, die Äbtissin habe sie wissen lassen, dass sie sich krank fühle.

Um die Mittagszeit pochte es erneut an die Klosterpforte.

Diesmal begehrte ein Tross mit Pferd und Wagen Einlass – die Hohe Frau Kunigunde beehrte das Kloster Kaufungen. Das geschah fast immer unangemeldet, aber niemals ohne Grund.

Die älteste Nonne unternahm es, die Kaiserin zu begrüßen, während die Kellermeisterin und einige Schwestern hierhin und dorthin huschten, um dem hohen Besuch den Aufenthalt in den zu dieser Zeit ziemlich unwirtlichen Mauern erträglich zu machen.

»Wo ist Äbtissin Uda?«, erkundigte sich die Kaiserin stirnrunzelnd.

»Sie hat sich … sie ist unpässlich«, stammelte die alte Nonne. »Wenn Ihr befehlt, Hohe Frau, werde ich sie …«

»Es eilt nicht«, wehrte Kunigunde ab und ließ sich zu ihrer Kammer begleiten. Kaufungen war ihre Heimstatt und Zuflucht.

Nein, es eilte nicht. Was sie mit der Nichte zu besprechen hatte, war unangenehm genug. Wenn das Gerücht der Wahrheit entsprach, dann verhielt sich Uda nachlässig in der Einhaltung der Ordensregeln und der gute Ruf des Klosters geriet in Gefahr. Sie selbst hatte der Nichte Kaufungen in der Annahme anvertraut, dass die Tochter ihrer Schwester dem Namen der Familie und dem Kaiserhaus Ehre machen werde. Also war es nun auch ihre Aufgabe, den Ruf des Klosters rein zu halten.

Kunigunde besprach Probleme grundsätzlich zuerst mit dem Allmächtigen und erst dann mit dem Kaiser; manchmal auch nur mit dem Himmel. Darin hatte sie Übung und traf wohl auch den rechten Ton, sofern es dafür besonderer Vorschriften bedurfte! Auch in diesem Fall war es so gelaufen und aus den Höhen der Himmlischen war ihr als Antwort ein recht seltsamer Traum geschickt worden …

~

Vor dem Mittagsgebet hüllte sich die Kaiserin in den Mantel der Benediktinerinnen, den sie hier statt königlicher Gewänder trug. »Wartet im Refektorium«, befahl sie den Nonnen und machte sich auf den Weg zu Udas Kammer.

Kunigunde war Kaiserin durch Gottes Gnade. Hohe geistliche Würdenträger beugten das Haupt vor ihr. Also tat sie, was keiner einfachen Klosterfrau ohne Aufforderung erlaubt war: Sie öffnete die Kammertür der Äbtissin und trat ein.

Die Luft war verbraucht, es roch nach kalter Asche und schal gewordenem Wein. Unter Kunigundes Schuh knirschten Glassplitter.

Mit wenigen Schritten war sie bei dem schmalen Fenster und riss den Laden auf. Eisige Winterluft strömte herein.

Die Kaiserin blickte sich um und nickte, als habe sie nichts anderes erwartet. Auf dem Tisch stand eine Schale mit Gebäck. Jemand hatte eine Glaskaraffe auf dem Boden zertrümmert. Die Weinlache auf dem Ziegelboden war mit Eiskristallen überzogen und von Splittern durchsetzt. Unter einem Schaffell lag die Äbtissin und atmete stoßweise, als quäle sie ein schwerer Traum.

Kunigunde beugte sich zu der Schlafenden hinunter und schlug das Fell zurück. Udas rechte Gesichtshälfte war fahl, die linke dagegen feuerrot.

»Er hat es getan«, murmelte die Kaiserin. »Es ist tatsächlich geschehen.«

Sie fasste die Nichte bei der Schulter, rüttelte sie und rief mehrmals deren Namen.

Verwirrt fuhr die Äbtissin empor, streckte abwehrend die Hände gegen ihre Tante aus und schrie in panischer Furcht: »Apage satanas! Apage satanas!«

»Weit hast du es gebracht, Uda«, rief Kunigunde zornig, »wenn du in mir schon den Satan siehst.«

Aufschluchzend fiel die Äbtissin der Kaiserin in die Arme und berichtete, von Weinen geschüttelt, dass ein Dämon sie in der vergangenen Nacht heimgesucht habe. »Er hat mich auf Glassplittern knien lassen ... hat mich geschlagen ... mich ins Höllenfeuer geworfen«, wimmerte sie.

»Weit hast du es gebracht«, wiederholte Kunigunde, »wenn du zwischen guten und bösen Mächten nicht mehr unterscheiden kannst. Wann führten Satan und seine Gefolgschaft je Gott im Munde? Wer sollte die *regula* denn besser kennen als Sankt Benedikt? Er war es, der sich aus den Sphären der Himmlischen herabbemühte und dich wegen deiner Nachlässigkeiten züchtigte. Ich sah es in einem Traum voraus.

Aber auch das besagt die *regula*: Wie es einen bösen Eifer gibt, der von Gott trennt, so gibt es den guten Eifer, der zu Gott führt. Deshalb steh endlich auf und besinne dich.«

Mit zusammengebissenen Zähnen zog sich die Äbtissin unter dem gestrengen Blick der Kaiserin die Glassplitter aus den Knien, wechselte den beschmutzten Habit und warf sich mit zitternden Händen den Schleier über.

Kunigunde aber griff nach der Schale und warf sie samt Gebäck aus dem Fenster. Kreischend machten sich die Raben über das unverhoffte Mahl her.

Gemeinsam betraten die beiden Frauen dann das Refektorium, eingehüllt in die klösterliche Namenlosigkeit der Kapuzenmäntel.

Bei ihrem Erscheinen setzten sich die Nonnen in Bewegung.

Langsam zog die Prozession über den verschneiten Klosterhof, vorbei an der unfertigen Kirche, hinein in die Kapelle. Als Letzte folgten die Kaiserin und die Äbtissin. Die langen Mäntel verbargen, dass beide barfuß durch den Schnee liefen. Kunigunde hoffte sehr, der Himmel werde dies als Akt der Wiedergutmachung für den bösen Eifer gelten lassen, mit dem ihre Nichte Uda die *regula Benedicti* mit Füßen getreten hatte.

~

Äbtissin Uda behielt für den Rest ihres Lebens ein feuerrotes Drei-Finger-Mal auf der linken Wange. Und da nicht einmal die Benediktinerinnen von Kaufungen die wahre Geschichte der Herkunft dieses Males kannten, in der vornehmen Gesellschaft vielen jedoch gewisse Nachlässigkeiten der Äbtissin zu Ohren gekommen waren, tuschelte man bald von Kaufungen bis Bamberg hinter vorgehaltener Hand, die Kaiserin habe ihrer Nichte in bewährter familiärer Weise einen handfesten Denkzettel verpasst.

Nur die fromme Kunigunde und die Pförtnerin Coelestina hätten die Wahrheit anzubieten gehabt, aber die Erstere schwieg aus Gründen der Ehre und die Letztere war sich eben nicht so sicher, ob sie eins und eins richtig zusammenbrachte.

~

Historisch-legendärer Hintergrund

Kunigunde, Tochter des Grafen Siegfried von Lützelburg, wurde 999 die Frau Kaiser Heinrich des II.
1002 wurde sie mit diesem in Paderborn durch Erzbischof Willigis von Mainz zur deutschen Königin, 1014 in Rom durch Papst Benedikt VIII. zur Kaiserin gekrönt.
Kunigunde gründete vor 1017 das Benediktinerinnenkloster in Kaufungen, in das sie nach Heinrichs Tod 1024 selbst als einfache Nonne eintrat.
Sie bestimmte dort ihre Nichte Uda (Jutta) zur Äbtissin, was sie allerdings nicht davon abhielt, diese einmal zu ohrfeigen, weil sie zu genusssüchtig und bequem zu werden drohte.
Die Abdrücke der Finger seien als rote Streifen auf Udas Wange sichtbar geblieben, heißt es.
Kunigunde wurde im Jahr 1200 durch Papst Innozenz III. heiliggesprochen.

Über die Autorin

Barbara Siwik wurde in Liegnitz (Legnica) geboren und wuchs in Falkenberg/Elster auf. Nach dem Abitur absolvierte sie ein sozialpädagogisches Fachschulstudium in Berlin und einige Jahre später ein bibliothekarisches Fachhochschulstudium in Leipzig. Es folgte eine langjährige Tätigkeit als Dipl. Bibliothekarin in der Stadtbibliothek Merseburg, die sie von 1991 bis zu ihrem Ruhestand auch leitete. Sie lebt mit ihrem Mann in Braunsbedra bei Merseburg. Zahlreiche ihrer Kurzgeschichten, Gedichte und Erzählungen wurden bereits veröffentlicht.
Weitere Informationen: www.barbara.siwik.de.vu

Granadas rote Sonne

Sabrina Železný

Die Stadt ist eine Braut, dem Berg vermählt ...
Sabikah ist die Krone auf Granadas Haupt,
in welche sich die Sterne betten wollen.
Und die Alhambra, möge Gott sie schützen
ist der Rubin, gesetzt auf diese Krone.
Ibn Zamrak (1333-1393)

Wieder einmal singt sie in Tahirs Träumen: ein Lied aus Kristall, im Mondlicht schimmernd. Ihr Lachen perlt im Springbrunnen des Löwenhofs, und als die Wirklichkeit mit Fingern aus Morgensonne nach Tahir greift, presst er die Augen zusammen, bis es weh tut, weicht zurück in den hintersten Winkel des Traums und hört dem Silbersang zu. Ein Lichtstrahl sticht in seine Lider, durchbohrt den Traum und lässt nur Scherben und Schweigen zurück.

Echos streichen noch eine Weile um Tahirs Lager herum, flüchtige Wesen auf Schattenpfoten. Sie verschwinden, als Tahir nach ihnen greift. Die Stille rauscht in seinen Ohren, bis auch sie zerschlagen wird: Glockenläuten und Stimmengewirr, knarrende Fensterläden und das Klappern von Schritten – Zeugnisse einer erwachenden Stadt.

Tahir seufzt. Er schwingt die Beine von seinem Lager, steht auf und tritt ans Fenster, durch das die anklagenden Sonnenstrahlen fallen. Vorsichtig blinzelt er ins warme Morgengold, bis seine Augen sich an die Helligkeit gewöhnen und er die Umrisse der Burg ausmachen kann, die wie ein großes Tier auf dem Sabikah-Hügel ruht. Ihre Mauern leuchten kupferrot in der Morgensonne.

»*Al-qaraa-al-hamraa*«, flüstert Tahir wehmütig. Seine Hand streichelt über den rauen Stein der Zimmerwand und meint doch eine andere Mauer. »Die rote Burg. Alhambra.«

Sie trägt Namen in allen Sprachen dieses Landes. In jeder ein Zauberwort. Und nur in Tahirs Sprache schwingt all der Schmerz, all die Sehnsucht nach der verlorenen Welt, die sich dort oben in den verwinkelten Innenhöfen, in den Säulengängen und Springbrunnen verbirgt.

Er lässt seinen Blick über die Silhouetten von Mauern und Dächern wandern, die sich gegen den blassen Morgenhimmel abzeichnen, dann wendet er sich ab. Tahirs Hand, kalt vom Stein, den sie berührt hat, tastet nach dem Amulett unter seinem Hemd. Es ist da, schwer und warm wie immer.

Tahir lächelt. Er drückt das Amulett, bis die Abdrücke der scharfen Kanten sich in seine Handfläche graben. Das Schreibzeug liegt noch immer in dem Kästchen aus Zedernholz, das unter der Staubschicht viel heller wirkt, als es tatsächlich ist. Tahir zeichnet mit dem Zeigefinger eine Linie auf den Deckel, einen Kringel, Punkte, ein geschwungenes Wort. Er betrachtet den Staub an seiner Fingerkuppe und nickt.

Es ist Zeit, diese Geschichte niederzuschreiben.

~

»Nein. Granada wird niemals kapitulieren.«

Boabdils Worte drückten Entschlossenheit aus, seine Stimme nicht. Obwohl Tahir mit gesenktem Kopf in den Schatten stand, konnte er seinen Herrn genau beobachten. Der Emir von Granada hielt sich gerade, als habe er einen Stock verschluckt, die schmalen Schultern gestrafft und die großen, dunklen Augen zusammengekniffen, um so zu sein, wie die Gesandten ihn sehen wollten, die vor ihm im Botschaftersaal standen: ein starker Mann, der sie auch durch diese düstere Zeit führen konnte. Dabei wusste Tahir so gut wie jeder andere hier auf der Alhambra, dass Boabdil nichts weniger war als das. Boabdil el Chico, den kleinen Boabdil, nannten sie ihn jenseits der Stadtmauern. Diese spöttischen Silben der spanischen Sprache hatten selbst die Straßen Granadas erreicht und klangen wie das Geläut von Narrenschellen zwischen dem hoheitsvollen Arabisch. Boabdil musste davon wissen und ebenso, dass diese Stimmen recht hatten: In seinem Innern war er noch immer ein kleiner Junge, auch wenn er jetzt als Herrscher des Nasridengeschlechts vor seinen Besuchern stand.

»O Emir, gewiss blickt Allah gnädig auf deine Entschlossenheit und deinen Kampfgeist.« Die Stimme des Gesandten durchbrach das betretene Schweigen, das sich nach Boabdils Worten über den Saal gelegt hatte. »Aber bist du dir sicher mit dieser Entscheidung? Wir haben dir von der Lage der Stadt berichtet. Granada ist groß, und keine Stadt der Welt kommt seiner Pracht nahe. Doch in diesen Tagen regiert nicht nur dein Wille in Granada, o Emir, sondern auch der Hunger. Nur aus dem Dorf Alfacar im Osten erhalten wir noch Nahrung. Aus der reichen Gegend der Alpujarras kommt keine Hilfe mehr. Du weißt wohl, o Emir, dass die Spanier die Straße dorthin blockieren.«

»Wahr spricht mein Freund.« Ein weiterer Gesandter ergriff jetzt das Wort. Tahir kannte ihn noch aus Kindertagen: Muley ibn Hassan, ein umsichtiger Mann, der sich normalerweise im Hintergrund hielt. »Allah ist mächtig, fürwahr, aber sollten wir seinen Beistand nicht für eine aussichtsreichere Sache erflehen? Emir, du kennst die Spanier, du bist selbst in ihrer … Gesellschaft gewesen …« Er brach verschämt ab, und Tahir wagte es, den Kopf ein Stück weit zu heben. Niemand durfte Boabdil so ohne Weiteres darauf ansprechen, dass er sich einstmals in spanischer Gefangenschaft befunden hatte, dass er einen hohen Preis bezahlt hatte, um nach Granada und hinter die schützenden Mauern der Alhambra zurückkehren zu dürfen. Muley räusperte sich und begann von Neuem: »Wenn du ihnen jetzt die Kapitulation anbietest, können wir darauf hoffen, dass sie sich großzügig zeigen und den Bürgern dieser Stadt kein Leid geschieht. Wenn wir ihnen weiter die Stirn bieten, was dann? Sie haben ganz Spanien hinter sich, um ihr Heer zu versorgen. Granada bleibt bald nicht mehr als der Essensduft, der aus dem spanischen Lager herüberweht.«

Boabdil holte tief Luft, Tahir sah es aus den Augenwinkeln. »Dank euch für eure Worte, meine Freunde. Ich habe es bereits gesagt, und ich sage es wieder: Granada wird niemals kapitulieren.« Seine Hand glitt zu dem Amulett, das er um den Hals trug. *A-shams-al-hamraa,* die rote Sonne, das kostbarste Erbstück der Nasriden: goldene Zacken um einen Kreis, in dessen Zentrum ein vollkommen geschliffener Rubin ruhte. Eine blutrote Sonne im Strahlenkranz, und auf der Rückseite, im glatten Gold, waren kunstvoll geschwungene Schriftzeichen eingraviert, die Tahir sich niemals aus der Nähe hatte besehen dürfen. »Ich kenne die Spanier, und eben darum fürchte ich sie nicht. Seht auf ihre Könige. Sie ziehen umher wie eine Herde wilder Schafe, haben keinen festen Sitz. Morgen schon kann sie der Wind von unseren Toren forttragen. Habt Vertrauen, meine Freunde! Der nasridische Löwe ist stark, er wird gewiss nicht Hungers sterben. Ich werde dafür Sorge tragen.«

In der sonstigen Stille klang das verhaltene Flüstern der Gesandten besonders laut. Tahir sah Boabdils sichere Fassade für einen Wimpernschlag bröckeln. Die Hand des Emirs schloss sich noch fester um das Schmuckstück, Boabdil atmete durch. »Geht zurück und sagt den Leuten dies: Wir werden das Knie nicht vor den spanischen Wanderern beugen. Unser Zuhause geben wir nicht auf.«

Tahir hoffte inständig, dass die Gesandten nicht noch einmal widersprechen würden. Boabdils Worte schoben einen trotzigen Schutzwall in den Raum, aber jede Erwiderung mochte kraftvoll genug sein, diesen Wall einzureißen.

Doch die Gesandten schwiegen und senkten ihre Blicke – mehr betreten denn respektvoll.

»Geht«, wiederholte Boabdil. Ein Zittern lief durch seine Stimme wie ein weit entferntes Erdbeben, für Tahir deutlich, für die anderen vielleicht – hoffentlich, bei Allah! – nicht wahrnehmbar.

Zögerlich klangen die Schritte der Gesandten auf dem glatten Boden. Tahir sah, wie Muley und die anderen im Gehen bedeutungsvolle Blicke tauschten.

»Tahir.« Boabdils Blick ruhte auf ihm. Es waren immer noch verträumte Kinderaugen. Die Schönheit der Palastgärten, Poesie, Gesang, das war es, was diese Augen zum Leuchten brachte – nicht der zermürbende Kampf gegen die Spanier und das Gerede über Kriegsführung. Aber dies war keine Zeit für Dichtkunst, und wenn Allah kein Wunder wirkte, dann würden Säbelrasseln und Kanonendonner bald die einzige Musik sein, die es noch in Granada zu hören gab.

»Was befiehlst du, mein Herr?«, fragte Tahir leise.

Boabdil seufzte. »Ich gehe in den Löwenhof, und ich will allein sein, mein Freund. Trage Sorge, dass mich niemand stört.« Er schluckte. »Auch nicht meine Mutter.«

»Wie du es wünschst, mein Herr«, flüsterte Tahir, auch wenn ihm unwohl war bei dem Gedanken, sich möglicherweise Aisha entgegenstellen zu müssen. In den Säulengängen der Alhambra ging seit Jahren das Gerücht um, dass in Wahrheit Aisha la Horra in Granada herrschte. Eine liebevolle Mutter war sie Boabdil nie gewesen, dafür eine strenge und stolze, eine, die ihm die Schultern zurückbog und ihm die Faust ins Kreuz drückte, damit er gerade stand. Vielleicht hätten die Gesandten aus der Stadt sich sogar hinter Boabdils Rücken an Aisha gewandt, wenn irgendeine Aussicht bestanden hätte, dass sie den Wunsch nach Kapitulation unterstützte. Doch Aisha war eine Kämpferin. *Granada wird niemals aufgeben*, das sagte sie ebenso wie Boabdil, auch wenn sie selbst an der Versammlung nicht teilgenommen hatte.

Tahir folgte seinem Herrn und fröstelte. Der Winter nahte, und entsprechend schneidend blies der Wind aus der Sierra Nevada. Tahir schlang die Arme um seinen Oberkörper und blickte Boabdil nach, der hastig durch die Gänge davoneilte, als befürchte er, jeden Moment aufgehalten zu werden.

Dann erst wagte Tahir den Blick nach Westen über die Palastmauern hinweg. Schon goss die Abendsonne einen letzten Kübel flüssiges Gold über die Dächer, ließ es durch die engen Gassen der Stadt laufen und spielerisch nach den Schatten schnappen, die dort zwischen den Steinen schliefen. Jenseits Granadas, nur sechs Meilen entfernt, lagerte das spanische Heer wie ein Klumpen ganz eigenen Dämmerlichts. Tahir stellte sich vor, wie die Finsternis der kommenden Nacht direkt aus diesem Lager hervorquoll, sich durch steinerne Ritzen zwängte und Ratten gleich durch die Straßen Granadas huschte, um Glanz und Licht zu verschlingen. Das Bild schnürte ihm fast die Luft ab.

»*Sabah-al-cheir*, mein Freund.«

Er fuhr zusammen und hob den Kopf. Muley ibn Hassan trat neben ihn und blickte wie Tahir gen Westen.

»*Sabah-al-nuur*«, erwiderte Tahir. »Ich dachte, du wärst bereits auf dem Weg hinab in die Stadt.«

Muley schüttelte den Kopf und sah Tahir nun direkt an. Graue Strähnen durchzogen sein Haar. Er strahlte eine Müdigkeit aus, die Tahir ihm eben im Gespräch mit Boabdil noch nicht angemerkt hatte. »Nein, ich habe auf dich gewartet, Tahir. Ich will dich um Hilfe bitten. Du weißt so gut wie wir, dass die Lage aussichtslos ist.«

Tahir presste die Lippen aufeinander und wich Muleys Blick aus. »Noch ist Granada nicht gefallen. Der Emir sagt ...«

Muley seufzte schwer und legte Tahir eine Hand auf die Schulter. »Machen wir uns nichts vor, mein Freund. Die Worte Boabdils sind die eines Knaben, der nie erwachsen geworden ist. Aber wir sind Männer, Tahir. Sieh dich um. Granada ist das letzte Juwel einer geschändeten Krone. Iberien gehört uns schon lange nicht mehr. Sevilla, Córdoba, all die Perlen von *Al-Andalus* sind längst wieder in spanischer Hand. Vor den Geschützen der Spanier sind Festungen gefallen, die wir für uneinnehmbar hielten, selbst Ronda mit seinen festen Mauern. Die Spanier werden auch uns zerstören, mein Freund!«

»Und was verlangst du von mir?«, fragte Tahir rau. »Die Entscheidung liegt nicht in unserer Hand, das weißt du.«

»Du bist Boabdil sehr nah. Sein treuester Diener, sein engster Vertrauter.«

»Und nicht mehr als das. Er wird seine Meinung nicht ändern, Muley. Wir können nur beten und auf ein Wunder hoffen.«

»Dass der Wind aus den Bergen das spanische Heer davonbläst?« Muleys Mundwinkel kräuselten sich spöttisch. »Derselbe Wind zerrt viel eher an Boabdil selbst und würde ihn nicht das erste Mal vom Thron reißen. Nein, Tahir, ich stimme mit dir überein, dass offene Worte hier fehl am Platz sind. Aber wo Worte nicht weiterkommen, vermag es eine List.«

Tahir hob die Augenbrauen. Er verspürte mit einem Mal das Verlangen, einen Schritt zurückzuweichen und sich so der Hand zu entziehen, die noch immer fest auf seiner Schulter lag.

Muley musterte ihn und fuhr dann mit gesenkter Stimme fort: »Du kennst die Bedeutung von *a-shams-al-hamraa*, nicht wahr?«

Sofort sah Tahir wieder Boabdil vor sich, wie er mit der Hand nach diesem Amulett tastete, als ob er aus dem alten Erbstück Kraft bezöge. »Wie könnte ich nicht?«

Jetzt bohrten Muleys Finger sich schmerzhaft fest auch in Tahirs andere Schulter. »*A-shams-al-hamraa* ist der Schlüssel, mein Freund. Boabdils Herz, sein ganzes Selbst hängt am Sonnenamulett. Wer es besitzt, besitzt auch Granada – und die Alhambra.«

Tahir schluckte schwer. Er ahnte, worauf Muley hinaus wollte, aber er weigerte sich, es zu begreifen. »Es ist das Erbstück der Nasriden«, sagte er einfach.

»Es ist das Herz Granadas«, flüsterte Muley. »Tahir, niemand von uns kommt Boabdil so nah wie du. Wenn das Amulett … in die Hände der Spanier fiele … dann wäre Boabdil vielleicht endlich bereit, ihnen zuzuhören. Ich habe Kontakte im Heerlager, mein Freund, ich kann dir verborgene Wege zeigen …«

Tahir riss sich mit aller Macht los, obwohl die Erinnerung an Muleys Finger tief in seine Schulter gegraben blieb. »Weil wir Freunde sind, Muley«, stieß er hervor, »werde ich so tun, als ob du mir nie vorgeschlagen hättest, ein Dieb und ein Verräter an meinem Herrn zu werden!« Sein Herz klopfte, eine Gänsehaut prickelte auf seinem ganzen Körper. Es lag nicht an der Kälte, sondern an der Ungeheuerlichkeit dieses Vorschlags.

»Tahir …« Muley hob beschwichtigend die Hände, doch Tahir hatte genug gehört. Brüsk wandte er sich ab und beschleunigte seinen Schritt, eilte vorbei am Comares-Turm und in Richtung Myrtenhof.

»Überleg es dir!«, rief Muley ihm nach. »Ich warte an der Westpforte auf dich.«

Empörung brodelte in Tahir. Wofür hielt Muley ihn? Niemals würde Tahir seinen Herrn auf diese Weise enttäuschen und verraten. Das war ein zu hoher Preis für die Rettung Granadas vor spanischen Geschützen.

Tahirs Schritte hallten in den hohen Säulengängen wider, und langsam beruhigte sich sein Herzschlag. Sein Blick glitt über die verschlungenen Schriftzüge an den Wänden, die dort wie eine eigene Art von Blumen rankten – Koransuren und Verse, welche die Schönheit des Palastes besangen.

Tahir durchquerte den Myrtenhof. In der Dämmerung wirkte das Wasser im Marmorbecken der Hofmitte wie ein polierter Spiegel aus dunklem Glas. Jenseits der nächsten Mauer lag der Löwenhof, Tahir verlangsamte seine Schritte, als er den Durchgang erreichte. Der kühle Abendwind trug das Plätschern des Springbrunnens mit sich, der auf den Schultern zwölf marmorner Löwen ruhte. Es erschien Tahir verständlich, dass Boabdil in dieser schweren Stunde Zuflucht bei den grimmigen Wesen suchte. Sie standen für Stolz und Kampfesmut der Nasridenherrscher, und beides konnte Boabdil jetzt gut gebrauchen.

Noch etwas mischte sich in den Klang des Springbrunnens, und nun blieb Tahir vollends stehen, um angestrengt zu lauschen. Boabdils Stimme wehte zu ihm herüber – sanft wie immer, aber von einer Kraft, die Tahir vorhin im Botschaftersaal noch vermisst hatte. Ob es Gesang war oder Gebet, konnte Tahir nicht genau unterscheiden, doch schwang eine Eindringlichkeit darin mit, die ihm den Atem nahm. Seine Füße setzten sich wie von selbst in Bewegung, wobei er darauf achtete, ganz leise zu sein. Es war Boabdil, den er da hörte, und auch wieder nicht. Tahirs Herz schlug ihm bis zum Hals, während er sich dem Durchgang näherte und schließlich im Schatten der Säulen stehen blieb. Der Reiz des Verbotenen kribbelte in seinem Nacken, auch wenn Tahir sich einredete, dass er nur seine Pflicht tat. In Wahrheit bewachte er nicht die Ruhe seines Herrn, sondern starrte fasziniert auf das Schauspiel, das sich ihm bot.

Boabdil kauerte zu Füßen des Brunnens zwischen den Flanken zweier Marmorlöwen, vornübergebeugt und die Augen geschlossen. Seine Hände hielten noch immer das Sonnenamulett, seine Finger strichen wieder und wieder über dessen Rückseite. Die Worte, die Boabdil intonierte, konnte Tahir auch aus dieser Entfernung nicht verstehen, aber er hatte das Gefühl, dass sie eine Sogwirkung entfalteten, gegen die er sich mit aller Macht stemmen musste. Schlagartig begriff er, dass Boabdil über die Zeichen strich, die auf der Rückseite des Schmuckstücks eingraviert waren, dass seine Fingerkuppen durch das Labyrinth kühn geschwungener Linien einem Pfad folgte, der von Silbe zu Silbe führte. Die Worte schwebten im Dämmerlicht und erfüllten es mit seidigem Leuchten. Tahir blinzelte, aber das Leuchten blieb, und im nächsten Moment rang er unterdrückt nach Atem.

Eine Frau entstand aus dem Flirren der Luft, trat hinter dem Schimmern der Worte wie hinter einem Schleier hervor. Ihr weites, tiefrotes Gewand raschelte leise, als sie den Kopf neigte. Ein Duft nach Orangenblüten ging von ihr aus, und auf ihrer Haut leuchtete ein Kupferton wie die Erinnerung an die Abendsonne. Nie zuvor hatte Tahir eine so schöne Frau gesehen.

»*Sabah-al-cheir*, mein Gebieter.« Die Worte, an Boabdil gerichtet, erreichten Tahir mit der Milde des Abendwinds. Wo sie liebkosend seinen Nacken berührten, überlief ihn ein kühler Schauer, der sich in sein Innerstes fortsetzte.

»*Sabah-al-nuur*, du Sonne meines Herzens«, murmelte Boabdil. Seine Stimme klang jetzt wieder so dünn wie sonst auch, als sei sie nur das Gewand gewesen, das die sonderbaren Worte der Beschwörung übergestreift hatten, um ihre volle Kraft zu entfalten.

Beschwörung. Die Silben rieselten eiskalt durch Tahirs Bewusstsein. Nichts anderes hatte er gerade beobachtet. Diese Frau, die aus dem Nichts erschienen war … Tahirs Mundhöhle fühlte sich schlagartig staubtrocken an, als habe er den heißen Wüstenwind geschmeckt, der an manchen Tagen über die Meerenge von Gibraltar wehte. Er wusste mit einem Mal, dass dort vor Boabdil keine gewöhnliche Frau stand, dass der Herrscher von Granada sich nicht für ein einfaches Techtelmechtel in den Löwenhof zurückgezogen hatte.

Ein Dschinn. Mögen der Allmächtige und sein Prophet mir beistehen, sie ist ein Dschinn!

Die Art, wie sie gerufen worden und erschienen war, ließ keinen anderen Schluss zu.

»Traurigkeit umgibt dich und lässt die Luft bitter schmecken, die ich atme«, sagte die Dschinnfrau und nahm neben Boabdil auf dem Marmorboden Platz, streckte eine Hand aus und zog den letzten Nasridenherrscher mit sanfter Bestimmtheit an sich. »Willst du mir sagen, was dich bekümmert, mein Gebieter?«

Boabdil ließ mit einem schweren Seufzer den Kopf auf ihren Schoß sinken und blickte zu ihr auf. Tahir grub die Zähne in seine Unterlippe, als er sich unwillkürlich vorstellte, wie es sich anfühlen musste, in diesem weichen Nest zu ruhen, das ebenmäßige Gesicht der Frau von ganz nahe zu sehen.

Hüte dich, Tahir. Vorsicht. Ihm schwindelte.

»*Habibti*«, flüsterte Boabdil liebevoll, und Tahir schlug beschämt den Blick nieder. Seine Wangen brannten. Diese Frau war nicht nur ein Dschinn, sie war auch jemand, den sein Herr mit einem vertraulichen Kosewort belegte. Warum stand Tahir noch im Schatten der Säulen? Er hatte hier nichts zu suchen!

»Sie wollen, dass ich Granada aufgebe. Dass ich dich aufgebe. Hamra, du Stern meiner dunklen Stunden, ich flehe dich an: Hilf mir, wie du mir so oft geholfen hast. Meine Stadt hungert und darbt. Unsere Verbündeten sind geschlagen. Aus den Emiraten jenseits der Meerenge kommt keine Hilfe. Die osmanischen Korsaren konnten nichts ausrichten. Ich weiß mir keinen Ausweg mehr.«

Nicht einmal Tahir hatte jemals so ehrliche und verzweifelte Worte gehört, obwohl Boabdil ihm gegenüber die Maske des starken Herrschers eher fallen ließ als vor seiner eigenen Mutter. Aisha jedenfalls hätte vor Zorn geglüht, wenn sie Boabdil so verzagt gehört hätte.

Hamra strich Boabdil durchs Haar, beugte sich vor und lächelte. »Hab keine Furcht, mein Gebieter. Meine Macht ist groß, wie du wohl weißt. Habe ich dir nicht ein ums andere Mal in deinen finstersten Stunden beigestanden? Deine Stadt wird nicht Hungers sterben, auch in diesem langen Winter nicht. Deine Feinde werden den süßen Granatapfel nicht zu kosten bekommen. Verlass mich nur nicht, mein Gebieter. Und vertrau mir.«

Boabdil schloss die Augen und entspannte sich deutlich. »Ich will dich niemals verlassen, *habibti.* Du bist mein Herzschlag. Mein Atem. Mein Grund, diesen Kampf nicht aufzugeben.«

Hamras Lächeln ging Tahir durch Mark und Bein. Er verfluchte den Moment, in dem er sich dem Löwenhof genähert hatte. Niemals wieder würde er einer sterblichen Frau in die Augen sehen können, ohne sie an Hamra zu messen. Er fühlte sich unendlich schuldig, vor seinem Herrn wie auch vor Allah, der doch den Umgang mit solchen Geistwesen verbot.

»Vergiss deine Sorgen, mein Gebieter«, murmelte Hamra. »Meine Macht beschirmt deine Stadt und deinen Palast. Unter meiner Hand werden die Kanonenkugeln ein Regen aus Jasminblüten gegen deine Mauern. Lausch du nur meinem Lied, mein Gebieter, sei mir immer treu, mein nasridischer Löwe.« Ihre Worte glitten unmerklich in Gesang über: ein Lied von zerbrechlicher Süße, das Wärme in den klammen Herbstabend sandte.

Tahir schloss die Augen und lehnte die Stirn gegen die Säule. Hamras Singen klang zu ihm herüber, beruhigte und umschmeichelte ihn. Es musste eine fremde Sprache sein, in der Hamra sang, vielleicht die Sprache der Dschinns, und obwohl Tahir die Worte nicht verstand, drang die Botschaft mit großer Klarheit in sein Bewusstsein. Hamra sang von der Schönheit Granadas, von der Pracht der Alhambra, die als flammender Rubin hoch über der Stadt ruhte. Sie sang von ihrer eigenen Stärke, von ihrer Liebe zu dieser Stadt und zu ihrem Gebieter. Sie sang von dem Schleier, der schützend über Granada gebreitet lag und den der fremde Gott draußen auf der Ebene nicht zerreißen konnte.

Langsam sank Tahir an der Säule entlang zu Boden. Mittlerweile war die Abenddämmerung ganz hereingebrochen, der Löwenhof lag im Zwielicht, aber von dort, wo Hamra saß, drang ein sanfter rötlicher Schimmer zu Tahir herüber. Ohne hinzusehen wusste er, dass Boabdil in Hamras Schoß schlief. Tahir begriff, dass Hamras Lied einen Zauber über Stadt und Palast gewirkt hatte, der die Furcht der Menschen für den Moment beruhigte und vielleicht sogar ihren Hunger stillte. Diese Gewissheit war so tröstlich, dass Tahir sich am liebsten ganz dem magischen Gesang hingegeben hätte, um Zuflucht zu finden in einem Traum ohne die Schatten der Belagerung.

Ein letzter Funke Verstand in Tahir stemmte sich gegen diesen Drang.

Das Amulett. Wer es besitzt, besitzt auch Granada.

Tahir riss die Augen auf, als Muleys Worte ihm in den Sinn kamen. Er schlug sich die Hand vor den Mund, um sein überraschtes Aufkeuchen zu unterdrücken. War dies der Grund, warum *a-shams-al-hamraa* der Schlüssel zum Schicksal Granadas war? Es kribbelte in Tahirs Magengrube. Boabdil beherrschte einen Dschinn, und dieser Dschinn war mächtig! Warum aber bat der Emir das schöne Geistwesen nur um so wenig? Warum rief er nicht jenen Wind herbei, der das spanische Heer wie trockenes Laub durch die Luft wirbeln und für immer fort von den Toren Granadas tragen würde?

Tahirs Handflächen waren feucht vor Aufregung. Er lugte hinter der Säule hervor und blinzelte.

Hamras Lied war verklungen. Dort am Löwenbrunnen lag nur noch Boabdil und schlummerte friedlich wie ein kleiner Junge. Das Sonnenamulett lag auf seiner Brust, der Rubin schimmerte matt im Halbdunkel.

Tahir zog scharf die Luft ein. Es war wohl angebracht, Boabdil sanft zu wecken und mit ihm die Idee zu teilen, die Hamras zauberhafter Gesang beschworen hatte. Aber dann müsste Tahir zugeben, dass er seinen Herrn belauscht hatte. Und gewiss hätte Boabdil ihm angesehen, wie sehr Tahir sich selbst nach der Frau verzehrte, die doch nur den Nasridenherrschern zu Diensten war.

Ein anderer Gedanke glomm in Tahir auf, erst zögerlich, dann immer deutlicher. Boabdil schlief. Wenn Tahir nun das Amulett an sich nahm? Er würde zu Muley an der Westpforte gehen und so tun, als habe er es tatsächlich gestohlen. Es war leicht, den Dschinn zu beschwören, der darin hauste. Tahir musste nur die Inschrift auf der Rückseite des Schmuckstücks aufsagen. Wenn Hamra dann ... Sein Herz klopfte, und er musste sich konzentrieren, um den Gedanken beenden zu können: Wenn Hamra dann vor ihm stand, wollte er ihr befehlen, das spanische Lager zu zerstören. Er würde sie im

Angesicht des spanischen Heers von ihrer Macht singen lassen und die Reihen der Angreifer damit für immer zerschlagen.

Ein Lächeln breitete sich auf Tahirs Gesicht aus. Was er vorhatte, war nicht der Diebstahl und Verrat, den Muley von ihm forderte; es war die Rettung Granadas. Aber Tahir würde auf den Ruhm verzichten, zurückkehren, bevor Boabdil wieder erwacht war, und das Sonnenamulett zurückgeben.

Langsam näherte Tahir sich seinem schlafenden Herrn. Friedlich und entspannt sah Boabdil im Schlaf aus, befreit von allen Sorgen, die ihn im wachen Zustand geplagt hatten. Als Tahir die Hand ausstreckte und nach dem Amulett griff, murrte Boabdil leise, erwachte aber nicht.

Fest schloss Tahir die Finger um *a-shams-al-hamraa*. Das Gold fühlte sich warm und lebendig in seiner Hand an.

»Ich tue es für dich, mein Herr«, flüsterte Tahir. »Für dich und Granada.«

~

Die Buchstaben verschwimmen vor Tahirs Augen. Seine Finger sind steif, er muss die Feder beiseitelegen.

»*As-salamu 'alaikum, ya Tahir.*«

Sein Herzschlag gefriert für einen Moment. Er wendet sich nicht um, er erwidert den Gruß nicht. »Geh fort, Muley. In meinem Haus ist kein Platz für dich.«

Er hört Muley nähertreten und hat das dringende Bedürfnis, die Schrift zu verdecken. Doch das würde die Tinte verschmieren.

»Für dich und Granada …«, liest Muley. »Du hast wieder geschrieben.« In seiner Stimme schwingt eine Anteilnahme, die Tahir nicht will. Sie wird nur den letzten Nachklang des Traumlieds verpesten, den er noch im Herzen trägt. Sie reißt ihn fort von Hamras Gesang in den Gestank und die Kälte des spanischen Lagers. Jetzt schießen Tahir wirklich die Tränen in die Augen. In der Erinnerung sieht er sich selbst, wie seine Finger über das Sonnenamulett gleiten. Wie er dem Pfad der Zauberworte folgt, seine Stimme erhebt und sie zu einem Leuchtfeuer in Granadas dunkelster Nacht werden lässt.

Und nichts geschieht.

»Tahir, mein Freund …«

Muley steht neben ihm und doch Welten entfernt. Tahir schmeckt wieder den Staub, den er schlucken musste, als ihn die spanischen Soldaten zu Boden rissen und ihm das Schmuckstück entwanden. Seine eigenen Schreie gellen noch in seinen Ohren.

»Schreib doch das Ende auf«, drängt Muley. »Schreib die Wahrheit, mein Freund. Durch deine Tat konnten die Verhandlungen beginnen. Granada wurde kampflos übergeben. Du hast eine Stadt vor Hungertod und Zerstörung gerettet.«

Tahir schüttelt kraftlos den Kopf und presst das Sonnenamulett fester in seine Handflächen.

Er hat nichts von alledem getan. Er hat seinen Herrn verraten und den Schutz zerstört, der über Granada lag. Hamra … Noch jahrhundertelang hätte sie ihren Zauber wirken und die Stadt vor dem Zugriff der Spanier bewahren können. Wenn nur Tahir nicht gewesen wäre.

In seiner Hand brennt es. Blut fließt über die goldenen Zacken, färbt Granadas Sonne rot.

Boabdils Blick traf Tahir noch einmal: an einem klaren, kalten Tag im Januar, als der letzte Nasridenlöwe die Schlüssel zu seiner Stadt den Spaniern übergab. Damals am Löwenbrunnen hat Tahir einen Mann zurückgelassen, aus dessen dunklen Augen ihn noch immer ein kleiner Junge angeblickt hatte, voller Staunen, voller Träume. An jenem Januartag war es ein Greis, ein Baum mit verdorrten Wurzeln.

»Warum hast du sie mir genommen?« Boabdils Worte ein Flüstern, nur für Tahir bestimmt. »Ich habe sie geliebt, Tahir.«

»Herr …« Tahir tastete nach dem Amulett, das die Spanier ihm zurückgegeben hatten – als Dank für seine Dienste.

Doch Boabdil schüttelte den Kopf und wandte sich schon ab. »Behalte es. Es ist leer und sinnlos.«

»Aber Hamra … Ist sie nicht darin?«

Boabdil drehte sich nicht mehr um. Nicht nach Tahir, dem Verräter. »Al-Hamra, die Rote. Sie war nie in diesem Stein, Tahir. Sie ist die Seele der roten Burg, die Kraft, die meine Stadt beschirmte. Das Amulett war nur der Schlüssel, um die Pforte zu ihr aufzustoßen und sie zu mir zu rufen. Aber es war nicht ihr Zuhause. Hamra ist daheim in den Springbrunnen und Säulengängen, sie lebt in den Gärten und Türmen der Alhambra, sie wirkt zwischen Marmor und Myrten. Sie kann die Burg nie verlassen, nicht außerhalb beschworen werden. Nur hinter den roten Mauern hatte ihr Zauber Bestand. Das war der letzte Schutzwall, der uns blieb. Seit du das Amulett nahmst, kann sie meine Rufe nicht mehr hören, Granada nicht länger schützen. Sie muss glauben, ich hätte sie verlassen. Dabei musste ich sie schützen. Die Spanier hätten sie zerstört, hätten sie niedergerissen. Hamra …«

»Tahir?«

Es ist Muley, der ihn an der Schulter berührt, nicht Boabdil mit den traurigen Augen, der sich dort auf dem Pass ein letztes Mal nach der Alhambra umwandte, bevor er Granada für immer verließ.

Tahir blieb. Ein Zuhause gibt man nicht auf. Granadas Zauber ist zerbrochen, die Welt im Wandel, aber Tahir will zu Füßen der roten Burg von ihrem Singen träumen, bis er selbst endlich zerbricht.

»So schreib es doch auf!«, sagt Muley, der nichts begreift, der niemals begreifen wird, und hält Tahir die Feder entgegen.

Tahir presst die Lippen aufeinander und schüttelt den Kopf. Er schiebt das Amulett, das Gold mit dem leeren, stummen Rubin zurück unter sein Hemd und greift mit blutigen Fingern nach den Bögen, die er in stundenlanger Arbeit so mühsam beschrieben hat. Wie rote Tinte läuft sein Blut über das Papier.

»Sie sollen es niemals erfahren«, sagt Tahir, und während er die Bögen zerreißt, kann er hoch oben auf dem Sabikah-Hügel Hamras perlendes Lachen hören.

Oder ihr Schluchzen.

Über die Autorin

Sabrina Železný, geboren 1986, studiert Kulturanthropologie und Altamerikanistik in Berlin und Bonn. Sie schreibt schwerpunktmäßig Phantastik, Historik sowie realistische Jugendbücher mit Spanien- und Lateinamerika-Bezug, wobei ihr besonderes Interesse Mythologie, Geschichte und Sprachen der indigenen Kulturen Lateinamerikas gilt. Sie hat bereits mehrere Kurzgeschichten in Anthologien veröffentlicht. Ihr Debütroman »Kondorkinder: Die Suche nach den verlorenen Geschichten« ist 2013 im Verlag Mondwolf erschienen.

... Und erlöse uns von dem Bösen

Detlef Klewer

Am Morgen des folgenden Tages sollte Cuno den Tod durch das Schwert eines Mannes finden, der sich einst als sein *Freund* bezeichnet hatte – aber jetzt sein Glück in Folter und Mord zu finden schien.

Cuno war nicht alt, wenngleich auch nicht mehr jung. Niemand wusste um die Zahl seiner tatsächlichen Lebensjahre. Er selbst am allerwenigsten. Arbeitsreiche Tage und Nächte kurzer Erholung kamen und gingen, die Jahreszeiten voller Mühsal und Plage folgten aufeinander. Und wenn es nach Kälte, Hunger und Erschöpfung mit Mühe und Not gelang, einen weiteren harten Winter zu überleben, dann war die genaue Zahl der erlebten Jahre von geringer Bedeutung. Das einzig Wichtige bestand darin, auch den nächsten Winter lebend zu überstehen.

Nun allerdings musste Cuno an die grimmige Kälte, die bald schon wieder Einzug halten würde, keinen Gedanken mehr verschwenden. Er würde den kommenden Winter nicht mehr erleben, den fallenden Schnee nicht mehr sehen, den beißenden Frost nicht mehr ertragen müssen …

~

Walther verfluchte seinen sträflichen Leichtsinn. Seine Fehleinschätzung der Entfernung zum nächsten Dorf hatte zur Folge, dass er bei Eintritt der Dämmerung nicht einmal in die Nähe der Siedlung gelangt war. Schlimmer noch, in Verkennung der Tatsachen gab es in seinen Satteltaschen weder ausreichenden Vorrat an Lebensmitteln, noch Feuerstein und Zunder, um ein wärmendes Feuer zu entfachen. Und nachdem die blasse Herbstsonne hinter dem Horizont verschwunden war, sank die Temperatur rapide.

Geistersommer, so nannte es die Landbevölkerung, wenn die Tagesstunden zu warm, die Nächte jedoch bereits empfindlich kalt waren. Dann fürchteten sie einen grausamen Winter.

So stand Walther nun inmitten einer Einöde ratlos vor gesammeltem Feuerholz, das er zu seinem Ärger nicht entzünden konnte und bemitleidete sich selbst, als er Hufgetrappel hinter sich vernahm.

Walther tastete beunruhigt nach seinem Schwertgriff – doch es war nur ein Fuhrwerk, das nun aus den Schatten auftauchte. Auf dem Kutschbock saß ein Mann, der jetzt sein Pferd zügelte und behände herunter sprang.

»Seid gegrüßt, werter Herr«, sagte der Ankömmling und zückte nach prüfendem Blick ohne weitere Worte Zunder und Feuerstein aus einem Lederbeutel an seiner Seite. Er ging vor der Feuerstelle in die Hocke, schlug gekonnt Funken und ließ in kürzester Zeit Flammen lodern. Dann wandte sich der wortkarge Mann seinem Wagen zu und förderte nun einen Laib Brot zutage, gefolgt von einem prallen Weinschlauch. Er brach das Brot, reichte Walther eine Hälfte und hielt ihm mit einladendem Blick den Wein hin.

»Ein karges Mahl«, bemerkte er entschuldigend. Dann lachte er. »Aber immer noch besser als die Rinde eines Baumes zu kochen und zu verspeisen …«

»Wohl gesprochen, mein Herr«, lächelte Walther und nahm das Angebotene entgegen. »Ich danke Euch für Eure Güte.« Er biss herzhaft in das Bauernbrot.

»Mein Name ist Walther von der Vogelweide. Ein fahrender Sänger. Wer seid Ihr?«

»Man nennt mich Deigenhardus. Ich bin ein fahrender Händler.«

»Mit welchen Waren handelt Ihr?«, erkundigte sich Walther genussvoll kauend.

»Nun ja, mit allem, was die Kunden begehren. Tuch, Seide, Salz …«, erwiderte der Händler zwischen zwei Schlucken Wein.

»Salz?«

»Glaubt mir, mein Freund, Salz ist … die Essenz des Lebens.«

Walther grinste. Vermutlich hielt jeder Händler seine Ware für die »Essenz des Lebens«. Doch in gewisser Weise gab er seinem unerwarteten Besucher Recht. Man benötigte Salz zum Einpökeln des Fleisches auf den Burgen, falls eine Belagerung drohte. Und … für die eigenen Gefallenen, um ihre Leichname in den Turmkellern einzusalzen, damit sie nach überstandener Gefahr unverwest bestattet werden konnten.

»Vermutlich habt Ihr Recht, mein Freund.«

Deigenhardus nickte bekräftigend. »Dessen seid gewiss. Wohin führt Euch Euer Weg, wenn Ihr mir diese Frage gestattet?«

»Vom Markgrafen Dietrich von Meißen zum Hofe König Friedrichs.«

»Dietrich, der Bedrängte«, kommentierte der Händler geringschätzig. »Man munkelt, er lasse seine Speise vorkosten und tauche vor dem Trinken seinen Smaragdring in den Wein – selbst bei der Messe. Er traut demnach nicht einmal einem Priester. Smaragde sollen sich in giftigen Flüssigkeiten verfärben, sagt man.«

Walther zuckte die Achseln. »Er ist eben … ein vorsichtiger Mensch und hat zweifellos viele Feinde, die ihm nach dem Leben trachten.«

»Es heißt auch, die Menschen, die er mit seinen stechenden Augen anschaut, bekreuzigen sich insgeheim vor seinem bösen Blick«, erklärte der Händler weiter.

»Seine Vasallen … sind an seine Launen gewöhnt«, erklärte Walther vorsichtig. Er befand sich immerhin noch im Herrschaftsgebiet des Markgrafen und wollte einem Fremden gegenüber kein Risiko eingehen. Auch dann nicht, wenn dieser ihm sehr freundlich erschien. Doch der Händler winkte ab.

»Kein Wort mehr über Graf Dietrich, aber … es ist ein weiter Weg bis zum Hofe König Friedrichs. Wäre es Euch vielleicht Recht, ein Stück des Weges gemeinsam mit mir zurückzulegen?« Er streckte Walther die Hand entgegen, die dieser ohne Zögern ergriff.

»Dann ist es also beschlossene Sache, mein Freund«, lachte Deigenhardus. »Ich muss Euch allerdings gestehen, dass mir Euer Name nicht unbekannt ist, denn landauf, landab heißt es: *Herr Walther von der Vogelweide, wer den nicht kennt, der tät mir leide.* Wäre es wohl allzu vermessen, Euch um die Gunst eines Liedes zu bitten?«

Walther lächelte erfreut, erhob sich und schritt zu seinem Gepäck. Er nahm seine sorgfältig in Tuch eingeschlagene Handharfe aus einer Tasche und setzte sich mit ihr an das prasselnde Feuer.

Dann griff er in die Saiten und sang, um die ihm erwiesene Freundlichkeit auf seine Art zu erwidern.

~

»Cuno, mein Junge …« Die weiche Stimme riss ihn aus seinem unruhigen Schlaf. Einen Augenblick wähnte er sich noch auf seinem gewohnten Strohlager in der zugigen Hütte der Tagelöhner, doch die augenblicklich einsetzenden Schmerzen in seinen Füßen – dort, wo das glühende Eisen des Schmiedes ihn gebrandmarkt hatte – erinnerten ihn daran, dass er diese Unterkunft nie mehr aufsuchen würde.

Er kauerte nun auf dem staubigen Boden eines Verschlags und wartete auf seinen Tod. Was hatte ihn geweckt? Mühsam öffnete er die verklebten Augenlider und erblickte eine schwebende Gestalt.

»Mutter …« Er streckte voller Sehnsucht die Hand nach ihr aus.

»Mein Sohn …« Ihre Stimme war nur ein Hauch. »Sei tapfer … alles wird gut werden … doch schweig und lass alles geschehen …« Die ätherische Erscheinung begann sich zu verflüchtigen.

»Bleib … bitte!«, schluchzte er und wollte sich erheben, doch seine verletzten Beine versagten ihm den Dienst. Er stürzte schwer zu Boden. Das geisterhafte Abbild seiner Mutter verschwand.

Sein Wächter trat an den Pferch und spähte argwöhnisch hinein.

»Was treibst du hier, Bastard? Redest du mit deinen Dämonen?«, zischte er wütend. Cuno biss die Zähne zusammen, um ein schmerzerfülltes Wimmern zu unterdrücken. Noch vor wenigen Tagen hatte er mit diesem Mann, der jetzt sein Gefängnis bewachte, fröhlich gezecht. Nun spürte er dessen blanken Hass.

»Du nanntest dich meinen Freund«, stieß Cuno bitter hervor.

»Du hast mir die Maid gestohlen, die mir versprochen war!«

»Glaubst du das wirklich?«

»Der Priester hat dich überführt. Genug der Worte.« Der Wächter fasste sein Schwert fester. »Aber ich … könnte … dich gehen lassen, dir einen Vorsprung gewähren und dann …«

Schweig und lass alles geschehen. Cuno rollte sich zusammen. Er konnte das enttäuschte Gesicht des Wächters nicht mehr sehen. Eine lähmende Müdigkeit, geboren aus Verzweiflung und Erschöpfung, übermannte ihn und gewährte ihm die Gnade, seine Schmerzen zu vergessen. Tief und traumlos schlief er bis zum Morgen.

~

In satten Purpurtönen zog die Morgendämmerung am Horizont herauf. Walther erstickte noch schlaftrunken die letzte Glut ihres nächtlichen Feuers. In einiger Entfernung erkannte er im ersten Licht der Sonne eine verfallende Mühle, die am gestrigen Abend im Halbdunkel verborgen geblieben war. Offenbar das Überbleibsel einer Fehde zwischen verfeindeten Grafen. Schwarze Brandspuren wiesen darauf hin. Brandschatzen und morden, das war offenbar alles, was diese feisten Herren in ihren Trutzburgen befehlen konnten. Und dennoch war auch er zu seinem Leidwesen auf die Gunst der Adeligen angewiesen.

Er beobachtete Bauern, die schon zu dieser frühen Stunde ihre Äcker hinter der Ruine bewirtschafteten. Drei Pflüge mit vorgespannten Ochsen zogen ihre Bahnen. Walther sog die Luft ein, die nach feuchtem Gras und aufgewühlter Erde roch. So würde es sein, wenn er eines Tages endlich ein bescheidenes Lehen als Dank für seine treuen Dienste erhalten würde. Aber nicht einer der hohen Herren, denen er bisher gedient hatte, wollte ihm diese Ehre gewähren. Nun hoffte er auf die Gunst König Friedrichs, der als Förderer der schönen Künste galt.

Deigenhardus hatte inzwischen sein Pferd eingespannt und kletterte behände auf den Kutschbock. Er schnalzte mit der Zunge und sein friedfertiger Gaul setzte sich gehorsam in Bewegung.

~

Es dämmerte bereits als Walther und sein Begleiter endlich das kleine Dorf erreichten, das lediglich aus einer Ansammlung etwa eines Dutzends einfacher Behausungen bestand. Sie gruppierten sich – ausgestattet mit Wänden aus grob behauenen und in die Erde eingelassenen Holzstämmen, deren Zwischenräume mit Strohlehm abgedichtet waren – um einen Platz, dessen Mittelpunkt ein Brunnen bildete. Nur eines der Gebäude bestand aus Stein und besaß zudem einen protzigen Wehrturm. Aus einem der Häuser, offenbar einer Schmiede, erklang monotones Hämmern und hinter der geöffneten Tür glühte die Esse. Abgemagerte Hunde stöberten auf der Suche nach fressbaren Abfällen umher. Die Erde war durch den langen Sommer noch rissig und staubig, doch schon bald würden die Menschen hier nach den Regenfällen des bevorstehenden Herbstes mühsam durch knöcheltiefen Schlamm waten.

Ein wenig abseits befand sich ein Zelt. Einige Männer, die nach vollbrachtem Tagewerk hier Aufstellung genommen hatten, warteten geduldig. Sie trugen Lindenholzschuhe oder gingen barfuß und waren mit dem dunkelgrauen Wollgewand eines Bauern bekleidet. Jetzt schauten sie neugierig zu den Ankömmlingen herüber und begannen miteinander zu tuscheln.

»Clerici Vagantes – fahrende Mönche. Denen ist noch weniger zu trauen, als einem fahrenden Händler«, erklärte Deigenhardus verächtlich und wies mit ausgestrecktem Arm auf das Zelt.

»Diese Männer dort stehen an, um die Absolution zu erhalten. Sie haben nicht oft Gelegenheit zur Beichte.« Er spie voller Abscheu aus, um zu verdeutlichen, was er davon hielt.

»Hoffen wir wenigstens, dass sie schlau genug sind, ihre größten Sünden für sich zu behalten. Diese Bettelmönche sind in ihrem Fanatismus kaum zu bremsen. Ich fürchte, dieser arme Tropf da drinnen wurde bereits eines ihrer Opfer.«

Walther blickte zu einem offensichtlich eilig errichteten Holzverschlag, vor dem ein groß gewachsener Mann mit einem Schwert in den Händen Wache hielt. In unmittelbarer Nähe duellierten sich zwei zerlumpte Jungen mit Holzstöcken, unterstützt von wüsten Flüchen und Anfeuerungsrufen ihrer Kameraden.

Ein alte Frau mit einem Korb voller Äpfel beendete die Rangelei vorübergehend, indem sie den Kindern ein paar der Früchte zuwarf, die sich nicht mehr verkaufen ließen. Doch umgehend entbrannte ein neuer Wettstreit um die besten Äpfel. Ein kleiner Junge rannte eilig an Walthers Pferd vorbei, wohl in der Hoffnung, noch eine Frucht zu ergattern.

»Junge!« Der herrische Ruf bremste seinen Lauf abrupt. Walther beugte sich zu ihm herunter und bemerkte, wie ängstlich der Kleine auf das breite Schwert starrte, das Walther gegürtet hatte.

»Keine Angst«, sagte er sanft. »Sage mir nur, wer da in dem Pferch sitzt – und warum.«

»Das … ist … Cuno«, stammelte der Junge hastig. »Er hat … Guda … totgemacht.«

»Ein Mörder also, kein Ketzer. Ihr habt Euch geirrt, Deigenhardus«, bemerkte Walther erstaunt, kramte umständlich in seiner Geldkatze und förderte endlich eine Kupfermünze zutage, die er dem überraschten Jungen zuwarf. Der fing sie geschickt auf und lief glücklich davon.

Aus dem Steinhaus trat nun ein feister Mann, den seine an den Knöcheln gebundenen Lederschuhe als höher stehend kennzeichneten. Die Blüte seiner Jahre lag hinter ihm, daran bestand kein Zweifel, aber sein wahres Alter ließ sich nur schwer schätzen. Er war in ein Leinengewand gekleidet und trug eine breite, silberne Kette um den Hals. Walther vermutete in ihm den Dorfschulzen. Der Dicke schritt betont würdevoll auf sie zu und breitete die Arme aus. Eine Horde johlender Kinder auf nackten, schmutzigen Füßen folgte ihm. Er beachtete sie nicht.

»Ich heiße Euch willkommen, werte Herren! Ich bin Fridebracht, der Vorsteher dieses Dorfes.« Seine Stimme dröhnte laut. Einige der Wartenden vor dem Ablasszelt blickten interessiert herüber. Deigenhardus warf Walther verstohlen einen gequälten Blick zu und verdrehte die Augen. Walther stieg elegant von seinem Pferd und deutete eine Verbeugung an.

»Meinen Dank für das freundliche Willkommen. Mein Name ist Walther von der Vogelweide und ich reise mit meinem Freund Deigenhardus an den Hof König Friedrichs. Wir suchen eine Bleibe für die Nacht.« Fridebracht verneigte sich.

»Herr Walther, Euer Ruf eilt Euch voraus. Wir beherbergten erst kürzlich einen Gast, der Euer Talent in den höchsten Tönen lobte. Ich würde mich außerordentlich glücklich schätzen, Euch und Euren Begleiter in meinem Haus bewirten zu dürfen.«

Walther blickte verwundert zu Deigenhardus, doch der rührte sich nicht und schien ihm das Reden überlassen zu wollen. Also wandte er sich wieder dem Dorfschulzen zu.

»Und … vielleicht … dürfen wir am morgigen Tag auf eine Probe Eurer Kunst hoffen?«, erkundigte sich der dicke Mann erwartungsvoll. Walther nickte knapp und konnte nicht verhehlen, dass er sich von dem Umstand, selbst in einem derart kleinen Dorf bekannt zu sein, geschmeichelt fühlte.

»Dann ist es abgemacht.«

Mit würdevoller Miene ging Fridebracht vorweg. Walther führte sein Pferd an den Zügeln und Deigenhardus lenkte sein Gefährt hinterher. Während sie auf das Heim des Dorfschulzen zustrebten, trat ein Mönch aus dem Zelt. Er betastete die glatt polierte Oberfläche des hölzernen Einbandes seiner Bibel, als sein Blick den Walthers traf. Walther hatte für einen Moment den Eindruck, als husche plötzlich ein Schatten über das runde Gesicht. Der Mönch stolperte einen Schritt zurück. Unschlüssig stand er da, als überlegte er, was zu tun sei. Dann lenkte ihn ein Dorfbewohner ab.

»Der Segen, Vater…« Der Mönch segnete den Mann flüchtig mit kaum verhohlener Ungeduld und wandte dabei den Blick nicht von den beiden Fremden, die nun im Haus des Dorfschulzen verschwanden.

~

Walther trommelte mit den Fingern seiner rechten Hand ruhelos auf das Holz der Tischplatte. Er hatte in den Augen des Mönchs etwas wahrgenommen, das ihn zutiefst beunruhigte. Dieser angeblich *heilige Mann* gab vor zu sein, was er nicht war. Dessen war sich Walther instinktiv sicher. Deigenhardus beobachtete ihn aufmerksam.

»Was beschäftigt Euch, mein Freund?«, fragte er schließlich. Walther schüttelte ungeduldig den Kopf. Er schob die Tierblase beiseite, die vor die kleine Fensteröffnung des Zimmers gespannt war und spähte in die vom Mondlicht spärlich erhellte Umgebung.

»Irgendetwas … *Geheimnisvolles* … geht hier vor. Ich würde gerne mit dem Angeklagten sprechen. Aber dieser Wachhund draußen lässt in seiner Aufmerksamkeit nicht nach.«

Deigenhardus musterte ihn einen Augenblick nachdenklich. Dann erhob er sich.

»Folgt mir, mein Freund.«

Die beiden Männer verließen leise das Haus. Deigenhardus führte Walther zu seinem Wagen. Er hantierte an der Seite, dann verschob er ein Brett und griff in die entstandene Öffnung, um einen in Tuch gehüllten Gegenstand herauszuholen. Er wandte sich Walther zu und schlug den Stoff zurück. Stahl blitzte im Mondlicht.

»Ihr überrascht mich immer wieder aufs Neue«, flüsterte Walther anerkennend. »Ihr seid ein wahres … *Wunderhorn.*« Deigenhardus schmunzelte.

»Wartet hier. Ich habe ein paar Schwerter, die den Henker interessieren werden. Jeder, der sich für einen großen Krieger hält, wird diesen Stahl besitzen wollen. Während ich ihn ablenke, findet Ihr Gelegenheit zu Eurem Gespräch.« Deigenhardus verhüllte die Waffen und verschwand mit seinem Bündel im Haus. Nur wenig später erschien er erneut und schlenderte zu dem Wächter hinüber.

Walther vermochte nicht zu verstehen, was die Beiden besprachen. Doch er konnte beobachten, dass Deigenhardus auf die alte Waffe wies, anpreisende Gesten vollführte und lachte. Der Wächter betrachtete sein Schwert und schüttelte vehement den Kopf. Daraufhin zeigte Deigenhardus auf das Haus des Dorfschulzen, drehte sich um und schritt darauf zu. Der Wächter warf einen letzten prüfenden Blick auf seinen Gefangenen. Dann folgte er Deigenhardus. Der Weg war frei.

~

Walther trat an das erbärmliche Gefängnis und spähte hinein. Der Gefangene lag auf dem Boden und rührte sich nicht.

»Wie ist Euer Name?«, drängte Walther leise. Der Mann gab keine Antwort. Geduldig und freundlich wiederholte Walther seine Frage. Der Kopf bewegte sich.

»Cuno …«

»Was wirft man Euch vor, sagt es mir.«

»Einer Frau wurde Gewalt angetan. Sie … kam zu Tode.«

»Und Ihr seid unschuldig?« Schweigen.

»Sprecht … rasch, ich will Euch helfen, wenn Ihr unschuldig seid.« Weitere Zeit verstrich, dann kam ein zögerndes Seufzen.

»Meine Mutter gebot mir … zu schweigen.«

»Eure Mutter?«, fragte Walther überrascht. »Wo finde ich Sie?«

»Sie ist … tot!«, erwiderte der Gefangene.

»Tot? Wie kann sie Euch dann befehlen zu schweigen?«

Cuno seufzte. »Ich … kenne meine Mutter nicht, aber … sie erscheint mir manchmal in der Nacht und … redet mit mir. Aber niemals ohne Anlass. Immer war …. Sinn … in ihren Worten und ich befolgte jeden Ratschlag, den sie gab. Keinem Menschen erzählte ich davon, aus Angst als Totenbeschwörer zu gelten. Ihr seid … der Erste, dem ich davon berichte … und vermutlich auch … der Letzte.« Er schwieg wieder.

»Wer hat Euch überführt?« Cuno lachte bitter.

»Niemand. Der Mönch hat ein … Gottesurteil erwirkt. Seht selbst …« Er streckte Walther vorsichtig seine blutverkrusteten Füße entgegen. Im Mondlicht waren die grausamen Wunden nur zu erahnen, aber Walther hatte schon den Anblick anderer Folteropfer ertragen müssen.

Der Mönch! Etwas Seltsames ging von ihm aus. Walther würde ihn auf die Probe stellen müssen, um herauszufinden, was sich in Wirklichkeit hinter der frommen Fassade des heiligen Mannes verbarg.

»Hört auf Eure Mutter und schweigt«, sagte er dann. »Ihr werdet nicht sterben! Das ist ein Versprechen.«

Gerade noch rechtzeitig verschwand er in den Schatten der Stallungen, als der grausame Wächter zurückkehrte und ein wenig gereizt seine ruhelose Wache wieder aufnahm. Offenbar hatte er sich mit dem Händler nicht auf einen annehmbaren Preis für ein neues Mordwerkzeug einigen können. Walther lächelte in der Dunkelheit.

~

Deigenhardus streckte sich gähnend auf seiner Pritsche aus grob behauenen Fichtenbrettern und genoss sichtlich den Umstand, in dieser Nacht nicht auf dem feuchten Waldboden schlafen zu müssen.

»Nun, wart Ihr erfolgreich, mein Freund?«, erkundigte er sich neugierig, als Walther den von einigen blakenden Kerzen spärlich erhellten Raum betrat.

Walther nickte knapp und berichtete ihm von der seltsamen Unterredung.

»Ich hege eine Ahnung, dass dieser … *heilige Mann* … in Wahrheit nicht ganz so heilig ist, wie er vorgibt«, beendete Walther seine Schilderung. »Und meine Ahnungen trügen mich selten.«

Walther ergriff gedankenverloren seine Harfe und schlug mit nachdenklicher Miene ein paar Akkorde an.

»Ich würde zu gerne einige Worte mit dem geheimnisvollen Kirchenmann wechseln.«

Deigenhardus grinste. »Ich erahnte Euren Wunsch und bat ihn bereits zu einer Unterredung. Er wird sicher bald …«

Es klopfte an ihrer Tür. Ein Diener des Dorfschulzen trat ein.

»Werte Herren …«, begann er. »… Bruder Cristianus wünscht Euch zu sprechen.«

Deigenhardus erhob sich.

»Aber ja, wir bitten ihn einzutreten.« Der Diener verbeugte sich und gab den Weg frei. Würdevoll betrat der Mönch den Raum und schlug die Kapuze über seinem Gesicht zurück. Seine Haut war bleich, fast weiß. Die Tonsur sauber rasiert, sodass man vermuten konnte, ein Bader befinde sich in seinem Gefolge. Die Kutte befand sich in makellosem Zustand, obwohl ihr Träger sich schon seit vielen Wochen auf seiner Reise befinden musste. Er lächelte verbindlich und wandte sich Walther zu.

»Herr Walther von der Vogelweide. Es ehrt mich, Euch in persona vor mir zu sehen.«

»Ihr kennt mich, Bruder Cristianus?«

»Nicht von Angesicht zu Angesicht. Aber mir sind Eure *Schmählieder* gegen den heiligen Vater wohl bekannt«, erklärte er mit einer Spur Schärfe in der Stimme.

»Wie kann die Wahrheit Papst Innozenz III. schmähen?«, erwiderte Walther gelassen.

»Aber … was ist die Wahrheit?« Cristianus verneigte sich leicht und richtete den Blick nun auf Walthers Begleiter.

Dieser Mönch scheint verkleidet, dachte Walther. *Ein Possenreißer.*

»Und wer ist der ehrenwerte Begleiter unseres geschätzten Herrn Walther?«, fragte der Mönch.

Deigenhardus winkte bescheiden ab. »Deigenhardus nennt man mich. Nicht ehrenwert, nur ein fahrender Händler, der mit Herrn Walther ein Stück seines Weges gemeinsam zurücklegt.« Er wies auf einen Lehnstuhl am Tisch. »Aber wollt Ihr uns nicht die Ehre erweisen und einen Becher Wein mit uns trinken?«

Cristianus nahm Platz und ließ sich Wein einschenken.

»Welch Glück, dass Ihr gerade zu diesem Zeitpunkt das Dorf aufgesucht habt«, sagte Deigenhardus im Plauderton. Der Mönch nippte an seinem Becher und sah ihn fragend an.

»Eine Frau wurde ermordet – und Gottes Hand war rechtzeitig zur Stelle, um den Täter zu überführen«, führte der Händler aus.

Cristianus nickte erfreut. »In der Tat, Ihr sagt es. Gott führte mich zur rechten Zeit an diesen Ort und ließ mich – geleitet von seiner Weisheit – ein gerechtes Urteil fällen.«

»Habt Ihr die arme Frau gesegnet?«, erkundigte sich Deigenhardus. Der Mönch schüttelte vehement den Kopf.

»Sie hat Unzucht getrieben, es war mir durch Göttlichen Willen verboten, sie zu segnen.«

»Aber … ihr wurde doch Gewalt angetan«, empörte sich Walther. Der Mönch lachte verächtlich.

»Frauen reizen den Mann willentlich, dann jedoch widersprechen sie dem Anschein nach. Sie locken ihn und wehren sich in der Folge vorgeblich gegen seine Zärtlichkeiten. Sie tändeln, bis der Mann sie schließlich mit Gewalt nimmt. Frauen sind von jeher Dienerinnen der verführenden Schlange. Sie sind seit Anbeginn der Schöpfung nicht *unschuldig*«, ereiferte er sich.

»Ihr redet Pfaffengeschwätz«, bemerkte Walther ruhig, obwohl es in ihm brodelte. »Frauen sind kostbare Geschöpfe Gottes. Ich bin ein Sänger, der dem Wesen der Frauen huldigt und Ihnen nicht Gewalt antut.«

»Ihr seid ein … *Minnesänger*. Gebt Euch nicht so unschuldig, tatsächlich schmachtet Ihr den Frauen mittels Eurer Lieder hinterher. Edelmut heuchelnd, verführt Ihr sie zum Ehebruch.«

»Wir sprechen hier von *Minne*«, erklärte Walther in mühsam nachsichtigem Ton. »Minne bedarf keines Körpers. Minne ist Geist. Ein Ideal. Die Ritter unserer Zunft dienen einzig durch ihre Liebeslyrik der vermählten Frau von Stande. Wir huldigen ihrer Anmut und Schönheit, aber wir begehren sie nicht.«

Der Mönch lachte gehässig. »Ihr seid lächerlich, Herr Walther von der Vogelweide. Glaubt mir, ich verstehe Eure Zunft und die Frauen nur zu gut.«

Deigenhardus hob beschwichtigend die Arme.

»Lasst uns nicht streiten«, schlug er vor. »Stattdessen würde ich gern Eurem Spiel lauschen, Freund Walther.«

Walther hielt inne und nickte zustimmend. Auf diese Gelegenheit hatte er gewartet. Nun würde sich erweisen, ob dieser Fanatiker wirklich derjenige war, der er zu sein vorgab. Er schlug seine Harfe an. Den Tritonus. Das *Teufelsintervall*.

Das Gesicht des Mönchs schien sich zu dehnen. Walther erkannte verschwommene Umrisse einer schwarzen Fratze – unter dem bleichen Gesicht des Kirchenmannes lauernd. Ein gehörnter Schädel, der nach vorne stieß, als wolle er sein Gegenüber durchbohren. Geifernde Lefzen zogen sich bis über das graue Zahnfleisch zurück und entblößten spitze Hauer. Pupillen flackerten rot auf. Ein … *Dämon*.

Dann verklang der Teufelsakkord, das Monstrum verblasste und verwandelte sich in den unschuldig scheinenden Mönch zurück, der den Sänger entsetzt anstarrte.

Walther war sich nun sicher, wer die junge Frau in Wahrheit geschändet und ermordet hatte. Und ein Unschuldiger sollte für dieses Verbrechen sterben, was den Triumph dieses Höllenwesens verdoppeln würde. Walther wollte sich nicht vorstellen, welch grauenhafte Spur des Schreckens und Leids dieser fahrende Mönch auf seiner bisherigen Reise bereits hinterlassen haben musste.

»Ich kenne Euer …Geheimnis«, hauchte Walther tonlos. Der Kuttenträger unternahm erst gar nicht den Versuch zu leugnen und grinste verschlagen.

»Ihr mögt mein Geheimnis kennen, aber dieses Wissen wird Euch hier nicht von Nutzen sein. Die Dörfler fürchten den Zorn Gottes … und ich *bin* der Zorn Gottes!« Er sprang auf, drehte sich abrupt um und eilte laut lachend aus dem Zimmer.

»Gottes Zorn kommt manchmal von gänzlich unerwarteter Seite«, sagte Deigenhardus und klatschte begeistert in die Hände.

»Ich wusste es. Ihr seid ein … *Bannsänger*. In Eurer Hand liegt die Macht, diese teuflische Kreatur aufzuhalten.«

»Und *Ihr*, mein Freund, überrascht mich … erneut.«

~

Die Dorfgemeinschaft hatte sich nahezu komplett versammelt, um der Vollstreckung des Gottesurteils beizuwohnen. Nur die Kranken waren in ihren Hütten geblieben. Die Feldarbeit ruhte. Walther wurde gebeten, zuvor einige Kostproben seines Könnens zum Besten zu geben. *Ich muss Verse schmieden, die den teuflischen Mönch vor aller Augen entlarven. Worte, die die Dorfbewohner zum Nachdenken darüber veranlassen, wer sich da tatsächlich in ihrer Mitte befindet.* Er konzentrierte sich und ließ die Finger über die Saiten seiner Harfe gleiten.

Nur kurz hegte er die Befürchtung, nicht die passenden Akkorde zu greifen, nicht die richtigen Reime zu finden. Doch diese Sorge erwies sich als grundlos. Das wunderbare Instrument, das der Alchemist einst für ihn gebaut hatte, erklang wie von selbst. Schmelzende Melodien entstanden. Worte der Erkenntnis und

Wahrheit flogen ihm zu. Die faszinierten Dorfbewohner lauschten andächtig – und ihre Mienen verfinsterten sich. Empörtes Verstehen spiegelte sich in ihren schlichten Gesichtern, ein untrügliches Zeichen, dass sein Lied die beabsichtigte Wirkung nicht verfehlte.

Bruder Cristianus zuckte unruhig. Der Mönch schien noch bleicher zu werden, als Walther sein Spiel beendete.

»Du!«, geiferte er mit vor Zorn bebender Stimme und ein dünner Speichelfaden rann aus seinem Mund. Er unternahm einen letzten Versuch der Rettung. Anklagend richtete er einen zitternden Finger auf Walther. »*Du* hast den Zorn Gottes auf diese Gemeinschaft herab beschworen! Du widernatürliche Kreatur!«

Die Dorfbewohner waren erstarrt. Sie hatten zuvor im Klang der Melodien genau verstanden, was Walther ihnen sagen wollte. Er blickte um sich und erkannte, dass diese verängstigten Menschen ihm jetzt dennoch keine Hilfe sein konnten. Sie fürchteten den bleichhäutigen Mönch zu sehr.

Erneut flogen Walthers Finger ohne nachzudenken über die Saiten seines Instrumentes. Der Mönch begann zu zittern. Er verwandelte sich – nun für *alle* sichtbar. Die Haut wurde schwarz, seine Augen begannen in rotem Feuer zu glühen. Ein gequälter, unmenschlicher Schrei entrang sich seiner himmelwärts gerichteten Kehle.

Ein gellender Kampfschrei gesellte sich jäh dazu. Der Wächter stürmte heran, das Schwert zum tödlichen Schlag erhoben, blindwütiger Hass in den Augen. Die Attacke galt dem spielenden Walther, der schutzlos den Tod erwartete.

In letzter Sekunde kreuzte unerwartet eine andere Klinge den Hieb und lenkte das todbringende Schwert ab. Der aufgebrachte Wächter wirbelte herum, bereit, jetzt *alles* abzuschlachten, was sich zwischen ihn und sein Ziel stellen würde. Doch der dreiste Verteidiger wich auch diesem mörderischen Hieb aus, die Klinge schlug ins Leere. Deigenhardus ging nun seinerseits zum Angriff über und brachte den tobenden Kämpfer in Bedrängnis. Sein Schwert zerschmetterte die ungeschützte Schulter des Mannes. Der brach blutend zusammen, seine Waffe fiel auf den staubigen Boden. Deigenhardus setzte ihm die Klinge an den Hals, bereit ihn zu töten, falls er nicht aufgab.

Walther unterbrach seine Musik nicht und sang mit heller Stimme, die das parasitäre übernatürliche Wesen im Körper des Mönchs schließlich zu Fall brachte. Es stürzte zu Boden, zuckte in Agonie. Dann ertönte ein ohrenbetäubendes Kreischen. Die Gestalt des Mönchs schien zu schrumpfen, wurde kleiner – verschwand schließlich.

Zurück blieb eine leere Mönchskutte auf dem festgestampften Erdboden.

Die anwesenden Dorfbewohner lösten sich langsam aus ihrer Erstarrung. Sie schlugen voller Angst das Kreuzzeichnen und murmelten Gebete. Der Dorfschulz fand als erster die Sprache wieder.

»Ich habe schon alles gesehen! Wälder, die bis auf schwarze Stümpfe heruntergebrannt waren. Der Boden fußtief durchtränkt mit Blut. Verrottende Körper tapferer Ritter! Aber niemals … *so etwas Schreckliches!*«

~

»Wer seid Ihr wirklich?«, fragte Walther neugierig. »Ein fahrender Händler seid Ihr ganz sicher nicht. Ihr wusstet, dass ich ein Bannsänger bin. Ihr versteht das Schwert zu führen wie ein Ritter. Und dem armen Cuno habt ihr auch noch den Dienst eines kundigen Heilers erwiesen.«

Deigenhardus lächelte. Dann schüttelte er den Kopf.

»Nein, wahrhaftig kein Händler. Nur ein einfacher Ritter vom Orden der Lichtbringer. Gesegnet mit wenigen bescheidenen Talenten.«

Nun lächelte auch Walther. »Talenten, die geholfen haben Leben zu retten. Und … eine *Dämonenkreatur* in ihr finsteres Reich zurückzuschicken.«

Deigenhardus nickte zuversichtlich.

»Möglicherweise gelingt es uns, auf dem noch vor uns liegenden gemeinsamen Weg weitere Leben zu retten? Nun ja, wir haben einen Bannsänger, einen Ritter und es würde mich nicht wundern, wenn unser neuer Begleiter Cuno tatsächlich ein *Totenbeschwörer* wäre … also?«

Über den Autor

Detlef Klewer, geboren 1957, lebt als Illustrator/Designer am Niederrhein. Als Liebhaber und Kenner des phantastischen Films veröffentlichte er zahlreiche Artikel in Magazinen wie Vampir, Film-Illustrierte und Moviestar, sowie fünf Fachbücher zum Thema »Horrorfilm«. Das letzte Werk »Die Kinder der Nacht – Vampire in Film und Literatur« erhielt den Virus-Award 2007 als bestes Fachbuch des Jahres.

Seit 2011 verfasst er Horror- und Fantasygeschichten, die in diversen Anthologien erscheinen.

Weitere Informationen: www.kritzelkunst.de

Dunkelster Zauber

Sabine Gothan

Nein, Arthur Pendragon war kein Held. Noch meinen letzten Augenblick verdunkelt sein Schatten, während ich warte, dass die Nacht den Punkt erreicht, an dem mein Zauber sich entfaltet. Ich verschließe meine Sinne vor den Stimmen und dem Wissen, das der Wind mir zuraunt. Schon jetzt, so kurz nach seinem Ende, verbreiten Arthurs Anhänger die Kunde, er sei nicht nur der einstige, sondern auch der künftige König. Eines Tages werde er zurückkehren aus dem Land des ewigen Sommers, um erneut zu herrschen.

Doch das werde ich verhindern. Arthur wird niemals wiederkehren! Seine Seele, noch für kurze Zeit gefangen im Nebel zwischen dieser und der Anderswelt, wird ausscheren aus dem heiligen Kreislauf der Wiedergeburt.

Ein Held, so sagt man wohl, ist ein Mensch von vortrefflichem Charakter, stets bereit, für die Bedrängten zu streiten. Jemand, für den es selbstverständlich ist, eigene Interessen zu Gunsten Schwächerer zurückzustellen.

Nichts lag Arthur ferner.

Ich wünschte, ich könnte sagen, er hätte auch mich getäuscht, hätte ein junges, unschuldiges Mädchen ausgenutzt.

Jung war ich in der Tat, als ich damals nach Camlann kam, um Gwenhyfar als eine ihrer Hofdamen zu dienen. Eine durchaus ehrenvolle Stellung für die letztgeborene Prinzessin von Gwynedd, für mich jedoch bedeutete sie zunächst das Ende aller Träume und Hoffnungen.

Gwynedd, noch fest im Alten Glauben der dreigestaltigen Göttin und ihres gehörnten Gefährten verwurzelt, war noch nicht dem neuen zornigen Gott von Sünde und Verdammnis und seinem gepeinigten Sohn anheimgefallen. Daher hatten meine Eltern es als großes Glück betrachtet, als man mich schon im Alter von acht Jahren als Initiandin für die heilige Insel Avalon auswählte.

Wie sehr liebte ich die Insel hinter dem Schleier! Die mondweißen Apfelblüten unter meinen nackten Füßen im Frühling, das

Gewisper der Wellen in der Nacht … So sicher war ich, Avalon würde für immer meine Heimat bleiben. War es ein Fehler, dass die älteren Priesterinnen mich aufgrund meiner Fähigkeiten so offen über die anderen Initiandinnen stellten?

»Die Göttin ist stark in ihr«, sagten sie manches Mal zu mir. »Noch nie begegnete mir ein Mädchen mit derart großer Kraft.«

Worum andere verzweifelt rangen, flog mir mühelos zu. Zwar prägte sich meine Gabe des zweiten Gesichts nicht so aus wie bei anderen Mädchen, doch darüber war ich insgeheim erleichtert, denn diese zarten Seelen wurden von den Zaubern, die wir zu wirken lernten, oft erschüttert wie welkes Laub im Wind. Von Jahr zu Jahr verloren sie mehr den Kontakt zu dem, was uns umgab, so als bliebe von ihnen ein immer größerer Teil in der Anderswelt zurück.

Mein Weg schien vorgezeichnet. Ich bin sicher, ich war bei Weitem nicht die einzige, die in mir schon die nächste Herrin vom See sah – wäre da nicht dieses eine Talent gewesen, diese fatale Fähigkeit, die mir die Macht verlieh, den dunkelsten aller Zauber zu wirken.

Solches Können, so lehren uns die alten Überlieferungen, gehört nicht in Menschenhände. Einzig der Göttin obliegt die Entscheidung, wessen Seele aus dem Kreislauf des ewigen Lebens verbannt wird.

Während eines Rituals offenbarte es sich, dass ich in der Lage war, die Gezeiten der Nacht zu erspüren. Mein Mondblut floss zu diesem Zeitpunkt zum ersten Mal, und meine überreizten Sinne fanden dadurch zu noch größerer Empfindlichkeit. Wie kann ich diesen Augenblick, dieses Gefühl in Worte fassen? Wir von der Göttin Erwählten sind mit allem, was uns umgibt, verbunden, spüren unablässig den Strom des Lebens, das Werden, Atmen und Vergehen. Aus dem, was entschwindet, erhebt sich der Neubeginn. Wir sind Teil eines unendlichen Netzwerkes und uns dessen ständig bewusst. Als dieses Bewusstsein des Einsseins mich plötzlich verließ und alles verschlingendem Schweigen wich, raubte es mir daher den Atem. Mein Zustand war nicht vergleichbar mit dem Erleben derer, die des Zauberns unkundig sind und nur sich selbst wahrnehmen können. Vielmehr fühlte ich mich von grenzenloser Leere umfangen gleich einem gierigen Schlund, einer wahren Antithese des Lebens selbst. Ohnmächtig sank ich zu Boden.

Wenn ich nur geschwiegen hätte! Wäre es mir gelungen, dauerhaft der Entdeckung zu entgehen? Kaum wieder zu mir gekommen, beschrieb ich in meiner Verwirrung das mir Widerfahrene in aller Ausführlichkeit. Die entsetzten Blicke der Priesterinnen entgingen mir nicht. Doch in meinem Hochmut zog ich nicht den entscheidenden Schluss. Nichts lag mir damals ferner als anzunehmen, meine Überlegenheit könne gleichzeitig einen verhängnisvollen Makel beinhalten.

Noch am selben Abend rief man mich zur Herrin vom See. Ein Dolch in meiner Brust hätte mich nicht tiefer verwundet als ihr Urteil, meine Weihe zur Priesterin sei unmöglich.

»Niemand bedauert es mehr als ich, Cwyllogm«, sanft strich sie über mein Haar, »aber mir sind die Hände gebunden. Nicht immer vermögen wir auf Anhieb zu verstehen, welche Schicksalswege die Göttin uns vorzeichnet. In diesem Fall können wir nur hoffen, dass sich ihre Weisheit zu einem späteren Zeitpunkt offenbart.«

Ich glaubte ihr nicht. Tief verletzt beherrschte mich nur ein Gedanke: eine Intrige! Die Herrin vom See wünschte sich nicht mich, sondern die Priesterin Morgaine zu ihrer Nachfolgerin. Die Halbschwester des Hochkönigs versprach mehr Einfluss für Avalon als eine Prinzessin des unbedeutenden Gwynedd. Morgaines Kräfte standen zweifellos hinter den meinen zurück, und die Gesundheit ihrer Seele war nicht über jeden Zweifel erhaben. Die Worte der Herrin vom See hielt ich daher für einen Vorwand.

»Niemand von uns kann das wahrnehmen, wozu du in der Lage bist. Zu bestimmten Zeiten des Jahreskreises, während des Schwarzmonds, gibt es Augenblicke, in denen die Nacht in ihrem Lauf verhält. Nur in diesen Momenten ist es möglich, den dunkelsten Zauber zu vollziehen. Zu jedem anderen Zeitpunkt bleibt er wirkungslos. Jede von uns kennt seine Silben, und ich vermute, wie die meisten hast du sie deshalb für so machtlos wie einen Kinderreim gehalten, ein bloßes Ammenmärchen. Sei versichert, dem ist nicht so. Keiner von uns darf erlaubt sein, sich auf die Stufe der Göttin zu erheben. Daher ist es für dich verboten, die volle Macht einer Priesterin zu erwerben, denn sonst wärst du in der Lage, diesen Zauber eines Tages zu vollziehen. Schon in seiner schwächsten Form vermag er zu töten, verbunden mit einem Menschenopfer jedoch nimmt er Einfluss auf das Rad der Wiedergeburt selbst.«

~

Und so endete meine Zeit auf Avalon. Da meine Zukunft vorherbestimmt schien, hatten meine Eltern für mich keinerlei Vereinbarungen hinsichtlich einer Vermählung getroffen. Die Entwicklung überraschte sie völlig, und ich nehme an, sie konnten die Umstände nicht verstehen. Ich bekam das Gefühl, selbst bei ihnen in Ungnade gefallen zu sein. Insgeheim glaubten sie wohl nicht an meine angeblich einzigartigen Kräfte und mutmaßten, ich hätte mir irgendetwas Unsägliches zu Schulden kommen lassen. Und so wurde eilends beschlossen, mich als Hofdame zu Königin Gwenhyfar zu schicken, in der Hoffnung, mich bei Hofe erfolgreich an den Mann zu bringen.

Dieses Ansinnen sollte sich zunächst auf völlig andere Weise erfüllen. Obwohl frisch vermählt, blieb König Arthurs Appetit auf junge Mädchen unersättlich. Stets auf seinen Ruf bedacht, ging er dabei normalerweise vorsichtiger zu Werke, als im engsten Kreise seiner strahlend schönen Königin zu wildern. Mir als Tochter von Avalon, als die ich mich für immer sehen werde, blieben seine Umtriebe jedoch nicht verborgen. In meinen ersten Wochen in Camlann hätte ich geschworen, mich nicht für Derartiges herzugeben.

Doch dann kam Morgaine an den Hof, als Avalons offizielle Sendbotin. Der Schmerz in mir trieb giftige Blüten. Ich fand keinen Schlaf mehr. Als ich meine Schwäche nicht länger ertrug, suchte ich, um mich zu betäuben, auf Waldlichtungen und an Wegesrändern nach Belladonna und Bilsenkraut. Sie wurden zu meinen bitterschwarzen Schwestern. Ich hatte gelernt, welche Dosis nicht tötet, sondern nur einen Rausch beschert, dem ich mich hemmungslos hingab. Bald erkannte ich mich selbst nicht mehr wieder.

Es wunderte mich, als Arthur begann, mich insgeheim zu umwerben. Er war ein schöner junger Mann von hohem, stattlichem Wuchs mit sonnengelbem Haar, waldgrünen Augen, einem sorglosen Lächeln – und er war unser Hochkönig! So sehr ich mich auch schäme, es heute einzugestehen, sein Interesse schmeichelte mir. Ich war vierzehn, ganz im Bann der Zauberkräuter und hatte die letzten sechs Jahre umgeben von Priesterinnen hinter den Nebeln verbracht. Von aller Welt fühlte ich mich missverstanden und verraten. So rechtfertige ich mich noch heute vor mir selbst.

Der Schatten auf seiner Seele blieb mir nicht verborgen. Für Arthur war jeder Mensch nur ein Werkzeug zum Erreichen seiner eigenen Ziele. Er sah sich nicht als Teil eines ewigen Netzes, wie es die Göttin lehrt. Zugleich war ein Hunger in ihm, den nichts jemals hätte stillen können, eine Leere, die ihn beständig vergebens auf eine Suche schickte. Ich war nicht so einfältig zu glauben, ich könnte ihn ändern. Vielmehr erhoffte ich mir Balsam für meine eigenen Wunden und meine gekränkte Eitelkeit. Und Vergessen, vor allen Dingen Vergessen! Nächtelang verlor ich mich im lautlos gesungenen Lied unserer Leiber, in unbekanntem Begehren. Unser Beisammensein glich einem verbissenen Ringkampf, aber in diesen Stunden kam die bittere Litanei um meine verlorene Zukunft in meinem Geist für eine Weile zum Erliegen.

So sehr versuchte ich, mich in mein Schicksal zu fügen! Doch dann erreichte uns die Kunde, dass Morgaine zu Mabon, der Tag- und Nachtgleiche im Herbst, als Nachfolgerin der Herrin vom See benannt worden war. In meiner Kammer weinte ich stundenlang stumme Tränen, als habe man mir nun auch noch meine Stimme genommen. Ich biss mir so fest auf die Lippen, bis ich Blut schmeckte. Es gab niemanden, dem ich mich anvertrauen konnte, und auch mein Leid durfte nicht offenbar werden. Nichts verband mich mit den anderen Hofdamen Gwenhyfars, und ihr Geplapper über Gewänder und Frisuren kümmerte mich weniger als das Murmeln eines Bächleins.

Wann geschah es, dass Morgaine von ihrem Halbbruder Arthur ein Kind empfing? Ereignete es sich zu Mabon oder gab es bereits davor ein geheimes Stelldichein? Meiner Meinung nach war der wahre Grund, warum Morgaine zu Arthur reiste, ihm von ihrer Schwangerschaft zu berichten. Weiterhin vermute ich, dass die Geschwister sich währenddessen über mich austauschten, so sehr ich auch Morgaine aus dem Weg ging. Wie viele Nächte habe ich wach gelegen und darüber gegrübelt, wie alles zusammenhing? Angesichts des Unheils, das sich daraus ergeben sollte, sind all diese Fragen verklungen.

~

Arthur jedenfalls wusste von meiner besonderen Macht. Natürlich hatten meine Eltern ihm nicht die wahre Geschichte über meinen Weggang aus Avalon berichtet. Doch Morgaine kannte die Ereignisse aus erster Hand und gab ihm wohl das Geheimnis preis, was Arthurs plötzliches Interesse an mir begründete.

Es war nicht so, dass ich ihm vollends verfiel. Und auch Liebe sollte ich erst später erfahren, Liebe und ihren nachtdunklen Zwilling, den Verlust, zehrend, zersetzend, nie zu heilen. Dennoch drehte sich meine Welt damals um Arthur, glaubte ich doch, mir sei nichts sonst geblieben.

Er machte mich trunken mit seinem Körper, mit Wein von zu schwerer Süße, die meine Sinne stumpf werden ließen.

»Morgaines Kind wird wider die Natur sein, eine Kreatur, die niemals geboren werden darf. Du musst mir helfen, Cwyllogm, Liebste. Es hätte nicht gezeugt werden dürfen. Du kennst meine Schwester, sie nimmt sich alles, wonach es sie gelüstet, ohne jede Rücksicht. Auch scheint sie mir immer weniger bei klarem Verstand. Sie glaubt, dass ich mich freuen werde über einen Erben des Reichs, den sie mir schenken will! So bezeichnet sie das unheilige Geschöpf bereits. Aber ich sage dir, Natterngezücht wird es sein, Natterngezücht, welches man beizeiten zerschmettern muss!«

In Arthurs Worten hörte ich die geifernden Reden des christlichen Priesters, dessen ganzes Streben sich darauf richtete, das Volk vom Alten Pfad abzuwenden. Natürlich trachtete Arthur danach, sich auch den Einfluss der Christen zunutze zu machen, und verfing sich dabei immer mehr in ihren Netzen. Doch gleichzeitig regte sich in mir Hoffnung auf Rache. Morgaine würde leiden, wie ich litt, indem man ihr das Liebste nahm. Die Gedanken des Kindes mit umwölktem Geist, das ich damals war, sind mir heute so fremd wie die eines anderen Menschen.

Und so versenkte ich mich auf Geheiß des Königs in der Nacht des nächsten Schwarzmondes in tiefe Meditation. Während Arthur an meinem Lager wachte, verließ der unsterbliche Teil meines Selbst meinen Körper. Ich konzentrierte mich ganz auf Morgaine und war erleichtert, dass es mich nicht nach Avalon zog. Morgaine befand sich erneut auf Reisen. Eine Entfernung, für die ich im wachen Zustand Stunden oder gar Tage gebraucht hätte, durchmaß ich nun scheinbar in Augenblicken. Die Burgkammer, in der ich mich jählings wiederfand, war mir fremd, doch erkannte ich sofort Morgaine, die sich unruhig auf der Bettstatt hin und her wälzte. Hass flammte in mir auf, dennoch zwang ich mich, buchstäblich in sie einzutauchen. Durch Fetzen ihres Traumes bahnte ich mir einen Weg zur Leibesfrucht. Wie der Keim eines Sternes leuchtete die Seele des werdenden Kindes und zog mich unwiderstehlich in seinen Kokon. Tiefer Friede umhüllte mich plötzlich, wie ich ihn seit meinem Fortgang von Avalon nicht mehr gespürt hatte, und erstmals auch wieder ein Gefühl wahrer Verbundenheit. Mir war, als sei ich bis zu diesem Moment gefangen gewesen in dem Moment des Entsetzens über die Gezeitenebbe der Nacht – als könne ich zum ersten Mal wieder Atem holen und das Leben um mich spüren. Selbst mein Abscheu vor Morgaine versickerte, spürte ich doch, dass sie ebenso unglücklich und ohne Orientierung war wie ich und ihr Gemüt wesentlich kränker. Erneut richtete ich meine Aufmerksamkeit auf das Kind. Männlichen Geschlechts war es, doch da … Eine Seele gab es, aber neben der Trommel von Morgaines Herzschlag ertönte das schnelle Pochen zweier weiterer Herztöne. Zwei Söhne waren aus der Vereinigung von Morgaine mit ihrem Halbbruder hervorgegangen, der eine beseelt, der andere … ich erschrak bis ins Mark – ein unnennbares Ding!

Arthurs Priester kam mir in den Sinn mit seinem Gefasel von Sünde und Dämonen. Auch wenn in meinem eigenen Glauben die Vereinigung von Bruder und Schwester als unrein galt, war mir nie zu Ohren gekommen, dass die Göttin Derartiges mit der Erschaffung eines Seelenlosen ahndete. Zwar verfügte Morgaine nicht über meine Fähigkeiten, doch sie spürte, etwas war ganz und gar nicht in Ordnung. Das verfluchte Wesen bereitete ihr Schmerzen, ihr und seinem wesentlich kleineren Bruder. Es erdrückte ihn oder, die eigene Leere erahnend, wollte ihn in sich auf aufnehmen. Eine grauwabernde Energie strömte von ihm aus, die bereits begonnen hatte, Morgaine und den gesunden Knaben zu vergiften.

So wob ich die uralten Worte des dunkelsten Zaubers, als erneut der Moment nahte, in dem die Nacht den Atem anhielt. Auf Avalon nahm man an, erst die Ausbildung meiner Zauberkraft würde mich zu einer tatsächlichen Gefahr werden lassen. Tatsächlich wohnte mir von Natur aus genügend Macht inne, den Zauber nun zur Entfaltung zu bringen, auch wenn ich ihn nicht in seiner verhängnisvollsten Form anwandte. Und so tötete meine mühsam im Zaum gehaltene Magie den düsteren Zwilling und trieb ihn lange vor der Zeit aus Morgaines gepeinigtem Leib, während ich gleichzeitig den Bruder mit all meinen Kräften schützte. Das Gelingen war ein reines Wunderwerk. Erst viele Jahre später sollte ich die Beweggründe verstehen, warum ich damals mein eigenes Leben riskierte, um den beseelten Knaben zu retten.

Als ich meine Seele wieder mit meinen Körper vereinigte, war ein Gutteil der Nacht bereits verstrichen. Mit lediglich Arthur als meiner Wache und ohne den Schutz ausgebildeter Priesterinnen hatte ich mich so verausgabt, dass ich schwer erkrankte. Arthur zog mich sofort voller Ungeduld an sich.

»Ist es getan?«

Ich spürte, er konnte sich kaum zurückhalten, die Nachricht aus mir herauszuschütteln.

»Dein Sohn ist tot.« Mit Mühe formte ich die Worte. Ein überwältigender Ekel vor Arthurs Berührung überkam mich. So sehr ich auch bereits fieberte, zum ersten Mal vermochte ich wieder klar zu sehen und erschauerte ebenso vor dem, was aus mir geworden war, wie auch vor Arthur. Ich fühlte mich, als hätte mir der lichte Zwilling eine Augenbinde vom Kopf gerissen. All meine Leidenschaft für Arthur hatte mich auf immer verlassen.

Auch für den Hochkönig war mein Zweck erfüllt. Wochenlang konnte ich kaum aufstehen, allein von Arthur sah ich währenddessen nichts. Ein heftiges Nervenfieber hatte mich erfasst, dessen Ursache dem Medicus ein Rätsel blieb. Der Entzug der rauschbringenden Kräuter tat ein Übriges.

Das Hohe Fest Samhain kam und ging. Mit ihm begann der neue Jahreskreislauf und langsam kehrten meine Kräfte zurück. Als die Wintersonnenwende näher rückte, schützte sich das Land mit einer tiefen Schneedecke und wartete träumend auf die Rückkehr des Lichts. Genauso zog auch ich mich immer mehr in mich selbst zurück. Meine frühere maßlose Wut war einer dumpfen Betäubung gewichen. Ich fühlte nicht viel und wünschte noch weniger. Nur eines gab es da: Ich wollte fort aus Camlann, fort aus Arthurs Nähe.

Madoc sollte derjenige sein, der mir den Ausweg bot. Zwar war er nur ein untergeordneter cymrischer Adliger und galt für mich als schlechte Partie, zudem hätte er mein Großvater sein können. Dennoch bin ich sicher, meine Eltern waren insgeheim froh, eine Tochter, die ihnen selbst in ihren Briefen nur noch seltsam erschien, untergebracht zu wissen. Es ergab sich immerhin die Aussicht, dass meine Kinder Erben seiner Burg würden.

Madoc war anlässlich der Wintersonnenwende nach Camlann gereist, wenn Arthur diese auch mittlerweile als Fest der Geburt des christlichen Gottessohns beging. Ob Arthur wohl währenddessen einen Gedanken aufwendete für den Sohn, den er selbst hätte haben sollen? Mich zumindest beschäftigte der überlebende Zwilling immer wieder. Weder von der Schwangerschaft Morgaines noch von einer Geburt war etwas bekannt geworden, doch ich vermutete, der Knabe sei ein Wintergeborener – falls er überlebt hatte. Soviel konnte werdendem Leben geschehen! Morgaine vermochte ich mir als Mutter nicht vorzustellen, sie war zu fragil an Körper und Seele.

Doch zurück zu Madoc. Trotz seines Alters erschien er dem weltlichen Auge kraftvoll, meinem geschulten Blick jedoch offenbarte sich der Schatten des Todes, der binnen kurzem seinen Tribut fordern würde. Madocs Werben um mich zeigte ich mich entgegenkommend, und noch vor Imbolc wurde ich seine Frau.

~

In meiner Erinnerung eilen die Mondumläufe dahin wie ein einziges Wandern in grauer Ödnis. Mein Ehemann konnte wegen seiner jählings ausbrechenden Krankheit die Ehe nicht mehr vollziehen. Wie ich es vorausgesehen hatte, begann sich sein Körper von innen heraus selbst zu verzehren, und er schwand dahin. Auch wenn ich ihn aus kalter Berechnung heraus zum Mann genommen hatte, litt ich nun doch mit ihm angesichts seines Verfalls, denn Madoc hatte sich als durchaus gutherziger Gefährte erwiesen. Wenigstens vermochte ich ihm durch mein Wissen um die Kräuterkunde die Schmerzen zu erleichtern, doch weiter sollte sich Madoc an seiner jungen Frau nicht mehr freuen. Zu Lughnasad war ich Witwe.

Nach allem hatte sich die Wahl meines Gemahls als weise erwiesen. Verwandte, die mir Madocs Burg trotz unserer Kinderlosigkeit streitig machten, gab es nicht. Das Mutterrecht galt noch in dieser Gegend, und niemand störte sich an der weiblichen Burgherrin, die für viele Krankheiten Linderung oder gar ein Heilmittel wusste. In meiner Einsamkeit gab ich mich ganz der Kräuterkunde und dem Zauberwerk hin. Ich war wie in der Zeit gefangen, unfähig, mich weiter zu entwickeln. Ich wusste, wie man das Altern des Körpers aufhält, und obwohl die Jahre ins Land gingen, blieb ich äußerlich eine junge Frau. Erst in der Stille meiner eigenen Welt fand ich allmählich zurück zur Göttin. Meine Wohltaten für andere Menschen trugen zu meiner eigenen Heilung bei. Ich versöhnte mich mit meinem Abschied von Avalon. Viel länger dauerte es, bis ich mir verzieh, dass Arthur mich zu seinem Werkzeug und zum Teil seines verabscheuungswürdigen Plans gemacht hatte. Für mich selbst konnte ich nur in die Waagschale werfen, dass ich versucht hatte, letztendlich Gutes zu bewirken. Dennoch hatte ich mich in das Werk der Göttin eingemischt. Aber mit welchem Ausgang? Morgaine war mittlerweile Priesterin vom See, doch von einem Sohn hörte man nichts.

~

An einem warmen Sommermorgen in meinem fünfunddreißigsten Jahr begegnete mir Medraut.

In der Luft lag der scharfe, belebende Duft der Poleiminze, deren bläuliche Blütenähren ich schnitt und sammelte. Der Bach unterhalb der Burg war im Frühjahr über die Ufer getreten und hatte das Kraut üppig wachsen lassen. Versunken im Summen der Bienen sah ich Dunst aus dem Wasser heraufsteigen, und Medrauts wuchtiger grauer Hengst schien zunächst ein Teil dieses Nebels zu sein. Er näherte sich lautlos. Erst als er unmittelbar neben mir verhielt, konnte ich den jungen Ritter auf seinem Rücken ausmachen. Obwohl ich an der Seite der Königin alle Edlen des Reichs getroffen hatte, waren mir seine angenehmen, feinen Züge nicht vertraut. Und dennoch erkannte ich ihn wieder. So jung an Jahren er auch sein mochte, war er doch wie ich ein Vielmalgeborener. Hinter den dämmerblauen Augen wohnte eine alte Seele.

Blinden kann man von Farben sprechen, dennoch werden sie nicht erfassen, was es damit wirklich auf sich hat. Genauso war es mir bisher mit der Liebe ergangen. Doch nun schien alles an seinen Platz zu fallen. Bewahrte ich mir nur für Medraut die ganze Zeit über meine Jugend und Schönheit? Die letzten zwanzig Jahre hatte ich verbracht wie eines dieser fremdartigen Insekten, die man in Bernstein-Inklusen findet. Die nächsten Tage kamen mir vor, als wäre ich zum ersten Mal wirklich erwacht.

Wie an mir, war auch an Medraut etwas Zerbrochenes, das ich in unserer ersten Zeit nicht benennen konnte. Er stellte sich mir als letztgeborener Sohn Lots von Orkney und von Morgause, einer weiteren Halbschwester Arthurs, vor. Seinen älteren Bruder Gawain hatte ich in meiner Zeit bei Hofe kenngelernt, doch Medraut glich ihm nicht.

Der Zufall hatte ihn aus Camlann zu mir geführt. Er suchte nur vorübergehendes Quartier, doch schon nach wenigen Tagen stand fest, er würde bleiben. Medraut hatte als Knabe eine Ausbildung auf Avalon erfahren, was selten einem Mann geschah. Nicht nur dies verband uns, sondern auch er spürte unsere Zusammengehörigkeit – über dieses Leben hinaus. Und so wurde Medraut mein zweiter Gemahl, so verschieden von dem ersten. Niemand auf Madocs Burg missgönnte mir mein Glück, sie akzeptierten Medraut als neuen Herrn. Mein bisheriges Leben gerann zu einem blassen Schatten. Als uns im Folgejahr unsere Zwillingssöhne Melahan und Melou geboren wurden, konnte ich unser Glück kaum mehr fassen. All die einsamen, bitteren Jahre fielen ab von mir. Ich verstand nicht, warum ich diesen besonderen Segen der Göttin auf einmal verdiente.

Wir lebten im Heute, über Vergangenes sprachen wir kaum. War dies unser Fehler? Die Ruhelosigkeit, die ich an Medraut während unseres ersten gemeinsamen Jahres wahrgenommen hatte, verebbte spätestens mit der Geburt der Zwillinge. Fünf Jahre waren uns vergönnt, fünf wunderbare Jahre, in denen unsere Söhne heranwuchsen. Melahan, mein Sonnenkind, suchte stets Abenteuer, Melou, versonnen und tiefsinnig wie sein Vater, ließ bereits jetzt erkennen, dass auch er die übersinnliche Gabe der Göttin besaß.

Hätte ich unsere Burg nur verbergen können hinter Nebeln, wie es mit Avalon geschah, seit die Anhänger des fremden Gottes Britannien heimsuchten! Doch dies überstieg selbst meine Kräfte. Immer wieder erreichte uns Kunde aus Camlann, über Arthurs zunehmenden Wahnsinn, der nur noch mit Mühe vor dem Volk verborgen wurde. Schließlich suchte Gawain seinen Bruder Medraut auf und überzeugte ihn, an den Hof zurückzukehren.

Schwere Träume kamen über mich in dieser Nacht, in denen ich versuchte, meinen Kelch mit Wasser aus unserer Quelle zu füllen, doch fortwährend rann mir das Nass durch die Finger. Warm war es wie Blut, und schließlich entglitt mir der Kelch und zerschellte an einem Stein. Ich erwachte weinend und fassungsloser als einem solchen Anlass angemessen. Medraut zog mich an sich.

»Reise nicht nach Camlann«, flehte ich. »Was geht es uns an, wenn das Reich entzweibricht? Wie willst du das verhindern, wenn es Gawain und allen Rittern der Tafelrunde nicht gelingt?«

Wie so oft erhielt ich von Medraut keine Antwort. So nahe wir uns auch standen, gab es Teile von uns, die wir voreinander verbargen. Und wie konnte ich von meinem Liebsten völlige Offenheit verlangen, wenn ich doch selbst so tat, als habe mein Leben erst begonnen, als er mir damals am Bachufer begegnete?

Am nächsten Morgen zog ich mich schweigend an und machte Melou und Melahan reisefertig. Nichts sollte uns trennen. Medraut genügte ein Blick auf mich, um zu wissen, dass er mich nicht daran hindern konnte, ihn zu begleiten. Nicht nur in unserer Verschwiegenheit, sondern auch in unserer Sturheit waren wir einander ebenbürtig.

~

Selbst die Erinnerung an unsere letzten Tage vermag ich kaum zu ertragen. Dieses Verhängnis nennt man bereits jetzt »die Schlacht um Camlann«.

Unruhig schritt ich in dem Gemach, das man uns bei Hofe zugewiesen hatte, auf und ab. Mir war klar, man würde versuchen, Arthur ob seiner fortschreitenden Verwirrung und Tobsuchtsanfälle zum Abdanken zu bewegen. Doch wer sollte ihm nachfolgen?

Melahan plapperte fortwährend auf Melou ein, während dieser sich mit großen Augen umsah. Für Melahan war alles ein großes Abenteuer, doch sein Bruder spürte meine Sorge. Plötzlich erklang das Geklirr von Schwertern. Ich eilte zum Fenster, im Burghof kämpfte Ritter gegen Ritter! Noch bevor ich mir darüber klar wurde, ob es sich um einen Übungskampf oder bitteren Ernst handelte, wurde hinter mir die Tür aufgerissen und Arthur stürzte herein, Excalibur in Händen. Seine Miene zeigte unbeherrschte Raserei.

»Cwyllogm, Teufelsweib! Belogen hast du mich. Mit Stumpf und Stiel ausrotten solltest du das Natterngezücht, stattdessen hast du es vermehrt!«

Ehe ich mich noch rühren konnte, durchbohrte er Melahan und schlug Melou den Kopf ab.

Mein unmenschlicher Schrei ließ Kämpfer herbeieilen, bis ich Freund und Feind in dem Gedränge nicht mehr erkannte und hilflos von der Seite meiner Kinder fort gedrängt wurde. Gareth, ein weiterer geliebter Bruder Medrauts, wollte sich zu mir durchkämpfen und fiel unter einem Hieb Excaliburs. Doch nein, kein Bruder war er, sondern ein Vetter. Denn einer der Söhne Arthurs hatte dank mir überlebt, um zu meinem Leben zu werden. Arthurs Anschuldigung hatte mir endlich die Wahrheit gezeigt. Wie hatte ich nur so blind sein können?

Der Kampf tobte weiter und ich blieb zurück, mit den leblosen Leibern meiner Zwillinge und mehrerer Ritter, darunter auch Gareth. Ich entsann mich nicht, gestürzt zu sein, doch meine Wange berührte kalten Steinboden. War ich gestoßen worden oder selbst gefallen? Immer wieder entglitten mir die Gedanken und auch die klare Sicht. Alles in mir zog sich zurück vor dem, was zu entsetzlich war, um es zu erfassen.

Ich weiß nicht, ob Augenblicke oder Stunden vergangen waren, bis Medraut blutbedeckt vor mir erschien. Wieder war die Zeit zum Stillstand gekommen. Eine Zukunft gab es nicht mehr. Verzweifelt sahen wir uns in die Augen. Wusste Medraut, was ich getan hatte, dass wir uns nicht nur aus früheren Leben kannten, sondern sich unsere Seelen auch in diesem vor zwanzig Jahren berührt hatten, die seinige damals noch zu ungeformt, um einander zu erkennen? Seit wann wusste er um seine wahre Herkunft, die er mir anscheinend nicht hatte enthüllen wollen? Nichts war jetzt mehr wichtig. Ein letzter Kuss. Ein Kuss, wenn alle Worte versiegen. Schon war Medraut fort, um unsere Söhne zu rächen.

Ich lag reglos, bis die Nacht herabfiel gleich einem Leichentuch. Auch in mir war alles wie tot. Das zweite Gesicht, meine am wenigsten beständige Gabe, kam nun mit Macht über mich und ich musste mit ansehen, was fernab geschah:

Unten im Wald kämpfte Medraut gegen Arthur, den Vater, dem er sich heute erst zu erkennen gegeben hatte, wohl in der vergeblichen Hoffnung, Arthur könne noch Vernunft zeigen. Mühevoll rappelte ich mich auf, sah nicht zurück zu meinen Söhnen.

Selbst einst vertraute Gänge wirkten auf mich nun wie ein Irrgarten. Ich taumelte durch die Burg, vorbei an so vielen Gefallenen, hinunter in den Wald, zur Lichtung, wo Arthur und Medraut Hieb um Hieb gegeneinander austeilten, bloße Schatten noch. Wieder brach die Zeit des Dunkelmonds an, nur das gleichgültige Licht der Sterne leuchtete ihrem letzten Gefecht, gleichgültig wie mein Herz, aus dem Artur jedes Gefühl herausgebrannt hatte. Den tödlichen Streich, den Medraut empfing, fühlte ich in meinem eigenen Leib. Ich sah, wie er fiel, doch in einem letzten Aufbäumen stieß er dem unvorsichtig triumphierenden Arthur das Schwert in die Brust.

~

Ich halte meine Liebe im Arm, bis der Atem verweht. Unendlich vorsichtig lasse ich Medrauts Kopf in das Moos gleiten, gebe ihn der Erde zurück. Oh Melou, oh Melahan! Und Medraut, mein Ritter mit Augen aus Sommerhimmel!

Excalibur schimmert im Farn. Mit beiden Händen muss ich die mächtige Waffe anheben. Einst war Arthur Avalons Streiter, bevor er den Alten Pfad verließ. Von Avalon kam Excalibur, und dorthin muss es zurück. Aus der Ferne dringt noch immer Kampfeslärm. Schnell, jetzt, schnell! Berühren meine Füße noch den Waldboden? Ich spüre sie nicht mehr. Dennoch tragen sie mich hinunter zum See. Er ruht in der mondlosen Nacht wie ein geschlossenes Auge. Excalibur durchbricht die Oberfläche und versinkt in der Schwärze. Ich muss keinen der Uralten rufen, ich spüre schon das wartende Kelpie tief am Grund.

Arthur, König und Kindsmörder.

Nur eines bleibt noch zu tun. Zurück auf der Lichtung ziehe ich Medrauts Klinge aus dem verhassten Leichnam. Ich schmiege mich eng an Medraut und warte … warte auf den Moment, in dem die Gezeiten der Nacht verebben. Wir alle werden weiter ziehen und uns in anderen Leben wieder begegnen. Nicht so der König. Noch einmal webe ich für Arthur den dunkelsten Zauber – dieses Mal in seiner reinsten Form, der Form, die nicht nur tötet, sondern für immer vernichtet, tilge seine Seele aus dem Rad der Wiedergeburt. Das Leben, das dieser Zauber kostet, wird mein eigenes sein. Medrauts Schwert in meinen Händen.

Ein letztes Loslassen.

Über die Autorin

Sabine Gothan ist eine Wintergeborene des Jahres 1968. Aufgewachsen in Berlin-Spandau, lebt und schreibt sie heute im brandenburgischen Falkensee. Sie ist Regierungsbeamtin des Berliner Senats und ehrenamtliche fachkundige Richterin an verschiedenen Berliner Gerichten. Einige Kurzgeschichten hat sie bereits in unterschiedlichen Zeitschriften veröffentlicht und dabei auch den ersten Platz beim Sidonie-Gabrielle Colette-Literaturpreis 2013 des Minerva-Verlages belegt. Sie bevorzugt die fantastische Literatur. In ihren Geschichten ist nichts so, wie es auf den ersten Blick scheint – nicht einmal das Nichts. So ist stets damit zu rechnen, dass sich Wunschfeen als Irrlichter entpuppen. Sabine Gothan schätzt vieles, was andere ablehnen, wie beispielsweise Regenwetter, und zieht das Skurrile, Abseitige jederzeit dem Stromlinienförmigen vor. Sie mag Alliterationen, Schachtelsätze von Proustscher Länge und alles, was nicht von dieser Welt ist. Sie bremst daher auch für Fabeltiere.

Die Träne der Novizin

Stefanie Bender

Die Haut meiner zum Gebet gefalteten Hände hatte jegliche Farbe verloren. Blut rauschte in meinen Ohren und schob das Summen der betenden Schwestern in weite Ferne. Martha kniete an meiner Seite und sprach monoton die erlernten Worte des lateinischen Gebets, während ich schwieg und mich auf den Schmerz konzentrierte. Ich presste die Hände mit Gewalt ineinander in der Hoffnung, die Knochen brechen zu hören. Mit verkrüppelten Fingern würde ich keine Buchstaben schreiben und keine Abschrift anfertigen können. Obwohl … in Gedanken sah ich mich die Feder mit den Zehen führen, im Rücken den strafenden Blick einer Nonne. Ich traute ihnen alles zu – wirklich alles. So lockerte ich meinen Griff, als der Singsang verebbte.

Ohne ein abschließendes Wort endete der Gottesdienst, wie immer. Stille umgab das Kloster auf der Insel. Nacheinander verließen die Äbtissin, die Mesnerin und ihre Chorsängerinnen die heilige Stätte. Das Schlurfen ihrer Schritte hallte von den kahlen Wänden wider und schmerzte in meinen Ohren. Schritte: der einzige Laut, den ich zugleich verachtete und schätzte. Lieber diese gehaltlosen Geräusche als die zu oft vorherrschende Stille!

Die Nonnen verließen die Kirche. Erst jetzt war es uns Novizinnen erlaubt, uns zu erheben und geordnet in Zweierreihen unseren Ausbilderinnen zu folgen. Schweigend schritten wir den gewandeten Frauen hinterher, vorbei am Sprechraum, dem einzigen Raum, der uns in diesem Leben gestattete, offen zu kommunizieren. Ja, wir schritten an ihm vorüber. Das war alleine Marthas Schuld; sie hatte in der vergangenen Woche ein Wort im Abendgebet fehlerhaft gesprochen. So kann ein einfaches Wort alles zerstören! Am gestrigen Streichtag wurde ihr Fehler durch Schläge auf den Rücken geahndet, doch die Bitte um Vergebung kam nicht über Marthas Lippen. So stahl sie mir die einzigen lebenswerten Minuten des Tages. Weder Zuneigung noch Missgunst hatte ich ihr gegenüber empfunden, doch heute, heute spürte ich ganz deutlich ein Gefühl in mir: Ich hasste Martha!

Wir betraten durch den angrenzenden Flur das von Kälte erfüllte Skriptorium. Alte Bücher und Schriftrollen stapelten sich auf dem mit den Jahren spröde gewordenen Holz der langen Tafel in der Mitte des Raums und erwarteten uns mit gefletschten Zähnen. Vor jedem Platz war je ein Tintenfässchen postiert, in dem eine Feder steckte, bereit, um eine volle Stunde ununterbrochen auf Papier zu kratzen. Der Reihe nach setzten wir uns schweigend nieder, geduldig wartend auf den stummen Befehl, der uns berechtigte, mit der Abschrift zu beginnen.

~

Einst war ich stolz gewesen, den Frauen anzugehören, die das Schreiben und Lesen erlernen durften, damals, als ich noch an etwas wie einen Gott glaubte.

Nach neun Lebensjahren brachten mich meine Eltern in das Kloster auf der Insel, mitten im großen Wasser des Chiemsees. Sie gaben mich in die Hände der stets ernsthaft blickenden Frauen. Nur den Hauch eines Kusses hatten sie für mich übrig, dann gingen sie, ohne sich ein einziges Mal nach ihrer Tochter umzudrehen. Die schweren Tore fielen zu. Und hinter ihnen blieb alles, was ich kannte und in meinen wenigen Lebensjahren lieben gelernt hatte, zurück. Eine Nonne zerrte mich mit sich. Das Gewand, welches sie mir überzog, kratze auf meiner Haut. Kalt war die Zelle, in die die fremde Frau mich sperrte. Das Stroh der fleckigen Matratze roch modrig und war bereits durchgelegen. Angewidert ob der einzigen Schlafmöglichkeit rollte ich mich auf dem Boden zusammen und schloss die Augen. Die letzten Strahlen der Sonne quälten sich durch die Ritzen des mit Holzplatten verriegelten Fensters und streiften meine Wange, auf der ich meine bitteren Tränen fühlte. Ich weinte und rief nach meinen Eltern. Ich jammerte nach meiner Mutter, doch sie hörte mich nicht, sie war gegangen. Mein bisher wohlbehütetes Kinderleben wankte unter einem lautlosen Beben.

Risse durchzogen die ebene Straße und ließen mich stolpern, bis das Trugbild schlagartig in sich zusammenbrach. All die vielen Worte über das mir bevorstehende würdevolle Leben waren nichts weiter als farbenfrohe Lügenmärchen.

~

Schwester Euphemia schloss hinter uns die Tür. Die Stunde brach an. Nur eine Stunde, um eine Abschrift zu Ende zu bringen, die ich erst vor einer Woche begonnen hatte. Schwer lag die Feder in den dünnen Fingern meiner rechten Hand. Es fühlte sich verlogen und falsch an, nicht richtig. Ich wollte wechseln, die Feder in die Finger der linken Hand legen, in die Hand, die die Buchstaben schneller schreiben konnte – schöner. Doch das strenge Verbot pochte warnend in meinem Kopf. Ich spürte noch immer die Schläge; brutale Prügel auf meinem Rücken. Wie formvollendet sie waren, diese Buchstaben. Wie einfach und leicht das Schreiben sich anfühlen konnte. Doch nicht jetzt, nicht mit der rechten Hand. Bitte keine Schmerzen, lieber eine verkrampfte Haltung, ein wenig Verwischen. Verzweiflung und Übelkeit krochen meine Kehle hinauf und schnürten mir den Atem ab. Es war die Angst vor der Strafe, die mich ereilte, sollte ich meine Aufgabe nicht erfüllen. Etwas schlug auf den Tisch. Ich riss die Augen auf und starrte auf die knochige Hand Schwester Euphemias, die flach und drohend neben der meinen lag. Ich sah nicht zu ihr auf. Allein die Nähe der Frau brachte mich dazu, die Feder fester zu greifen und behutsam die Buchstaben zu zeichnen. Das Knurren in der Kehle der Sklaventreiberin war nicht zu überhören. Ich holte erst wieder Luft, als die Nonne sich entfernte. Mein Körper bebte. Ich durfte nicht weinen. Weinen bedeutete Schwäche und Schwäche Züchtigung. Nicht schluchzen, bitte nicht schluchzen, betete ich stumm in mich hinein.

Ich sollte froh über die Zeit sein, die ich nicht alleine in meiner Zelle verbringen musste. Einsamkeit war an diesem Abend eine größere Strafe, als die gehassten Abschriften anzufertigen, denn heute stand der Mond in seiner vollen Pracht am sternenklaren Himmel.

Schön war er anzusehen, doch brachte er mit seiner Schönheit auch das Grauen mit sich: das jämmerliche Schluchzen einer Frau. In jeder Vollmondnacht hörte ich sie weinen. Ihre angstvolle Stimme zerriss mir das Herz, denn ich konnte ihr nicht helfen. Nie sah ich sie mit eigenen Augen, doch war ich nicht alleine mit meiner Furcht vor diesen Nächten, in denen das Weinen erklang. Uns war es verboten, darüber zu sprechen, die Ammenmärchen über die Frau, die vor Liebeskummer vom Turm gestürzt war, sollten sich nicht weiter verbreiten. Ich war mir sicher, dass ich nicht fantasierte. Gewiss war das weinende Mädchen so wie ich, eines, dessen Zukunft längst im Grabe lag, ohne dass es je gelebt hatte.

Ich fühlte, wie eine einzige Träne über meine Wange rann, hinab auf die Feder fiel und auf das Papier tropfte. Eine kleine Pfütze wuchs rasch und formte das Pergament zu einer wabernden Masse. Die Zeit schien still zu stehen. Ich wagte nicht, mich zu rühren. Was geschah da nur vor meinen Augen? Steif saß ich da mit der Feder in der Hand und blickte auf das unglaubliche Bild. Es war, als strecke meine Träne unsichtbare Fühler aus und wandelte das Umfeld zu einer weichen, spiegelnden Oberfläche. An die Lehne des Stuhls gepresst blieb ich sitzen und beobachtete das magische Spiel.

Der Raum war in verschwommenes Licht getaucht. Die Feder, die ich noch immer in meinen Fingern hielt, begann zu vibrieren. Erst versuchte ich, sie festzuhalten, doch dann öffnete ich meine Hand und ließ sie fallen. Sie fiel nicht. Sie schwebte in der Luft und … ja, sie änderte ihre Farbe. Im Bruchteil eines Wimpernschlags nahm der Federkiel die Farbe königlichen Blaus an. Er segelte in der Luft, vollführte eine Pirouette, tänzelte durch den Raum und hinterließ einen silbernen Schweif voll Federstaub. Mit offenem Mund blieb ich auf dem Stuhl sitzen. Was ich sah, grenzte an ein Wunder. Ich rieb mir die Augen, doch der Tagtraum blieb. Nicht nur mein Sehsinn spielte verrückt, auch meine Ohren vernahmen etwas fast Vergessenes, etwas Wundervolles: Musik!

Keine Nonnengesänge, keine betenden Ordensschwestern, nein, es war Musik. Ein Kribbeln durchdrang meinen Körper. Ich verspürte den Drang zu tanzen. Ich wollte mich in den Wogen der

Melodie bewegen. Wie damals auf den Straßen, als der Spielmann den Markt besuchte. Momente der Unsterblichkeit, in denen die Musik meiner Seele Worte schenkte. Doch hier im Kloster war es verboten, hier gab es keine Musik, hier hatte die Seele zu schweigen.

Die schwermütige Stille der Klosterkammer wich ängstlich vor den unsichtbaren Fidelklängen zurück und versteckte sich in den Schatten der Mauern. Im Takt der Musik bog sich der blaue Federkiel und zeichnete mit feinem Staub Sterne und Herzen in die Luft, die wie Sand langsam zu Boden rieselten. Die Feder tänzelte hin und her, als wolle sie mich auffordern, mich zu erheben und mich gemeinsam mit ihr in der Harmonie der Fidel zu bewegen. Ich folgte ihr zögernd. Warmer Wind streifte mich, der nach Mohnblumen duftete. Wie ein kleiner Vogel flatterte die Schreibfeder um meinen Kopf und säuselte mir Worte ins Ohr, die ich nicht verstand. Ich stand still, beobachtete ihr Gebaren, während der silberne Federstaub sich in ein kräftiges Zyanenblau färbte. In Wogen der Musik zog er seine Kreise. Ein Geflecht aus Blumen, das sich mit seiner Schöpferin bog, zeichnete in feinen Linien ein Wesen, welches ich nur aus meinen Träumen kannte:

Ein Drache, nicht größer als ein streunender Hund, gewann an Konturen und verdunkelte seine Farbe. Scharfe Zähne und eine gespaltene Zunge kamen zum Vorschein. Die Feder wandte sich von ihm ab, ließ das Wesen frei, dessen schuppige Haut im Schein der Kerzen glänzte. Seine Schwingen waren nicht ledrig, sie bestanden wie die Flügel der Engel aus einer Vielzahl an Federn. Blau waren sie, blau wie die Schreibfeder, die das Wunder vollbracht hatte. Auf vier robusten Beinen stand der blaue Drache keine zwei Schritte von mir entfernt. Er reichte mir nur bis an die Knie, trotzdem wich ich ängstlich vor ihm zurück, bis die harte Wand mich stoppte. Das Geschöpf bog den Kopf erst auf die linke, dann auf die rechte Seite und musterte mich, als wüsste es nicht, ob es mich fressen oder eher mit mir spielen solle. Neugierig tappte es auf mich zu. Es streckte sich an meinen Beinen hinauf und schnupperte. Ich erstarrte. Die Nüstern des kleinen Drachen bebten und ein zufriedenes Brummen drang aus seiner Kehle.

Von plötzlicher Belustigung übermannt musste ich lachen. »Du tust mir nichts, oder?«, fragte ich ihn flüsternd. Der Drache blickte mit seinen leuchtenden, blauen Augen, als könne er kein Wässerchen trüben. Er rümpfte die Nase, stupste mich mit der Schnauze an, trat zurück und wirbelte im Kreis. Ja, er jagte seinen Schwanz wie ein spielender Hofhund! Meine Angst verflog.

»Feo«, sagte ich lachend, »ich nenne dich Feo. Bleibst du bei mir, Feo?« Das Geschöpf sprang mit einem Satz auf den langen Tisch und nickte mit dem Kopf, als hätte es mich verstanden. Mein Blick fiel auf die anderen Mädchen, die noch immer am Tisch saßen und sich nicht rührten. Wie hatte ich sie nur vergessen können? Ich erinnerte mich, wo ich war und welche Aufgabe auf mich wartete. Die Stunde war bereits vorangeschritten und meine Mitschülerinnen und auch die Erzieherin bewegten sich nicht. Die Kinder hielten ihre Schreibfedern wie versteinert in der Hand, nicht einmal ihre Wimpern zuckten. Schwester Euphemia stand mit verschränkten Armen an der Tür, als wolle sie verhindern, dass eines von uns Mädchen aus dem Schreibraum flüchtete. Auch sie war verkrampft, rührte sich nicht. Ich konnte nicht verstehen, was geschah – ich wollte es nicht. Mir gefiel, was ich sah. Ich stellte mir vor, wie ich mit dem Drachen Feo aus dem Kloster floh. Auf seinem Rücken flog ich über den großen See hinüber und suchte nach meinen Eltern. Sie hatten gewiss nicht gewusst, in welch düstere Mauern sie mich gebracht hatten. Bestimmt bereuten sie es bereits und vermissten ihre Tochter sehr. Ich roch den Duft der Blüten, fühlte den Wind, die Zärtlichkeit meiner Mutter, und ich sah den Bach an unserem Häuschen vorbeifließen. Wo auch immer dieses Wesen herkam, was auch immer geschehen war, ich wollte es nicht wissen. So betete ich still, dass es doch einen Gott gab, der diesen wundervollen Traum nie enden ließ.

Ich tat es Feo gleich und kletterte auf den Tisch. Mutig stolzierte ich an den Novizinnen vorbei. Noch immer keine Regung in ihren Gesichtern. Der Zauber der Feder war groß und ich genoss in allen Zügen ihre Macht – meine Macht. Ein seltsames Gefühl, ohne die Angst im Magen in diesem Raum ganz frei zu atmen zu können.

Das erste Tintenfässchen ließ ich unberührt, doch dem nächsten verpasste ich einen Tritt. Das Gefäß kippte um. Die dunkle Flüssigkeit ergoss sich über das Pergament und tropfte auf das Gewand von Martha. Feo beobachtete mich und ahmte mich nach. Mit seinem Schwanz holte er aus und fegte mit einem flüchtigen Schlag gleichzeitig vier Fässchen vom Tisch. Die Tinte spritzte und besprenkelte Wände und das Gewand, das ich gezwungen war zu tragen. Ich jauchzte vor Freude, tanzte und lachte, während ich dabei zu den Mädchen hinunter sah. Glücklich pfiff ich die Melodie der noch nicht verklungenen Fidelmusik, dann nahm ich die Feder auf, zog ein Stück des gelblichen Papieres vom Platz einer Novizin und begann mit der linken Hand zu malen: Ein Glas, in das ich mir Milch wünschte, und ein Brot, das frisch schmecken sollte wie von Mama gebacken. Kaum hatte ich die Feder abgesetzt, formte sich meine Zeichnung und schenkte mir das, was ich mir wünschte. Überlegen grinste ich die starre Nonne an und schmatzte geräuschvoll.

»Von mir bekommst du nichts ab«, rief ich ihr zu und machte eine große Geste mit dem Arm in die Runde. »Keiner von euch bekommt etwas ab. Das alles gehört mir, mir allein!« Der Drache hüpfte vom Tisch, hin zum Fenster und setzte sich auf das Sims. Schnell leerte ich mein Milchglas, um Feo zu folgen.

Das Sims war zu hoch, um mich hinaufzuziehen. So rückte ich mir einen Stuhl heran, kletterte darauf und setzte mich neben meinen Drachen. Das Bild, das sich vor mir auftat, musste aus meinen Träumen entflohen sein. Es war nicht gestattet, uns einem der hohen Fenster zu nähern, und den Ausblick hatte ich mir niemals so zauberhaft vorgestellt. Die tristen Mauern, die mich täglich versklavten, waren verschwunden. Vor mir öffnete sich ein vom Vollmond erhellter Garten: Eine große Wiese mit unzähligen Blumen, Bäume mit dicken Stämmen und ein schmaler Bach, der sich durch die Idylle schlängelte. Dahinter funkelte im Mondlicht der tiefe See wie tausende Diamanten. In der Ferne entdeckte ich ein Pferd mit wundervollem weißen Fell und einem bernsteinfarbenen Horn. Ich war vor Glück beseelt, doch gleichzeitig erfüllte mich eine seltsame Traurigkeit. Dort draußen lag das Paradies, die Freiheit, von der ich nächtlich träumte, doch ich war hier, hier drinnen, gefangen zwischen kalten Mauern, festgehalten durch abweisende Hände.

Etwas polterte. Erschrocken wandte ich mich um. Kurz erfasste mich die Furcht, dass eines der Mädchen sich meiner Feder bemächtigt haben könnte. Der Federkiel jedoch lag noch immer auf dem Tisch, genau dort, wo ich ihn zurückgelassen hatte, und rührte sich nicht. Tief atmete ich durch und versuchte mich zu entspannen. Ich schloss die Augen. Dort wollte ich sein, dort auf dieser Wiese, wenn die Sonne schien, inmitten von Bienen, Grashüpfern, Marienkäfern und unzähligen Blumen. Als ich die Augen öffnete, war die Sonne verschwunden und der Garten lag erneut im Licht des Mondes. Ich genoss die Wärme, die der Moment mir schenkte, bis Feo neben mir unruhig wurde. Ich wagte einen weiteren Blick über die Schulter und erschrak. Schwester Euphemias Körper zuckte. Der Zauber begann zu bröckeln. Die Mädchen saßen noch immer steif an ihren Plätzen und doch glaubte ich zu erkennen, wie sich ihre Brustkörbe wieder in Bewegung setzten. Was sollte ich bloß tun? Was würde geschehen, wenn die Nonne den Drachen sah? Ohne auf die Höhe zu achten, hüpfte ich vom Fenstervorsprung. Schnell lief ich zum Tisch und packte die Feder. Niemand sollte sie haben – niemand außer mir!

Meinen verzauberten Schatz an mich gedrückt wollte ich zu Feo zurück. Der Drache aber schien sich nicht für mich zu interessieren. Noch immer sah er hinaus in die Weite. Er gab einen leisen Ton von sich, breitete seine kleinen Federschwingen aus und streckte den Rücken durch. Nein! Das durfte er nicht tun. Er konnte doch nicht …

Ich stürzte zum Fenster und Feo sprang.

Fort, mein Drache war fort. Er tat, wozu ich nicht fähig war. Er floh aus den dunklen Mauern des Klosters. Auf einmal hörte ich ein Brüllen. In der Ferne stieß der blaue Drache Feuer aus seinem Maul, während seine Schwingen größer und größer wurden. Feo wuchs. Sein Schwanz wurde länger, seine Schnauze dicker und seine

Zähne spitzer. Aus dem kleinen, liebreizenden Drachen wurde eine Bestie. Genau diese Bestie war es, die nach einem weiten Bogen zurück zur Abtei flog.

»Nimm mich mit«, rief ich und streckte ihm meine dünnen Arme entgegen. »Bitte«, bettelte ich, »nimm mich mit dir! Bring mich fort! Lass mich hier nicht allein!«

Feo hörte mein Flehen, sah mich an und seine Augen wurden bleich. Stetig verlor er an Farbe. Die Bilderbuchlandschaft erzitterte. Es kostete mich alle Kraft, auf den Beinen zu bleiben. Panik überkam mich, als der Boden und die Klostermauern zu beben anfingen. Nein, ich wollte nicht sterben, nicht begraben werden unter diesen Mauern. Ein Stein löste sich von der Decke. Vor Angst erstarrt blickte ich nach oben. Als ich zu schreien begann, schlug die Glocke das erste Mal. Die Schreibstunde, sie ging zu Ende! Ich sah über meine Schulter; die Mädchen, aus ihrer Starre erwacht, schrieben fleißig an ihren Abschriften und ignorierten das todbringende Beben, wie sie auch mich ignorierten. Keinen einzigen Buchstaben hatte ich innerhalb der Stunde ordentlich auf das Papier gebracht. Wie konnte es sein, dass sie schon um war?

Schwester Euphemia bewegte sich. Ihr Kopf schnellte hoch und blieb an mir haften, ihre Stirn legte sich in Falten und das böse Funkeln trat in ihre Augen zurück. Mit großen Schritten stampfte sie auf mich zu. Sie wankte nicht, sie stolperte nicht. Nahm sie das Beben denn gar nicht wahr?

»Bitte Feo, ich flehe dich an, nimm mich mit! Nimm mich mit!« Der Drache reagierte nicht. Ich verstärkte den Griff meiner Hand, die die Feder hielt. Ich wollte malen – eine Tür, durch die ich verschwinden konnte, doch der Federkiel hatte keine Tinte mehr gespeichert. Keine Tinte, kein Papier, keine Hoffnung.

»Nimm mich mit Feo. Lass mich nicht hier.« Seine Konturen waren blass, durchsichtig schimmerten die bläulichen Federn seiner Flügel. Allen Mut nahm ich zusammen, blendete das Zittern der Mauern aus und kletterte auf das Fenstersims, bereit zum Sprung. Noch immer machte Feo keine Anstalten, mir zu helfen. Er ließ mich zurück hinter den kalten Klostermauern – wie einst meine

Eltern. Ich wollte nicht noch einmal zurückbleiben. Der Tod schien mir wie ein guter Freund zuzulächeln und mir zu versprechen, dass alles besser würde, wenn ich nur mit ihm käme. Mein Fuß glitt vom Sims. Plötzlich packte mich jemand von hinten. Euphemia! Sie zog mich an meinem Pferdeschwanz fort von meiner Freiheit. Ich schrie vor Schmerz und Zorn. Nein, sie durfte mir nicht auch noch den Tod stehlen. Es war meine Entscheidung!

Aus den Augenwinkeln nahm ich einen Schatten wahr, der sich unaufhaltsam auf mich zubewegte. Kam der Drache doch zurück, um mich zu retten? Mit aller Kraft, die ich aufbringen konnte, stemmte ich mich gegen den schmerzenden Griff der Nonne. Ich musste ans Fenster, um zu sehen, ob sich der Schatten in Feo wandelte. Es tat so weh, dass ich befürchtete, Euphemia würde mir bei lebendigem Leibe die Haut vom Kopfe reißen. Tränen traten mir in die Augen, doch vor mir sah ich meine Freiheit, den Drachen, der direkt vor dem Fenster schwebte. Ich musste doch nur noch springen!

Meine Finger krallten sich links und rechts in die Mauer. Ich fühlte, wie der scharfe Stein in meine Fingerkuppen schnitt und die Haut zu bluten begann.

Die Glocken des Turmes läuteten ein letztes Mal. Die Stunde war um. Ich ließ die Arme sinken – ich gab auf.

~

»Scht!«

Eine gedämpfte Stimme drang an mein Ohr. Noch immer hatte ich das Gefühl, dass jemand an mir zog und zerrte. Meine Finger, die sich in den Stein gekrallt hatten, schmerzten. Und doch fühlte ich mich anders. Ein grauer Schleier tanzte vor meinen Augen. Wo waren die Fidelklänge? Die Musik hatte sich verändert. Hinter meinen geschlossenen Lidern glaubte ich, Kerzenlicht zu sehen, und erkannte den Geruch von Weihrauch.

»Scht!«, vernahm ich erneut die helle Stimme. Ich blinzelte, öffnete die Augen und blickte in die der Novizin Martha.

»Was ist passiert?«, fragte ich sie. Marthas Gesicht kam mir nahe, ihre Stimme wurde zu einem Flüstern.

~

»Du hast während des Gebets gejammert wie ein Baby, das einen Albtraum hat. Sei jetzt still, sonst werden wir beide den Stock zu spüren bekommen …«

Stock? Gebet? Ich entdeckte benommen, dass ich vor meiner Bank in der Kapelle kniete. Die Nonnen stimmten das nächste Lied an.

»Ich sollte nicht hier sein«, wisperte ich.

»Sei leise, habe ich gesagt! Moment mal … Was ist das?« Martha griff vorsichtig in mein Haar und zog etwas heraus. In der Hand des Mädchens kam eine blaue Feder zum Vorschein. Sie war verbogen und doch konnte man genau erkennen, dass sie einst zum Schreiben verwendet worden war. Martha sah mich fragend an. »Woher hast du die?«

Ich antwortete ihr nicht, nahm nur schweigend den Fund an mich, faltete die Hände zum Gebet und stimmte in den lateinischen Singsang ein. Eine einzige Träne rann über meine Wange und perlte auf den steinernen Boden des Klosters.

~

Über die Autorin

Stefanie Bender, Novemberkind des Jahres 1984 wuchs im Rhein-Main-Gebiet auf, wo sie auch heute noch lebt. Ihre Leidenschaft ist das Schreiben fantastischer und historischer Geschichten. Gemeinsam mit ihrem Mann ist sie der metallischen Musik, dem Gesellschaftstanz und der Möchtegern-Fotografie erlegen. Fernab der Kreativität jongliert sie mit Paragraphen im Dschungel von Mainhatten.

Das Werschwert

Michael Vogl

So lauscht,
ihr Leut,
der Moritat,
die in der Welt der Geister,
dereinst sich zugetragen hat.

Ulrich von Zatzikhoven
748 Tage nach seinem Tod

Abu Abd Allah Muhammed Ibn Dschabar Ibn Sienar Al-Battani kontrollierte zum wiederholten Male die Formeln und Zahlen, die er fein säuberlich auf dem Pergament[1] aufgezeichnet hatte.

Nein, alles war korrekt berechnet.

Kein Zahlendreher, kein Kommafehler, kein falscher Rechenweg; die »9 Tage« als Endergebnis blieben stehen.

Der Astronom erhob sich von seinem Stuhl und schwebte ins Freie, wo sein Teleskop darauf wartete, dass man es wieder benutzte.

Der Mond sandte sein weißes Licht auf den kalten Boden und tauchte ihn in einen fahlen Schimmer. Das Klagelied eines kürzlich verstorbenen Käuzchens begleitete seinen Weg. Der Wind raschelte in den abgestorbenen Blättern abgestorbener Bäume und erweiterte das unheimliche Szenario um eine zusätzliche schaurige Komponente. Das Skelett eines Pferdes stand in der Nähe des Teleskops und zupfte einige Grasbüschel aus der Erde[2].

Abu Abd Allah Muhammed Ibn Dschabar Ibn Sienar Al-Battani beobachtete erneut intensiv die Sternenkonstellation, überprüfte die Position der Planeten und verglich sie mit den Zahlen, die sich durch das ständige Nachrechnen fest in sein Gedächtnis gebrannt hatten.

Aber: keinerlei Abweichung.

Der Astronom verfluchte sich dafür, dass er so präzise arbeitete[3].

---

1) Immer wenn in der Welt der Lebenden ein Pergament zerknüllt, zerrissen oder verbrannt wird, entsteht in der Geisterwelt ein unversehrtes.

2) Die jedoch beim Schlucken aus den Leerräumen zwischen den Knochen rieselten.

3) Was jedoch unsinnig ist: Flüche, die man auf sich selber legt, bewirken nichts.

Der Rat musste hiervon erfahren!

Sofort!

König Artus und seine Mannen mussten sich wieder an den runden Tisch setzen und darüber beratschlagen, was zu tun sei, wenn das Schwert im Stein …

Ein Schauer des Entsetzens erfasste den Gelehrten, als er sich die Nacht vor 139 Jahren in Erinnerung rief.

Jene Nacht, in der eine Mondfinsternis die Geisterwelt in absolute Dunkelheit getaucht hatte.

Jene Nacht, in der das Schwert seinen angestammten Platz verließ, sich verwandelte und gnadenlos unter den Verblichenen wütete.

Viele unschuldige (aber auch nicht ganz so unschuldige) Geisterwesen fielen dem Schwert zum Opfer.

Abu Abd Allah Muhammed Ibn Dschabar Ibn Sienar Al-Battani versuchte, die Bilder zurückzudrängen, doch sie überfluteten seine Sinne, bissen sich fest, machten ihm klar, was in neun Tagen passieren würde, wenn sich keine Lösung finden ließe.

Er sattelte das Pferd und preschte davon.

Die edlen Recken trafen sich,
so wie erhofft am runden Tisch,
vernahmen, welches Grauen naht,
und ihre Mienen wurden hart.

Ulrich von Zatzikhoven
754 Tage nach seinem Tod

»… und mit all diesen grauenhaften Dingen müssen wir wieder rechnen, wenn in drei Tagen das Schwert aus dem Stein gleitet«, beendete der Astronom seine Ausführungen.

Obwohl er wie ein Besessener geritten war, hatte er den Königshof erst sechs Tage nach seinem Aufbruch erreichen können[4].

4) Schuld an diesem Dilemma war ein von Koboldirrlichtern bewusst falsch aufgestellter Wegweiser, der den Reitenden geradewegs in die Schlucht der vier Jahreszeiten führte. Kaum war der Astronom in der Schlucht, wurde er von so

Die Männer am Tisch starrten ihn schweigend an, bis Lancelot schließlich das Schweigen brach: »Nie hätte ich gedacht, dass es wieder passiert.«

»Keiner von uns hätte je damit gerechnet«, warf Gaheris ein.

»Nun, ich schon, aber ich hatte gehofft, zu diesem Zeitpunkt wäre ich längst tot.«

Ruckartig drehten sich zehn Köpfe Keie zu und blickten ihn irritiert an.

»Also ich meine … mmh … vergesst es einfach.«

Artus stand abrupt von seinem Stuhl auf und schlug mit der Faust auf den Tisch: »Ich verfluche den Tag meines letzten Kampfes![5]«

»Wäre es Euch lieber gewesen, der Wolf hätte Euch zerrissen, Sire?« warf Eric ein.

»Nein«, räumte Artus ein.

»Dennoch ist es eine Schande für ein Schwert, von den Zähnen eines Tieres durchbohrt zu werden!«, rief Iwein aus.

Zustimmendes Gemurmel, zustimmendes Nicken.

»Eine blutige Schneise zwischen die Reihen der Gegner zu schlagen und dann in einem ehrenvollen Zweikampf Schmiedekunst gegen Schmiedekunst bis zum bitteren Ende ein anderes Schwert zu bekämpfen, das – und nur das – ist ein ehrenvoller Tod für eine solch' edle Waffe.«

Erneutes Nicken.

Erneut zustimmendes Gemurmel.

»Meine Herren«, warf Abu Abd Allah Muhammed Ibn Dschabar Ibn Sienar Al-Battani ein, »Eure Liebe und Euer Begehren für die

---

vielen Schneebällen getroffen, das er innerhalb weniger Augenblicke einfror.* Erst drei Tage später, als es wieder Frühling wurde, schmolz der Schnee und der Astronom konnte sich wieder bewegen.

* Im Gegensatz zu ihm fanden die Koboldirrlichter ihren Schabernack wahnsinnig komisch!

5) Was ebenfalls unsinnig ist. Flüche auf Tage aus der Vergangenheit haben keinerlei Auswirkungen mehr auf die Gegenwart. Anders sieht es aus, wenn man Tage in der Zukunft verwünscht. Dies kann verheerende Folgen haben und zu Kriegen, Naturkatastrophen und auslaufenden Bierfässern führen.

Ritterlichkeit eines Schwertes in allen Ehren. Aber die Zeit drängt, und es muss eine Lösung gefunden werden, bevor die Dunkelheit den Mond verschluckt, die Waffe wieder zum Werschwert werden und das Unheil seinen Lauf nehmen kann.«

»Wohlan, meine tapferen Mitstreiter. So lasst uns gemeinsam überlegen, was zu tun ist«, rief Artus optimistisch[6].

Schweigen senkte sich über die Halle. Ein jeder hing seinen Gedanken nach.

Ideen wie »festhalten« wurden genauso verworfen wie »den Stein zerstören und das Schwert rasieren«.

Doch plötzlich …

»Die Hunde!«, rief Bors.

»Was meinst du?«, hakte Artus nach.

»Wir mussten doch seinerzeit die Hunde an Ketten halten, sonst hätten sie alles angefallen, was in ihr Blickfeld geriet. So aber zerrten sie an den eisernen Gliedern, sich wie wild gebärdend. Und doch kamen sie nur so weit, wie es die Länge der Ketten zuließ.

»Du meinst …«, begann Lancelot.

»Ich meine …«, führte Bors weiter aus, »… das ein Wolf – auch ein Werwolf – nicht viel stärker als ein Hund sein dürfte.«

»Die Idee ist nicht schlecht«, lobte Parzival. »Nur: wo nehmen wir eine Kette her?«

Der Kronleuchter über ihren Köpfen begann, leicht zu schwingen.

So holten sie die Leiter dann,
hielten sie fest mit sieben Mann,
lösten und prüften der Glieder Reih`n
und banden damit
das Schwerte im Stein.

Ulrich von Zatzikhoven
757 Tage nach seinem Tod

---

6) Wenn man mich fragt, eine Spur zu optimistisch. Aber mich fragt ja keiner.

»Und ihr seid sicher, dass die Kette wirklich fest mit dem Griff verbunden und zusätzlich mit den schweren Steinen gesichert ist?«, fragte Artus zum wiederholten Male. Obwohl mehrere Megalithen herbeigeschafft und in der Form des Buchstaben »X« zu dem Schwert im Stein aufgebaut und mehrmals mit der Kette umschlungen wurden, wich das Gefühl der Sorge nicht aus Artus' Gedanken. Egal, wie oft man ihm versicherte, dass nichts passieren könnte, er konnte sich eines mulmigen Gefühls nicht erwehren. »Letztendlich wird es sich in wenigen Minuten zeigen«, sagte Abu Abd Allah Muhammed Ibn Dschabar Ibn Sienar Al-Battani. »Seht zu den Gestirnen, seht, wie der Mond in den Erdschatten schwebt. Nicht mehr lange, und er wird von der Finsternis verschluckt und erst nach vier Stundengläsern wieder ausgespien werden.«

Fasziniert betrachteten die Mannen das Naturschauspiel, als ein schabendes, kratzendes, schleifendes Geräusch ihre Aufmerksamkeit auf das Schwert lenkte.

Es schob sich aus dem Stein.

Wenige Millimeter.

Einen Zentimeter.

Dann strafften sich die Glieder, und die Waffe sank zurück.

Einen Atemzug später ein weiterer Versuch.

Wieder hob sich das Schwert um einige Millimeter, einen Zentimeter, zog weiter, setzte die Glieder einem Kraftakt aus.

Obwohl die Beobachtenden keinen Finger rührten und nur gebannt den Atem anhielten, lief ihnen der Schweiß in Strömen von der Stirn.

Die Glieder hielten.

Das Schwert verlor erneut an Kraft und rutschte in den Stein zurück.

Jubelschreie erfüllten die Nacht, Erleichterung brach sich Bahn, tanzte triumphierend durch die Luft. »Wir haben es geschafft!«, schrie Lanzelot voll überschwänglicher Freude.

»Das müssen wir feiern!«, rief Parzival.

Erneut erfüllte Jubel die Nacht.

»So lasst uns dann zurückkehren und alles vorbereiten für ein Fest, über welches man noch in Jahren sprechen wird«, bestimmte Artus, und seine Augen glänzten im Schein der Fackeln. So schickten die Ritter der Tafelrunde sich an, den Heimweg anzutreten.

Der ganze Platz wandelte sich zu einem Platz der Freude: Vögel zwitscherten, Rehe traten heran, schauten scheu auf das Szenario und zupften ein wenig vom Gras, Maulwürfe buddelten sich an die Erdoberfläche und schnüffelten neugierig, aber vorsichtig die Luft ein. Der Mond verschwand vollends im Schatten des Erdtrabanten. Insekten tanzten durch die Luft. Ein leises, feines Surren begleitete die akrobatischen Flugkünste der Bienen und Fliegen, der Libellen und Hummeln, der Schmetterlinge und der Glühwürmchen. Das leise Summen schwoll an, wurde stetig lauter, als wollte es die Insekten zu noch wilderem Treiben animieren. Und mündete schließlich in einem explosionsartigen Knall.

Das Schwert hatte sich befreit!

Die Spitze in den Himmel stach,
des Ritters Glieder wurden schwach,
doch rannten schreiend durch den Wald,
als wandelte sich's Schwerts Gestalt.

Ulrich von Zatzikhoven
757 Tage nach seinem Tod

Das Schwert, seiner Ketten entledigt, drehte sich, sodass die Spitze zum Firmament zeigte. Einige Augenblicke verharrte es in dieser Position. Dann bog es sich allen Gesetzen zum Trotz nach vorne, bog sich wieder zurück und weiter zurück, nur um wieder seine angestammte Form anzunehmen.

Doch nur einen Augenblick später formte es sich erneut um. Schrumpfte zu einem Dolch, klein und zierlich, nur um nach zwei Herzschlägen wieder zu wachsen, größer als zuvor, breiter, spitzer.

Dann begann es, sich zu drehen. Erst langsam und schwerfällig, dann gewann es an Fahrt und wurde zu einem wirbelnden Kreisel, der immer schneller wurde, um abrupt stehenzubleiben.

Es verharrte in dieser Position, bis von seinem Inneren aus ein pulsierendes, lilafarbenes Leuchten ausging. Schwach erst, zögerlich, stärker werdend, um letztendlich zu einem intensiven Strahlen zu werden. Aus dem Schwert … wuchsen Haare. Sie bildeten kleine Bäche aus Fell, wuchsen zu einem Teich, einem Fluss, vergrößerten sich zu einem Meer aus Haaren, um am Ende der Metamorphose die Waffe vollständig umflossen zu haben.

Das Schwert begab sich in die Waagerechte.

Und schoss pfeilschnell durch die Nacht.

Das Werschwert hatte die Jagd eröffnet!

Das Schwert kam vielen Geistern nah,
verlor so nach und nach sein Haar,
Auf wem das Werschwerthaar geland,
der aus der Geisterwelt verschwand.

Ulrich von Zatzighoven
757 Tage nach seinem Tod

Zielsicher schwirrte das Schwert um die umstehenden Bäume herum und steuerte auf die Ritter der Tafelrunde zu, die voller Panik kopflos[7] flohen oder sich unelegant auf den Boden schmissen[8]; knapp sauste die Waffe über sie hinweg. Doch nur dem Umstand, dass sich die Recken zur Seite rollten, als das Schwert an ihnen vorbeizog, verdankten sie es, dass ihnen nichts passierte.

Nachdem das Schwert Keie verfehlt hatte, suchte es sich ein neues Opfer – und jagte dem laufenden Balin nach.

---

7) Das ist natürlich sinnbildlich gemeint. Kopflos kam nur in die Geisterwelt, wer im Leben das Pech gehabt hatte, unter die Axt des Scharfrichters zu kommen.

8) Es steht ja auch nicht auf dem Lehrplan Höfischer Etikette, sich *elegant* auf den Boden zu schmeißen.

Näher, immer näher, kam die fellbewehrte Waffe. Nur noch eine Fingerdicke war die Spitze von ihm entfernt, da stolperte der Ritter über eine Wurzel.

Das Werschwert schoss über ihn hinweg.

Doch weil sich Balins Fuß in der Wurzel verfangen hatte, konnte er sich nicht zur Seite rollen. Das Werhaar rieselte auf ihn herab, landete auf ihm und kitzelte ihn.

Balin begann zu kichern und zu glucksen, dann loszuprusten um schließlich in einen wahren Lachanfall überzugehen.

Immer heftiger wurde sein Lachen, schraubte sich in den Himmel, verlor sich in der Unendlichkeit.

Durch das Lachen veränderte sich der Recke. Er wurde durchscheinend. Je heftiger er kicherte und lachte, je mehr er nach Atem rang, desto blasser wurde er.

Schließlich wurde das Lachen leiser, und mit Balins Verschwinden verstummte es ganz.

Der Ritter hatte sich lebend gelacht[9].

Das jedoch bekam das Schwert nicht mehr mit. Längst war es auf der Suche nach weiteren Opfern und hatte ein solches in Artus gefunden.

Dieser rannte ohne Unterlass, schlug Haken, täuschte an, gewann an Vorsprung, der aber auch wieder schmolz.

Artus blickte sich gehetzt[10] um: Bäume, wohin das Auge reichte. Doch keiner bot ein Versteck für den König, und keiner stellte ein ernstzunehmendes Hindernis für das Werschwert dar.

Der Ritter rannte weiter.

Wie viel Zeit war vergangen? Würde der Mond bald wieder als bleiche Sichel am Himmel stehen und somit der Waffe ihre Kraft entziehen? Oder war noch viel Sand im Stundenglas.

Zuviel, um ihn zu retten.

---

9) Für einen Geist das Schlimmste, was man sich vorstellen kann: Sich lebend zu lachen und wieder für viele Jahre als Mensch sein Dasein zu fristen.

10) Eigentlich hätte ich hier der Dramatik und Spannung wegen erwähnen können, dass ihm die Lungen brannten. Nur brauchen wir Geister nicht atmen. Deswegen habe ich es bleiben lassen.

Artus verscheuchte diesen Gedanken.

Nicht aufgeben!, hämmerte es in seinem Kopf. *Du kannst es schaffen. Du musst es schaffen!*

Diese Gedanken spornten ihn weiter an, ließen ihn noch schneller laufen, ihn den Abstand zur Waffe vergrößern.

Und dann sah er die Hütte.

Sollte dies seine Rettung sein? Zwar konnte das Schwert Bäume und andere Hindernisse umfliegen, aber durch ein Hindernis selber konnte es nicht hindurch.

Artus mobilisierte seine letzten Kräfte, rannte um seinen Tod auf die Behausung zu.

Doch auch das Schwert wurde schneller, so als ob es den Plan seiner Beute ahnen würde.

Das Häuschen rückte näher.

Nur noch 100 Schritt.

80.

50.

10.

Erreicht.

Panisch hämmerte der Ritter gegen die Tür.

Das Schwert jagte heran.

80.

50.

10.

Die Tür wurde geöffnet, Artus stürzte ins Innere der Hütte, fiel, drehte sich, krabbelte rückwärts auf allen Vieren und schrie: »Schließt die Tür! Eilt euch und schließt – bei den Göttern!« Ungläubig starrte der Recke auf das Werschwert, das wie eingefroren kurz vor dem Gesicht seines Retters stehenblieb.

»Aber wie … ?«

Der Mann trat einen Schritt vor, und die Waffe wich zurück, hielt aber die vorherige Distanz ein.

Wieder ein Schritt vor, wieder ein Zurückweichen.

Artus stand auf und näherte sich dem Geschehen, das auf ihn wie ein bizarres Duell wirkte; das Schwert, zum Zustoßen bereit, gegen den stämmigen Mann, der diesem Zustechen furchtlos entgegensah und damit seinen Feind verunsicherte.

Und dann erkannte König Artus, wovor die Waffe zurückwich: des Recken Retter hatte einen Silberblick!

Der Stämmige schritt ruhig weiter, das Schwert behielt den Abstand bei, es schien, als ob es in einen Bannkreis geraten war, den es nicht mehr verlassen konnte, und der sich doch mit jedem Schritt mitbewegte.

Inzwischen hatte der Mann die Waffe zu einem Baum getrieben, der im Laufe der Jahrhunderte – durch eisenhaltiges Wasser gespeist – steinhart geworden war.

Er bewegte seinen Kopf nach rechts, und das Schwert krachte gegen den Baum.

Kopf ein bisschen nach links, erneut eine ruckartige Drehung nach rechts. Ein weiterer Zusammenstoß, gefolgt von einem leisen Knacken.

Wieder und immer wieder ließ der Stämmige die Waffe gegen den Baum prallen, bis sie schließlich in Tausend Stücke zerbarst.

Tage später wurde ich, Ulrich von Zatzighoven[11], an den Hof berufen und bekam den Auftrag, die Geschichte wahrheitsgetreu aufzuschreiben.

Das tat ich auch.

Und so kann ein jeder, der in die Geisterwelt kommt, lesen, dass ihm keine Gefahr von einem Werschwert droht.

Und eine Bitte noch an euch Lebende: Lasst niemals, wirklich niemals, euer Schwert von einem Werwolf beißen.

---

11) Ja, ich gestehe, ich war Arturs Retter.

Über den Autor

An einem Montag im Mai des Jahres 1968, auf einem Computer namens »Die Erde« geschah es: Michael Vogl erblickte das Licht der Welt.

Über die Bedeutung seines ersten Schreis streiten die Babyphonetiker noch heute. Entweder war es ein der damaligen gesellschaftlichen Strömung angepasstes: »For Sex and drugs and Rock 'n' Roll.« Oder doch bloß ein profanes: »Hat jemand ein Stück Nougat-Schokolade für mich?«

Nachdem er irgendwann über Umwege den erweiterten Realschulabschluss erworben hatte, machte er eine Ausbildung zum Kaufmann im Einzelhandel und arbeitete danach viele Jahre in der Buchabteilung seines Ausbildungsbetriebes.

Nach diversen Praktika bei Funk und Fernsehen jedoch entdeckte er seine wahre Berufung und versucht seitdem, eine Volontärstelle als Rundfunkjournalist und Moderator bei einem Radiosender zu bekommen.

Derzeit arbeitet er jedoch wieder im Handel und berät Kunden in den Bereichen Gesellschaftsspiele und Kinderbücher.

Ein großer Traum von ihm ist, auf einer Bühne zu stehen und ein Comedyprogramm zu spielen.

Nur ein Hauch

Sabine Frambach

Es klopfte. Die Herrin des Hauses befand sich mitten in den Vorbereitungen für ihre Feier, was bedeutete, dass sie in der Küche die Bediensteten anschrie und in allen Ecken Unrat entdeckte. Bald sollten all ihre Kunden kommen, mit denen sie Handel trieb. Zu allem Übel klopfte es, doch niemand öffnete die Türe. Die Herrin brüllte, seufzte, raffte ihr Kleid und zog die schwere Türe auf. Ein junges Mädchen stand vor ihr. Alles an ihr wirkte farblos. Ihre Augen schimmerten grau, ihr schmutziges Kleid reichte bis zu den Füßen, ihr weißblondes Haar umrahmte ein ausgehungertes Gesicht. In das Haar hatte sie seidene Bänder geflochten.

»Was willst du?«, polterte die Herrin, die fürchtete, einer Bettlerin die Türe geöffnet zu haben.

Das Mädchen blickte kaum auf. »Herrin, ich habe eine weite Reise hinter mir. Mit dem Schiff bin ich aus Venedig gekommen. Im Hafen sagte man, dass ihr heute ein Fest feiert. Habt ihr Arbeit für mich? Ich kann Zöpfe flechten und die Stube putzen.«

Die Herrin reckte ihr Kinn vor. »Ich habe genug Mäuler zu stopfen!«

Nun blickte das Mädchen sie an. Seine Augen waren groß und wölbten sich aus den Höhlen hervor. »Ich bitte Euch. Lasst mich nur diesen einen Tag hier. Meine Finger sind geschickt, ich kann Euch beim Ankleiden helfen und Euch die Haare flechten! Ihr werdet wunderschön aussehen! Bitte! Ich habe solch einen Hunger!«

Die Herrin überlegte. Die Aussicht, eine besonders schöne Frisur zu haben, lockte sie. Als Kauffrau wusste sie, wie wichtig schöne Kleidung war. Das Mädchen sah fremdländisch aus und kannte gewiss andere Flechten. Seidige Bänder zierten das weißblonde Haar. Sie kam aus Venedig, der Stadt feiner Stoffe und glänzendem Schmuck. Die Herrin wollte schön sein in der Nacht! »Nun gut. Komm herein. Du kannst mir helfen. Wie heißt du?«

Das Mädchen blickte wieder auf ihre Schuhe. »Nenne mich Abelina«, flüsterte sie.

Schon trat sie über die Schwelle. In den Falten ihres Kleides raschelte es, und eine winzige Nase sog die Luft ein.

Im Ankleideraum der Herrin bürstete Abelina das Kleid aus. Der Stoff glänzte purpurn, die Lagen knisterten. Mit feinen Schnüren konnte das Kleid gebunden werden. An den Seiten glänzten grüne Federn. Die Kauffrau hatte das Kleid aus Venedig kommen lassen; Wochen musste sie auf das Schiff warten. Es hieß, der Schneider sei schwer erkrankt. Erst am Morgen war das Kleid eingetroffen. Die Herrin fürchtete, es könnte nicht passen. Nachdem sie in einen Topf uriniert hatte, setzte sie sich auf den Schemel und begann, das Dekolleté und ihr Gesicht zu pudern. Seit einigen Wochen besaß sie eine der neuen Spiegelkugeln. Ein Glasbläser arbeitete Metall ein und schnitt die Kugel sodann in zwei Hälften. So konnte die Herrin ihre eigene Schönheit betrachten. Sie lächelte sich zu und puderte weiter.

Abelina trat zu ihr. Das Gesicht des Mädchens erschien im Spiegel; für einen Augenblick glaubte die Kauffrau, eine ausgemergelte Gestalt zu sehen, einen weit geöffneten Mund und gierige Augen. Mit einem Ruck fuhr sie herum. Da stand nur das blasse Mädchen und lächelte. »Das Kleid ist wunderschön, Herrin. Ich habe es gebürstet und die Falten geglättet. Wollt Ihr es anziehen?« Die Herrin nickte. Abelina half ihr, den flatternden Stoff über den Kopf zu streifen. Zunächst hing es schief auf den breiten Hüften. Doch Abelinas flinke Finger zogen an den Schnüren, lösten dort einen Haken und befestigten auf der anderen Seite eine Schlaufe. Schließlich umfloss der Stoff die herrische Gestalt, verdeckte ihre Masse und formte ihre Brust zu Granatäpfeln. Abelina griff in das schwere Haar und drehte und wickelte es, sodass sich elegante Locken zeigten. Sie flocht zarte Bänder hinein. Die Herrin setzte eine Maske aus Spitze auf, die ebenfalls aus Venedig kam. Sie bedeckte nur ihre Augen und war mit zarten Federn bestückt.

Im Spiegel sah die Kauffrau ihr eigenes Gesicht und erkannte es doch nicht wieder; eine fremdländische Schönheit blickte sie an. Sie lächelte. Da erschien Abelinas Gesicht an ihrem Ohr.

»Ihr seid wunderschön, Herrin«, hauchte sie.

Winzige Tropfen tanzten in der Luft; es raschelte, und die Herrin glaubte, ein leises Fiepen zu hören.

Am Abend erschienen die Gäste. Die Herren hatten blanke Stiefel, die Damen tanzten in üppigen Kleidern. Manche trugen ganz weiße Masken, einige bedeckten nur ihre Augen. Mitten unter ihnen erhob sich majestätisch die Herrin des Hauses; ihre Schönheit übertraf jede andere Gestalt. Die Kauffrau hatte Abelina in die Küche geschickt und ihr erlaubt, etwas Brot und Bier zu nehmen. Doch als sie das blasse Mädchen sah, fand sie dessen Blick hungriger als zuvor. Aber die Herrin musste sich um ihre Gäste kümmern und vergaß bald darauf den hungrigen Blick. Sie lachte, trank und tanzte. Der Spielmann stimmte ein heiteres Lied an, und die Beine folgten, stampften und schwangen umher.

Ihr Kopf drehte sich, ihre Brust presste gegen die Schnüre des Kleides. Die Herrin trank aus einem gläsernen Kelch. Beim Schlucken schmerzte ihr Hals als schnüre ihr etwas die Kehle zu. Sie stellte den Kelch ab, wankte und stieß ihn um. Roter Wein troff auf den Teppich. Die Kauffrau hustete, doch der Abend war zu schön. Schon griff einer der Herren ihre Hüfte und wirbelte sie herum. Die Lagen des Kleides schwebten durch den Raum, der Boden drehte sich. An ihr vorbei zogen lachende Gesichter, und die Herrin strahlte, hustete und lächelte weiter. Perlen einer Kette prasselten auf den Boden. Eine Hand griff nach ihr, ein Schrei dröhnte in ihren Ohren, doch sie lächelte und drehte sich, bis der Boden sie verschlang.

Kühl fühlte sich das Holz an auf ihrer Haut. Sie tastete darüber; die eigene Hitze pulsierte durch den Körper. Ihre Lunge brannte, staubige Asche voll glühender Funken. Sie wagte es nicht zu husten, doch der Zwang war stärker. Schon würgte sie Blut heraus. Sie lauschte. Jemand musste ihr helfen, sie lag auf der Erde. Wie ein Fisch öffnete sie den Mund, röchelte und wusste im nächsten Moment, dass sie sterben würde.

Jemand kam und beugte sich zu ihr. Ein blasses Gesicht erschien. Abelina! Doch ihr Gesicht verzerrte sich zu einem hungrigen Schrei.

»Es ist ein wunderschönes Kleid, nicht wahr? Wir sollten es tragen. Wie gerne möchten wir tanzen.«

Ein Fiepen erklang; eine graue Ratte kletterte aus ihrem Ärmel, huschte auf ihre Schulter und schnupperte.

»Wir sind so hungrig, nicht wahr?«, flüsterte Abelina.

Sie bückte sich und streckte den Arm aus. Es raschelte. Der graue Schatten kroch hinab und erreichte den Boden.

Die Kauffrau sah geradewegs in die Augen der Ratte. Zarte Pfoten trippelten über die Erde. Erst dann spürte die Herrin einen beißenden Schmerz.

»Ihr seid wunderschön, Herrin«, hauchte Abelina. »Lasst mich helfen. Ich ziehe Euch das Kleid aus. Kein Blut soll den schönen Stoff beflecken.«

Der Medicus traf seine Vorbereitungen. Er mischte Essig, Thymian und Myrrhe, bis er einen wohlriechenden Sud gewonnen hatte. Diesen gab er in die Ausbuchtung der Maske. Nun legte er seinen schweren Mantel an und schob die Maske über sein Gesicht. Die Aussparungen ließen kreisrund seine Augen in die seuchenverhangene Welt blicken. Der Rest des Gesichts verschwand. Die Ausbuchtung, geformt wie eine riesige Nase, schützte ihn vor unreiner Luft und dem Gestank sterbender Menschen. Er wusste, dass Krankheiten aus den Tiefen der Erde aufstiegen und feucht stinkend die Menschen verdarben. Mit den Kräutern in der Maske war er davor geschützt. Nur so wagte er sich zu den Kranken. Gemeinsam mit einigen Helfern schritt er durch die Straßen; ihm folgte ein Pferdekarren, um die Hoffnungslosen einzusammeln. Heute war es ungewöhnlich still. Dies wunderte ihn. Seeleute berichteten, dass in Italien eine seltsame Krankheit tobte. Der Medicus schritt von Tür zu Tür, schaute in den Gassen nach Verstoßenen und betrachtete die Kranken. In einem Haus legte er eine aufgeschnittene Zwiebel auf die Wunde, im nächsten schüttelte er angesichts des hohen Fiebers mit dem Kopf. Doch die Mutter weinte, und so ließ er den Sohn zur Ader. Einer alten Frau gab er Weihrauch, um die Luft zu reinigen. Als er wieder hinaustrat, eilte ein Junge herbei. »Medicus, kommt schnell! Meine Herrin! Meine Herrin ist tot!« Der Medicus schritt aus, ohne sich zu hetzen. So kamen sie an die Türe. Sie klopften, warteten, dann traten sie ein.

Im Saal brannten wenige Kerzen. Einige der Bilder waren im Tumult von den Wänden gerissen worden. Am Boden lagen zerbrochene Kelche und Karaffen. Im Eingang stand eine Platte mit Hühnerschenkeln. Der Medicus starrte auf den Boden des Raumes und dankte Gott, nicht riechen zu müssen. Da lagen Frauen und Männer. Meist hielten sie eine Maske in der Hand, die sie sich im letzten Augenblick vom Kopf gerissen hatten. Ein fleckiger Ausschlag zierte die Gesichter, blutverkrustete Münder riefen ihren letzten Schrei. Schwarzer Auswurf troff herab; die Lippen glänzten blau verfärbt. Aus den blassen Gesichtern quollen die Augen hervor, so als blickten sie ihn aus einer anderen Welt an. Manche Hand hatte sich in das eigene Fleisch verkrallt und tiefe Striemen hinterlassen.

An einigen Leibern erkannte der Medicus Wunden wie von einem Biss. Die Kleider der Toten hingen in Fetzen, ihre Glieder waren ausgerenkt; überall trocknete das Blut. Mitten in dem Leichenhaufen tanzte ein junges Mädchen, zart und schön. Sie trug ein purpurfarbenes Kleid. Eine feine Maske aus Spitze bedeckte ihre Augen. Sie drehte sich, und sie hielt einen Mann zärtlich umschlungen, wirbelte umher, lachte. Der Kopf des Mannes schlenkerte mit, und sein seelenloser Körper folgte ihren Bewegungen. Der Medicus hielt seine Helfer zurück. Er betrachtete das blasse, doch offenbar gesunde Mädchen inmitten dieser Toten. Offenbar konnte ihr die schreckliche Krankheit nichts anhaben. Vielleicht ließ sich aus ihrem Fett ein heilendes Mittel extrahieren. Natürlich hatten die sterbenden Menschen sie in den Wahnsinn getrieben. Sie war offensichtlich verrückt; er durfte sie nicht erschrecken. Im Spital konnte er das Mädchen ungestört untersuchen.

Der Medicus hob die Hände, trat vorsichtig auf sie zu und sprach mit leiser Stimme. »Alles ist gut! Du brauchst keine Angst zu haben.«

Sie blickte auf und ließ den Toten fallen; er klatschte vor ihre Füße. Nun lächelte sie, und der Medicus glaubte ihr Gesicht wie durch Nebel zu sehen, ausgemergelt und schreiend. »Ich habe keine Angst«, sagte sie. »Ich tanze!«

Er nickte. Das hatte er gesehen; sie tanzte mit den Toten.

»Ich möchte dir gerne helfen!« Der Medicus mühte sich, angesichts der entstellten Leiber ruhig zu sprechen. »Komm mit! Ich bringe dich ins Spital! Dort bist du sicher!«

Sie blickte an sich herab. Ihre Hände schimmerten von all dem Blut. Der Medicus glaubte, ein leises Fiepen zu hören. Dann blickte das Mädchen auf. »Gibt es im Spital viele Menschen?«

Er nickte. »Ja, du bist dort nicht alleine. Möchtest du mit mir kommen?«

Sie grinste und klatschte in die Hände. »Ja, ich komme!« Schon lief sie auf ihn zu, balancierte auf den Zehenspitzen und blickte ihn an. »Ich bin gerne unter Menschen!«, hauchte sie.

Winzige Tropfen ihres Speichels trudelten durch die Luft. Der Medicus blinzelte. In den Falten des Kleides hörte er ein leises Rascheln.

~

Über die Autorin

1975 gewann Borussia Mönchengladbach den UEFA-Pokal, der weiße Hai wurde uraufgeführt und Sabine Frambach kam zur Welt. Sie studierte Sozialpädagogik in Nijmegen und Erwachsenenbildung in Kaiserslautern. Derzeit lebt sie mit ihrem Mann in Mönchengladbach und pendelt zur Arbeit nach Wuppertal. Hier ist sie in einem Wohnheim für Menschen mit Behinderung tätig. Seit 2010 hat sie diverse Kurzgeschichten und Texte veröffentlicht. 2012 gewann sie den Bund Essay Preis in Bern.
Weitere Informationen: www.kein-weg.de.

Die Bestie von Ullesthorpe

Susanne Haberland

Am dritten Dezember kam der Frost, und es gab nicht mehr viel im Garten zu erledigen. Zuletzt hatte ich mir vorgenommen, den Zaun um den Hühnerhof auszubessern, und so kam es, dass ich auf den Knien lag und unter leisen Verwünschungen an einem besonders hartnäckigen hölzernen Stift zog, als sich auf der Dorfstraße von Lutterworth Reiter näherten und zielstrebig auf unser Pfarrhaus zuhielten. In dem Vordersten, einem schwarzbärtigen, kräftigen Mann, der den anderen beständig um eine Pferdelänge voraus war, erkannte ich den Duke of Lancaster, denn sein Wappen verzierte die Satteldecke.

Aufgeregt lief ich ins Haus. Vor der Tür zur großen Stube zögerte ich einen Moment, da mein Meister mich angewiesen hatte, ihn niemals beim Schreiben seiner Predigten zu stören. Aber dann entschied ich, dass ein Besuch des Bruders des Königs und unseres unmittelbaren Lehnsherrn ein mehr als ausreichender Grund sei, diese Regel zu übertreten, und klopfte vernehmlich an.

Ein Seufzen war die Antwort, dann näherten sich schlurfende Schritte, der Riegel wurde zurückgezogen, die Tür öffnete sich, und ich blickte direkt in die vorwurfsvollen, adlerhaft scharfen Augen meines Meisters. Obwohl er kaum größer war als ich und von hagerer, beinahe zerbrechlicher Gestalt, erfasste mich wie immer in seiner Gegenwart eine große Scheu. Die Oberlippe hatte er gewissenhaft geschoren, damit beim Zelebrieren der Messe das Blut Christi nicht daran hängen blieb, die Wangen aber waren mit einem feinen Flaum bedeckt, ein wenig dunkler als sein Haupthaar.

»Was gibt es denn, Gilles?«, fragte er. »Ich hoffe, deine Nachricht duldet wirklich keinen Aufschub.«

»Der Duke of Lancaster mit zwei Begleitern«, meldete ich atemlos, »dort draußen, vor dem Gartentor, und außer Gerstenbrei und Dünnbier haben wir nichts im Haus. Soll ich rasch zu Margaret laufen und Brot und Käse borgen, damit wir etwas anbieten können?«

Meister Wyclif fuhr sich mit der Hand über den Nacken wie immer, wenn er eine schwierige Entscheidung zu treffen hatte.

»Nein«, sagte er dann, »nicht jetzt. Zunächst wollen wir unsere Gäste begrüßen, und danach solltest du die Pferde versorgen. Wenn das erledigt ist, werden wir uns um das Essen kümmern.«

Ich verdrehte im Stillen die Augen. Natürlich hatte mein Meister vollkommen recht, was die nötige Reihenfolge anbelangte. Aber wieder einmal stellte er seine eigenen Bedürfnisse – und die meinen – mit völliger Selbstverständlichkeit an das Ende der Liste. Wie sollte ich die Pferde versorgen, wenn mein Magen knurrte?

Meister Wyclif lächelte, als habe er meine Gedanken gelesen. »Ich schreibe gerade eine Predigt über die Speisung der Fünftausend«, sagte er freundlich. »Wir dagegen werden nur zu fünft am Tisch sitzen, da werden wir durch Gottes Fügung wohl satt werden. Und nun komm – wir sollten die Herrschaften angemessen empfangen.«

~

Mit erstaunlich schnellen Schritten eilte mein Meister zur Tür, öffnete sie und beugte das Knie, gerade als der Duke of Lancaster vom Pferd sprang und den Kiesweg hinaufstürmte. Ich plumpste unglücklich ebenfalls zu Boden.

»Meister Wyclif!«

John of Gaunt, der Duke of Lancaster, umfasste die Schultern meines Meisters und zog ihn mühelos auf die Füße.

»Es tut mir leid, dass ich Euch in Eurer beschaulichen Pfarrei stören muss, aber ich brauche in einer schwierigen Angelegenheit Euren Rat. Allerdings bespräche ich diese Sache gern unter vier Augen.« Damit warf er mir einen unmissverständlichen Blick zu, und ich sprang auf die Füße, um mich zu entfernen.

Doch zu meinem Erstaunen hielt mich Meister Wyclif am Arm zurück.

»Dies ist Gilles«, erklärte er. »Ich kaufte ihn vor vier Monaten den Bettelmönchen ab, kurz bevor sie ihn zum Profess zwingen konnten. Als ich ihn seiner Familie in Rokeby retournieren wollte, stellte sich heraus, dass sie ihn nicht wollte. Daher blieb er bei mir. Er ist nicht nur mein einziger Bediensteter, sondern auch mein Vertrauter – und mein Schüler. Wenn es um eine schwierige Angelegenheit geht, wäre ich froh darüber, ihn hinzuziehen zu dürfen.«

Ich wand mich bei dieser Ansprache wie ein Aal in der Reuse. Noch nie hatte mein Meister seinen Gefühlen mir gegenüber solchen Ausdruck verliehen, und ich errötete vor Scham und Stolz.

John of Gaunt dagegen schüttelte verärgert den Kopf. »Wie so ein Bauernbengel Euch von Nutzen sein kann«, brummte er, »entzieht sich meinem Verständnis. Aber wie Ihr wünscht … In diesem Fall bin ich der Bittsteller, daher setzt Ihr die Bedingungen.«

~

Mittlerweile waren seine Begleiter nähergekommen. Er winkte sie ungeduldig fort, und ich, hin- und hergerissen zwischen meinen Pflichten und der Anordnung meines Meisters, versuchte sie mit Gesten und Grimassen zum Stall zu lotsen. Der Duke of Lancaster beobachtete mich und verzog missbilligend den Mund.

»Also gut«, sagte er dann. »Der Sheriff von Ullesthorpe hat mich alarmiert. Im Frühherbst wurden die Überreste von Kaninchen gefunden, zerfleddert, zernagt, so wie ein Hund oder ein junger Wolf es tun würde. Dann ein paar Fasane, ebenso zugerichtet. Als Anfang November ein zerfetzter Rehbock aufgefunden wurde, hat der Sheriff eine Mannschaft zusammengestellt, die den Wald durchkämmte. Weder ein streunender Hund noch ein junger Wolf wurden gesichtet, auch nicht ihre Spuren. Und es geht noch weiter: Zwei Wochen darauf ist das Untier, ob nun Hund oder Wolf, in einen Schafspferch eingebrochen und hat drei Schafe gerissen. Drei ausgewachsene Schafe! Und es hat keine Trittspur hinterlassen. Seht her!«

John of Gaunt hockte sich hin und wischte mit der Hand über das nur leicht gefrorene Erdreich, um es zu glätten, und griff nach einem scharfkantigen Stein.

»Hier also ist der Pferch. Als der Bauer, durch das laute Blöken geweckt, mit seinem Gesinde herbeiläuft, haben sich die noch lebenden Schafe in Panik in diesen Unterstand geflüchtet und drängen sich zusammen. Der Boden ist noch weich, hier sind die Trittsiegel der Tiere. Dort liegen die drei toten Schafe mit herausgefetzten Kehlen. Als kurz darauf der Sheriff eintrifft, fordert er alle Anwesenden auf, zurückzutreten. Hier, da und dort sind die Abdrücke ihrer Schuhe. Aber nirgendwo – nirgendwo ist ein Abdruck der Bestie.«

Der Duke of Lancaster erschauerte unter seinem warmen Wollumhang.

»Meister Wyclif«, wisperte er, »was ist das für ein Wesen, das keine Trittspur hinterlässt? Ein Dämon, der durch die Luft kommt und wieder verschwindet? Ihr seid ein Geistlicher und obendrein ein kluger Mann. Nein, widersprecht mir nicht. Ihr habt einen scharfen Blick, lasst Euch weder durch die Ehrfurcht vor Vorgesetzten noch den Hochmut gegenüber Untergebenen ablenken. Ich bitte Euch: Reist nach Ullesthorpe und untersucht diese Angelegenheit in meinem Namen!«

Mein Meister fuhr sich nachdenklich mit der Hand über den Nacken. »Euer Sheriff«, sagte er dann, »scheint ein fähiger Mann zu sein, wie seine Art der Spurensicherung beweist. Warum überlasst Ihr nicht ihm die Ermittlungen?«

»Sheriff Hyem selbst hat um Hilfe gebeten«, erwiderte der Duke. »Er ist ohne Zweifel tüchtig, aber das Unerklärliche, Übersinnliche macht ihm Angst.«

»Wem nicht …«, murmelte mein Meister mit Unbehagen. »Aber wenn Ihr es wünscht, werden Gilles und ich morgen versuchen, ein wenig Licht ins Dunkel zu bringen. Nun kommt herein, Ihr und Eure Begleiter. Lasst uns essen und ausruhen, denn es wird bald dunkel.«

~

So kam es, dass wir am folgenden Morgen in der fahlen Dämmerung auf dem Handelsweg Richtung Westen unterwegs waren, Meister

Wyclif auf seinem ungeheuer hochbeinigen, klapprigen Falben, der nur durch das stumpfe Fell zusammengehalten wurde, und ich auf einem derart winzigen Esel, dass sogar meine verkrümmten Beine links und rechts neben seinem Leib über den Boden schleiften. Im Sommer und Frühherbst lenkten die Bauern ihre Ochsenkarren darauf zum Markt, die reichen Kaufleute ließen sich in Sänften tragen, und hinterdrein zogen die Spielleute und Gaukler, die Possenreißer und Huren in der Hoffnung auf ein einträgliches Geschäft. Aber um diese Jahreszeit waren wir ganz allein unterwegs, und wir kamen langsam voran, denn die Tiere mühten sich, auf dem überfrorenen Boden Tritt zu fassen.

Mein Magen knurrte, denn entgegen der Vorhersage meines Meisters hatten sich weder Brei noch Dünnbier auf wundersame Weise vermehrt, und Brot und Käse, die ich von unserer Nachbarin Margaret geborgt hatte, waren in den Bäuchen des Dukes und seiner Begleiter gelandet, ohne dass ich nur ein Krümchen von der Tischplatte hätte picken können.

Schon nach einer halben Meile kroch die Kälte in meine Stiefel und unter meinen fadenscheinigen Umhang, biss in meine Ohren und ließ vor allem meine Nase unerträglich schmerzen.

»Wie weit ist es noch?«, fragte ich.

Meister Wyclif fuhr im Sattel auf. Erst jetzt entdeckte ich, dass er während des Reitens in einem Gebetbuch gelesen hatte, den Kopf tief über die Seiten geneigt.

»Sofern der Weg frei bleibt, werden wir in etwa zwei oder drei Stunden ankommen«, erwiderte er. »Möchtest du auch ein Buch, um dir die Reise zu verkürzen?«

Lächelnd schüttelte ich den Kopf. Zwar hatte mein Meister damit begonnen, mir die einzelnen Buchstaben und ihre Aussprache zu erklären, aber so weit, dass ich im Lesen Freude und Entspannung hätte finden können, war ich bei Weitem noch nicht. Deswegen machte ich mich auf einen langen, stillen Weg gefasst und vertrieb mir die Zeit, indem ich nach dem zögernden Aufgehen der Wintersonne das Spiel von Licht und Schatten im kahlen Geäst beobachtete und nach den Spuren von Waldtieren Ausschau hielt.

»Meister«, sagte ich schließlich, »nach was für einem Wesen suchen wir? Ist es ein Dämon, wie der Herzog von Lancaster vermutet? Oder vielleicht doch ein Tier, das seine Spuren verwischt?«

»Du solltest erst darüber nachdenken«, gab er zur Antwort, »wenn wir alle Fakten kennen. Die meisten Menschen spekulieren zu viel – auch Gedanken sollte man nicht zügellos verschleudern, sondern mit Achtsamkeit verwenden. Und schau nur: Dort liegt schon Ullesthorpe. Bald werden wir mehr wissen.«

Tatsächlich verbreiterte sich der Weg, wurde ausgetreten und mündete in einer verdreckten Dorfstraße. Ein dürres Schwein lief uns quiekend entgegen und schnappte nach den Säumen unserer Umhänge. Ein paar Hühner mühten sich, im gefrorenen Untergrund nach Körnern zu scharren. Kinder krochen mit einem löchrigen Sack in der Hand unter den Bäumen am Dorfanger herum und sammelten vergessene Eicheln, Kastanien und Bucheckern, bis ihre Mütter, aufgescheucht durch unser Kommen, sie mit schrillen Rufen ins Haus holten.

Meister Wyclif zog die Zügel seines Falben an. Mein Eselchen zockelte noch ein kurzes Stück weiter, bis es ebenfalls zum Stehen kam.

»Wir suchen Sheriff Hyem!«, rief er mit lauter Stimme. »Der Duke of Lancaster schickt uns!«

Ein Bauer, der auf der Bank neben seiner Kate an einem Holzschuh schnitzte, stand auf und räusperte sich, bevor er entgegnete: »Da werdet Ihr kein Glück haben, Sire – der Sheriff hat einen Trauerfall im Hause.«

Meister Wyclifs Züge bewegten sich heftig, er sprang vom Pferd und rief: »Ein Trauerfall? Ich bin Pfarrer – kann ich ihm Beistand leisten?«

Der Bauer musterte uns von oben bis unten und kratzte sich das stoppelige Kinn. »Seine kleine Tochter, Sire. Sie ist heute Nacht von der Bestie aus der Wiege gezerrt worden. Ich weiß nicht, ob ein Pfarrer da helfen kann, Sire. Womöglich wäre es besser, der Duke würde ein paar bewaffnete Reiter schicken.«

»Die Bestie, Meister!«, wisperte ich erregt. »Nun wagt sie sich schon in die Häuser! Der Mann hat recht: Wie sollen wir zu zweit etwas gegen sie ausrichten?«

»Das werden wir sehen«, erwiderte Meister Wyclif. Seine Augen blitzten. »Es tut mir leid, den Sheriff und seine Familie in solch einem Augenblick zu stören, aber ich fürchte, wir müssen ihn befragen. Welches Haus ist es?«

»Dort drüben, Sire. Das Herrenhaus.«

~

Trotz meiner Furcht musste ich lächeln. Ein Herrenhaus war die krummwandige Holzhütte, der wir uns nun näherten, wohl nur in den Maßstäben dieses Dorfes. Ein wenig größer als die anderen Katen hatte sie sogar schmale Fensterschlitze, die im Sommer ein wenig Licht ins Innere ließen, jetzt aber mit Brettern verstellt waren.

Mein Meister warf mir die Zügel zu und klopfte an die Tür. Uns öffnete eine junge Frau, die unter anderen Umständen von ergreifender Schönheit gewesen wäre, aber wilde Trauer zerstörte die Zartheit ihrer Züge, Tränen verhängten die Augen.

»Wir haben gehört, was Euch widerfahren ist«, sagte Meister Wyclif . »Es ist furchtbar und kaum zu begreifen.«

Sie schob eine Haarsträhne, die sich von ihrem flüchtig aufgesteckten Knoten gelöst hatte, aus dem Gesicht. „Ihr seid der Pfarrer aus Lutterworth, nicht wahr? Wie ist so etwas möglich, Herr Pfarrer? Wie kann Gott das zulassen?"

Mitleidig schüttelte mein Meister den Kopf. „Bedenkt, dass alles, was uns zuteilwird, mit absoluter Notwendigkeit geschieht – auch das Böse. Es hat einen tieferen Sinn in Gottes Plan, selbst wenn es uns schwer fällt, ihn zu verstehen.«

»Das mag wohl sein«, murmelte sie wie ein vollkommen erschöpftes, aber gehorsames Kind. »Ich verstehe nichts davon. Meine arme Roseann! Ich denke immer wieder, sie sei noch hier. Ich sehe sie in der Wiege liegen, aber wenn ich versuche, sie aufzunehmen … Verzeiht, ich vergesse die Pflichten der Gastfreundschaft. Tretet bitte ein!«

Mit einer matten Handbewegung wies sie in die Stube und brach auf der Schwelle zusammen.

Meister Wyclif fing sie geistesgegenwärtig auf. »Gilles, nimm die Füße!«, befahl er. »Wir bringen sie herein. Heda! Mägde, Knechte! Eure Herrin braucht Hilfe!«

Ein grobknochiger, schwerer Mann eilte aus einem der hinteren Zimmer herbei, hob die junge Frau auf seine Arme, als sei sie eine Feder, und trug sie zu einer Bettstatt. Wir folgten ihm.

Während sich meine Augen langsam an die Dunkelheit gewöhnten, erkannte ich die karge Einrichtung der Stube. Außer dem Bett standen dort noch zwei Truhen in angemessener Entfernung von der großen, offenen Feuerstelle, sowie ein niedriges Pult, auf dem ein speckiger Almanach lag.

»Es tut mir leid, dass Ihr auf diese Weise empfangen werdet«, erklärte der Mann, der offensichtlich Sheriff Hyem war, während er seine Last niederlegte. Seine Stimme klang ebenso matt und erloschen wie die seiner Frau.

»Die Magd und die beiden Jungknechte sind unterwegs. Eileen kann es kaum verwinden, unser einziges Kind … Der Duke of Lancaster schickt Euch, nicht wahr? Ich hatte mit einer Armee gerechnet, aber offensichtlich sind unsere kleinen dörflichen Angelegenheiten es nicht wert, dass der große Herr …«

Energisch hob Meister Wyclif die Hand. »Versündigt Euch nicht gegen Euren Herrn. Der Duke of Lancaster kam persönlich zu mir und bat mich um die Ermittlung in diesem Fall. Anscheinend ist er der Meinung, dass Ihr, ich und mein Schüler Gilles mehr ausrichten können als bewaffnete Schläger. Ich weiß, es ist schmerzlich für Euch, aber wir sollten noch einmal gemeinsam das Zimmer untersuchen, in dem Eurer Tochter ein Leid geschah. Ihr seid ein gewissenhafter Mann, jedoch wurde in der Aufregung und dem Kummer womöglich etwas übersehen.«

Sheriff Hyem straffte die Schultern. »Ihr habt Recht. Was auch immer hier sein Unwesen treibt – es muss möglich sein, es zur

Strecke zu bringen. Meine Frau war nach der Niederkunft noch sehr schwach, daher lag hier im Hinterzimmer ...«

Er schlug die Hände vor die Augen und wandte sich ab.

Mein Meister schritt behutsam an ihm vorbei, und ich folgte in einen kleinen, fensterlosen Verschlag, in dem nichts als eine Wiege und eine Truhe standen. Aus der Wiege waren die Kissen oder Decken entfernt, ein paar dunkle Flecken verunstalteten das kahle Holz.

Meister Wyclif ließ sich auf die Knie sinken, als wolle er beten, aber zu meiner Verwunderung begann er stattdessen durch das Zimmer zu kriechen, den Blick fest auf den Lehmboden geheftet.

»Keine Spuren«, murmelte er dabei, »keine Trittsiegel. Unmöglich, von außen einzudringen, also muss das Wesen durch die Stube gekommen sein. Aber man hätte es gesehen oder gehört.«

»Nicht, wenn es ein Dämon aus der Hölle war!«, warf ich ein.

»Dann hätte man es gerochen«, erwiderte er prompt. Kurz darauf stieß er einen leisen, triumphierenden Laut aus. »Hier ist etwas! Ein abgerissener Knopf mit einem Leinenfetzen daran!«

»Der könnte dem Sheriff oder seiner Frau gehören«, wandte ich ein. »Vielleicht auch der Magd oder einem der beiden Jungknechte.«

Zweifelnd wiegte der Meister seinen Kopf hin und her. »Auf dem Wams des Sheriffs sitzen runde Knöpfe. Seine Frau steckt ihren Umhang mit einer Fibel fest. Und hätten die Bediensteten den Verlust eines teuren Knopfes nicht längst bemerkt und danach gesucht? – Nein, ich denke, was für ein Dämon es auch war, er trug ein leinenes Hemd mit geschnitzten Knöpfen.«

Mir blieb der Mund offen stehen. »Aber wie ist das möglich?«, fragte ich.

»Das werden wir sehen. Ich habe dir ja schon geraten, keine übereilten Schlüsse zu ziehen. Halte diesen Fund einstweilen geheim, bis wir Näheres wissen. Und nun wollen wir den Sheriff fragen, ob wir Quartier im Dorf nehmen dürfen.«

Sheriff Hyem war erleichtert, dass der Meister nicht darauf bestand, in seinem eigenen Haus zu logieren. Dabei übersah er ganz, was mich sofort befremdet hatte, dass nämlich Meister Wyclif nicht danach fragte, wo ein Quartier für uns frei sein könnte, sondern selbst eines beschlagnahmen wollte.

»Heb die Nase, Gilles!«, sagte er, als wir auf dem Dorfplatz standen. »Aus welcher dieser Hütten riecht es besonders gut?«

»Meister«, wandte ich ein, »es ist doch sonst nicht Eure Art, mit dem Magen zu denken – das ist mein Ressort! Aber wenn Ihr darauf besteht: dort in der windschiefen Kate am Waldrand scheint heute schmackhaft gekocht zu werden.«

»Das denke ich auch«, erwiderte Meister Wyclif langsam. »Ehrlich gesagt ist es mir schon aufgefallen, als wir ankamen. Der Wind wehte den Duft herüber. Warum ist gerade an diesem Ort so auffallend Besseres im Topf als in den Nachbarhütten? Lass uns herausfinden, wer dort wohnt.«

Er hielt ein vorbeispringendes Kind am Ärmel fest und befragte es. Die Witwe Anna-May sei es, lautete die Antwort, mit ihrem kranken Sohn, den man seit mehreren Wochen nicht gesehen habe.

»Nun gut.« Meister Wyclif schaute unerwartet ernst, als er auf die Hütte zuschritt. »Dann lass uns Quartier bei der Witwe nehmen. Aber das Essen werden wir ihr lassen, wir können uns mit den Vorräten aus den Satteltaschen begnügen«, zerstörte er meine vorschnelle Hoffnung auf ein köstliches Mahl.

Er klopfte. Bald darauf hörten wir schwerfällige Schritte, die sich näherten. Die Tür öffnete sich zögerlich.

Anna-May war noch nicht alt, aber durch Entbehrung oder Gram schon frühzeitig gebeugt. Als ich an ihr vorbei in die Hütte spähte, entdeckte ich, womit sie beschäftigt war: Neben einem Hocker in der Nähe der Kochstelle stand ein Korb mit Flickwäsche. Zuoberst lag ein leinenes Hemd mit Knöpfen. Einer von ihnen schien zu fehlen, denn es klaffte ein Riss in der Mitte des Hemdes.

Ich hörte, wie der Atem meines Meisters ein wenig schneller ging, und wusste, dass er es auch gesehen hatte.

»Wie kann ich Euch behilflich sein?«, fragte die Witwe zurückhaltend.

»Der Duke of Lancaster hat uns geschickt, um die Vorgänge in diesem Dorf zu untersuchen«, erwiderte Meister Wyclif. »Wir möchten bei Euch Quartier nehmen.«

Die Frau schrak zusammen und senkte den früh ergrauten Kopf noch tiefer zu Boden. »Das wird nicht möglich sein. Mein Sohn ist krank. Er war zu lange draußen im Schnee und hat sich ein Fieber geholt.«

»Wir werden Euren Sohn nicht stören«, versicherte der Meister und nahm ein kleines Geldstück aus seiner Börse. »Wenn Ihr so gut wäret, uns ein wenig Stroh zu besorgen, können wir hier in der Stube übernachten. Und auch Eure Mahlzeit werden wir nicht schmälern, sondern unser eigenes Brot verzehren. Übrigens möchte ich Euch raten, vorsichtiger zu sein. Ihr wisst, was auf Wilderei steht.«

»Mäuse!«, erwiderte die Witwe allzu rasch. Sie sah Meister Wyclif dabei nicht in die Augen. »Es sind nur Mäuse im Topf – mein Sohn braucht eine kräftigende Suppe.«

»Mäuse, so …« Der Blick des Meisters streifte den Fetzen Kaninchenfell unter dem Flickkorb. »Wie fangt Ihr sie in so großer Menge? – Lasst es gut sein, Ihr braucht Euch nicht vor mir zu rechtfertigen. Aber gebt Acht, dass Euch nicht ein anderer diese Fragen stellen muss. Wir werden uns noch ein wenig im Dorf und auf den Wegen umsehen und bei Sonnenuntergang zurückkehren.«

~

Als die Sonne endlich hinter dem Horizont verschwand, schlotterte ich vor Kälte. Eine wahre Ewigkeit war ich hinter dem Meister hergestolpert, der mal hierhin, mal dorthin wanderte, abgerissene Zweige untersuchte, die Dorfbewohner und besonders ihre allgegenwärtigen, verdreckten Kinder befragte und immer wieder den Weg um die Hütte der Witwe Anna-May abschritt.

»Was suchen wir?«, fragte ich schließlich.

»Wir suchen nicht, wir haben schon gefunden«, sagte Meister Wyclif mit trauriger Miene. »Aber die Antwort ist furchtbarer als ich gedacht hatte. Heute Nacht wird sich alles lösen. Sei standhaft, mein Junge. Bedenke, dass Gott auch das Böse geschaffen hat – und dass er deswegen immer stärker sein wird. Und nun lass uns unser Nachtlager aufsuchen.«

~

Die Witwe machte sich keine Mühe, ein Willkommen zu heucheln. Zwar hatte sie ein wenig Stroh zu einer Bettstatt aufgeschüttet, aber der Kessel mit der Suppe war ebenso im Hinterzimmer zu ihrem kranken Sohn verschwunden wie sie selbst. So gab es für uns also tatsächlich nur das harte Brot aus unseren Satteltaschen, und ich legte mich seufzend und mit knurrendem Magen nieder. Der Meister dagegen hockte sich nahe an die Feuerstelle und zog sein Gebetbuch hervor.

Mühsam richtete ich mich wieder auf. »Soll ich mit Euch wachen, Meister?«

»Nein, Gilles«, erwiderte er. »Schlaf du nur. Ich werde dich zur rechten Zeit wecken.«

So fiel ich in unruhige Träume, immer gewahr, dass neben mir Meister Wyclif wachte, ohne dass ich wusste, warum. Dennoch, oder gerade deshalb, entsann ich mich für eine Weile nicht, wo ich war, als er mich sacht an den Schultern fasste.

»Wach auf!«, wisperte er. »Ein Schatten ist an mir vorbeigesprungen, dort zur Tür hinaus. «

»Ein Schatten?« Der Schlaf fiel von mir ab, als sei ein Eimer mit Eiswasser über mir ausgeschüttet worden. »Eine Ratte vielleicht?«, fragte ich.

»Um einiges größer.«

Mit flinken Schritten erreichte mein Meister die Tür zum Hinterzimmer und klopfte. »Anna-May? Seid Ihr wohlauf? Und Euer Sohn?«

»War es ein Hund oder ein Wolf?«, forschte ich weiter.

»Größer. Und rasend schnell. Anna-May?«

Meister Wyclif nahm einen kurzen Anlauf und warf sich gegen die Tür, die aus den Angeln sprang.

Im Schein der Kerze sahen wir eine Bettstatt aus Stroh. Daneben war ein Lager aufgeschüttet, aus dem Knochen, Bälger und Federn hervorragten. Es stank infernalisch, trotz des weit offenstehenden Fensters.

Weder Anna-May noch ihr Sohn waren zu sehen.

Meister Wyclif neben mir schnappte nach Luft. »Wenn mich nicht alles täuscht, Gilles«, murmelte er, »dann sehen wir vor uns das Lager der Bestie. Und offensichtlich ist sie gerade aufgebrochen.«

»Wo kommt die Bestie her?«, stotterte ich verwirrt und folgte ihm zurück ins Vorderzimmer. »Wie kann sie sich in einen Schatten verwandeln? Wo ist sie jetzt?«

Mein Meister griff nach dem Schürhaken, der neben der Feuerstelle hing, und eilte hinaus in die frostklirrende Nachtluft.

»Dort drüben! Wenn du nur aus den Augenwinkeln hinschaust, kannst du sie erkennen!«

Ich drehte den Kopf hin und her. Tatsächlich! Am Rande meines Sichtfeldes glaubte ich eine Bewegung wahrzunehmen, ein langgestrecktes, muskulöses Wesen, mit der Dunkelheit verwoben.

Von Panik ergriffen, zuckte ich zurück. »Was ist das?«

»Ein Geistwolf«, gab Meister Wyclif leise zurück. »Die Manifestation der Seele eines Besessenen. Er hat getötet, zuerst Tiere, dann die kleine Tochter des Sheriffs. Und heute Nacht wird er wieder töten, wenn wir ihn nicht aufhalten. Rasch, er ist in der Hütte dort drüben verschwunden!«

Wir rannten auf das Gebäude zu. Meister Wyclif zögerte keinen Augenblick, er warf sich mit aller Kraft gegen die Tür, sodass sie aufsprang, und rief dabei: »Mordio! Der Tod ist in Eurem Haus! Bewaffnet Euch, rasch!«

Blanke, erschreckte Augenpaare schauten uns an, nur mühsam raffte sich der Bauer auf, hinter ihm klammerte sich seine Frau verstört an seine Schulter, zwei kleine Kinder begannen zu weinen.

Ein erstickter Schrei erklang aus der hinteren Stube, gefolgt von Schreckensrufen und lautem Poltern. Mit einem Satz war der Meister am Durchgang, den Schürhaken über den Kopf erhoben.

»Wer schläft dort?«, fragte ich hastig, während ich vorbeistürmte.

»Die Großmutter und unsere beiden ältesten Töchter«, entgegnete die Bäuerin. »Was ist denn passiert?«

Ich hatte die Schwelle erreicht, mein Blick fiel auf die Szene in der Stube, die nur durch eine Kerze und den Widerschein des heruntergebrannten Feuers im vorderen Raum erhellt wurde.

Die Großmutter stand schützend vor den beiden Mädchen in der Ecke. Die Arme und Schultern der alten Frau waren dunkel, offensichtlich von Blut überströmt. Alle drei standen erstarrt, schreckensbleich. Meister Wyclif dagegen, in der Mitte des Raumes, rannte wieder und wieder mit dem Schürhaken gegen den Schatten an. Nur wenn ich den Blick zur Seite wandte, vermochte ich die Gestalt zu sehen, die wie wabernde Dunkelheit bald hierhin, bald dorthin zuckte und an Meister Wyclif vorbeizukommen trachtete, um sich ihre Beute nicht entgehen zu lassen.

»Zurück, im Namen des Herrn!«, rief der Meister.

Ein stimmloses Fauchen kam als Antwort, beinahe wie das Zischeln einer Schlange.

Wieder machte das Schattenwesen einen Ausfall, aber Meister Wyclif blieb auf der Hut. Mit voller Kraft ließ er den Schürhaken niedersausen.

Er hätte das Wesen getroffen. Doch in diesem Augenblick schoss wie ein Pfeil eine weitere Gestalt in den Raum und warf sich zwischen die Kämpfenden. Das schwere Eisen krachte auf ihren Schädel und ließ sie zu Boden sinken. Mit gebleckten Zähnen setzte nun der Geistwolf nach, er knurrte so tief, dass meine Backenzähne vibrierten, sprang mit einem gewaltigen Satz über die am Boden liegende Gestalt hinweg, genau auf den Kopf des Meisters zu. Der drehte sich zur Seite, um den Geistwolf ins Auge zu fassen. Er stand so still, als sammle er sich zum Gebet, den Schürhaken erhoben, jeden Muskel seines hageren Körpers angespannt. Die Augenblicke dehnten sich ins Unerträgliche, ich hielt den Atem an, sah den Geistwolf noch immer in der Luft. Sein Atem gefror zu einer Wolke, Speichel troff von seinen Lefzen. Nun, endlich, bewegte sich auch der Schürhaken, so langsam für meinen übermäßig angespannten Verstand, als zöge Meister Wyclif ihn durch Sirup.

Der Schlag traf den Geistwolf mit einem ekelerregenden, dumpfen Geräusch direkt auf dem Schädel. Das furchtbare Wesen seufzte laut auf, während es zu Boden stürzte. Seine Gestalt veränderte sich und nahm menschliche Formen an. Ein junger Mann erschien an der Stelle der Bestie, kaum älter als ich, bleich und abgezehrt, eine schreckliche Wunde quer über der Stirn, die seinen Schädel spaltete. Sein Atem ging so schnell wie der eines Vogels auf dem Leim.

Nun rührte sich auch die andere Gestalt im Raum. Sie richtete sich mühsam auf, kroch zu dem Verletzten und warf sich mit einem jämmerlichen Laut über ihn, die Witwe Anna-May, auch sie auf das Entsetzlichste verwundet.

»Ihr wusstet es!«, flüsterte Meister Wyclif. »Um Gottes Willen! Ihr habt die ganze Zeit gewusst, dass Euer Sohn die Bestie ist. Wie viel Leid und Elend hättet Ihr dem Dorf erspart, wenn Ihr nur von Euch aus Hilfe gesucht hättet, anstatt ihn zu verstecken.«

»Er hat nur ein wenig gewildert«, gab sie trotzig zur Antwort. »Kaninchen, ein Reh. Wer tut denn das nicht? Mein einziges Kind – ich habe niemanden, nur ihn.«

»Und Roseann, die Tochter des Sheriffs? Und die beiden Mädchen hier, und ihre Großmutter? Wie weit sollte es noch gehen? Wie lange?«

Die Frau hörte ihn nicht mehr. Sie lag ganz still, die Arme noch im Tod schützend über ihren Sohn geworfen.

~

Meister Wyclif ließ den besudelten Schürhaken fallen und wandte sich ab, um die beiden Kinder zu untersuchen, die noch immer schreckensbleich hinter ihrer Großmutter kauerten.

»Auch dies war Gottes Wille«, wisperte er kaum hörbar. »Gott hat es gewollt seit dem Anbeginn der Zeit, auch wenn wir den Sinn darin nicht erkennen. Diese Wunden werden heilen – was aber die Wunden betrifft, die der Dorfgemeinschaft geschlagen wurden, und diejenigen, die der Sheriff und seine Frau Eileen erleiden mussten, so weiß ich nicht, ob auch sie wieder heile werden.«

Seine Stimme klang brüchig, als sei er jäh gealtert. Nur mühsam straffte er die schmalen Schultern.

»Nun komm, Gilles. Wir werden den Rest der Nacht bei unseren Tieren verbringen und morgen so früh wie möglich aufbrechen. Hier gibt es nichts mehr für uns zu tun, und wir sollten dem Duke of Lancaster Bericht erstatten.«

Über die Autorin

Susanne Haberland arbeitete unter anderem in einer Druckerei, in der Lokalredaktion einer Zeitung und bei der Staatsanwaltschaft, bevor sie sich ganz dem Schreiben zuwandte. Sie lebt mit ihrem Mann und ihren beiden Töchtern in einer Kleinstadt am Teutoburger Wald.

Seit 2010 hat sie eine Reihe von Kurzgeschichten in verschiedenen Anthologien veröffentlicht. Eine davon erreichte 2011 den 1. Platz des renommierten Marburg Award für Phantastik. Ihr erstes Buch, »Drachen, Gold und Gaunerehre«, erschien 2013. Zur Zeit schreibt sie an ihrem zweiten Roman.

Fürst der Gläubigen

Atir Kerroum

Eure Majestät?«

Langsam hob Lothar die schweren Lider und lächelte. Eike von Hersfeld erschrak. Der König war ein Greis, eingefallen, das Haar weiß wie Asche.

»Eike! Mein treuer Freund! Ihr seid da!« Lothar lallte kaum Verständliches. Der Schlaganfall hatte ihm das halbe Gesicht gelähmt.

»Es sind nicht viele übrig, auf die ich mich verlassen kann.« Der König hob die zittrige Hand und ließ den Zeigefinger kreisen. »Sie flüstern, dass das Reich dem Untergang geweiht ist. Sie denken, ich bekomme das nicht mehr mit.« Er lachte bitter. »Ich lasse sie reden. Kennt Ihr den größten Schatz eines Königs? Nicht das Gold, auch nicht die Treue. Der größte Schatz ist ein Mann, der die Wahrheit sagt. Denkt Ihr nicht auch?«

»Einem König zu widersprechen ist selten ruhmreich. Aber eines Ratgebers erste Pflicht«, antwortete Eike.

»Dann widersprecht mir! Glaubt Ihr, dass Theudebert noch lebt?«

»Der Kalif hat unser Heer vernichtet und Euren einzigen Sohn gefangen genommen. Als Geisel ist Theudebert unschätzbar. Der Kalif wäre schlecht beraten, ihn zu töten.«

Lothar nickte. »Ja, er lebt noch. Jemand muss zum Kalifen gehen und den Krieg beenden.«

»Wenn es dem Kalifen gefällt, lässt er die Unterhändler köpfen.«

»Reginald und Luitger schreckt das nicht. Gott schütze sie! Doch Mut allein erringt keinen Sieg. Es braucht jemanden, der die Sarazenen kennt. Euch haftet der Ruf an, ein ehrlicher Makler zu sein. Würdet Ihr für mich mit dem Kalifen verhandeln?«

»Majestät, ich …«

»Ein einfaches Nein genügt.«

Wenn die Fürsten den Zustand ihres Königs sahen, würden sie nicht erst warten, bis Lothar die Augen schloss. Ohne einen Erben ertrank das Reich der Franken in seinem eigenen Blut.

»Ich werde den Kalifen aufsuchen und verhandeln«, sagte Eike. »Und wenn es mich das Leben kostet.«

»Ich bete für Euch«, flüsterte Lothar. »Bringt mir den Frieden und meinen Sohn zurück! Schwört mir, dass Ihr alles versuchen werdet!«

Eike schwor es.

~

Hätte Karl Martell die Sarazenen bei Tours und Poitiers besiegt, dann wäre die Welt die alte geblieben. Eike kam die längst vergangene Zeit der Merowinger in den Sinn, als er vor sich Mainz am anderen Rheinufer liegen sah. Eine Brücke auf einundzwanzig Pfeilern überwand den mächtigsten der Ströme. Man sagte, dass die Stadtmauer aus rotem Buntsandstein Bagdad und Palermo in den Schatten stellte. Über den Spitzzinnen ragten die vier Minarette der Hauptmoschee in den Himmel. Seit Jussuf II. diente Mainz den gallischen Kalifen als Residenz. Der Palast des Fürsten der Gläubigen thronte wie ein Abbild des Paradieses auf dem Kästrich, einem Berg im Westen der Stadt, auf dem die Römer einst eine Festung errichtet hatten.

Es war die Zeit des Abendgebetes, dennoch herrschte in den gepflasterten Straßen dichtes Treiben. Kaum jemand achtete auf die Franken, die von einer sarazenischen Eskorte zum Kästrich gebracht wurden. Dort empfing sie Hischam, ein Bruder des Kalifen.

»Willkommen in Maiansa«, sprach der Prinz unerwartet freundlich. »Ihr seid die Gäste des Kalifen und steht unter seinem Schutz. Wer die Hand gegen Euch erhebt, erhebt sie gegen den Fürsten der Gläubigen.«

Hischam geleitete die drei Gesandten und deren Gefolge in einen luxuriösen Flügel des Palastes. Durch die Glasfenster sah man hinunter auf die Dächer von Mainz und die Brücke über den Rhein.

»Ich hoffe, die Unterkunft findet Eure Billigung«, sagte Hischam.

»Nie haben wir besser gewohnt«, gab Eike zurück. Die reichen Stuckornamente waren bemalt und mit Blattgold verziert. Es gab zwei Bäder mit fließendem, heißem Wasser und einen Garten mit

Springbrunnen. Die Räume waren mit kostbaren Teppichen aus Persien ausgelegt. Ihr dichter Flor, in den Gold- und Silberfäden eingewebt waren, dämpfte die Schritte.

»Wann wird uns der Kalif empfangen?«, fragte Luitger.

»Das wissen nur Allah und der Kalif.«

»Würdet Ihr ihn für uns fragen?«

Hischam tat erstaunt. »Wen soll ich für Euch fragen? Allah? Oder den Kalifen?«

Eike räusperte sich und schob den vorlauten Luitger zur Seite. »Wir brennen darauf, dem Fürsten der Gläubigen die Geschenke des Königs der Franken zu überreichen«, sagte Eike. »Eine ganz besondere Aufmerksamkeit wird den Kalifen sehr erfreuen.«

»Da bin ich mir sicher. Doch zuvor muss ich die Geschenke prüfen. Niemand darf den Thronsaal mit etwas betreten, was die Sicherheit des Kalifen gefährden könnte."

Eike ließ einen Diener das Schwert bringen. Knauf und Parier bestanden aus purem Gold und Silber und der Griff war mit schwarzem Wildleder umwickelt. Eike zog die Waffe aus der aufwändig punzierten Lederscheide. »Seht die Klinge«, sagte er dazu. Der Stahl war spiegelblank poliert. In der wurmbunt funkelnden Kehlung stand in arabischer Schrift: *Berengar. Dem Fürsten der Gläubigen von Lothar, König der Franken.*

»Die Arbeit eines fränkischen Meisterschmiedes. Keine Rüstung vermag dieser Klinge zu widerstehen«, sprach Eike.

»Ein Schwert als Zeichen des Friedens.« Hischam klang amüsiert.

~

Der Kalif ließ sie volle drei Tage warten. Es fehlte ihnen an nichts, doch die Zeit verging quälend langsam mit Untätigkeit. Am vierten Tage endlich hieß es, dass sie sich bereit machen sollten. Stunden standen sie im Wartesaal und sahen, wie Bittsteller um Bittsteller hinein gerufen und wieder entlassen wurde. Sie waren in der Tat die letzten, die Hischam in den Thronsaal geleitete.

»Die Gesandten des Königs der Franken! Kniet vor dem Kalifen!«

Jachia Ibn Agilulf al Raschid, Fürst der Gläubigen, Herrscher der Drei Gallien und Sieger von Zülpich, saß auf einem Thron aus versilbertem Eichenholz. Goldtauschierte Arabesken funkelten im Licht. Die stahlblauen Augen des Kalifen blickten ernst. Alle Kleider, selbst der Turban, bestanden aus glänzendem Brokat.

Die Franken fielen auf die Knie.

»Lothar, der König der Franken, entbietet Euch seinen Gruß. Großmächtiger Kalif! Gestattet uns, Euch die Geschenke unseres Herrn überreichen zu dürfen«, sprach Eike feierlich.

Der Kalif schnippte nur mit den Fingern.

»Ihr dürft Euch erheben und näher treten«, flüsterte Hischam Eike ins Ohr. Eike stand auf und reichte dem Kalifen eine Kiste Bernstein und eine unschätzbar wertvolle Handschrift des Aristoteles. Während Eike erläuterte, begutachtete Jachia mit steinerner Miene und erklärte dann, dass er beides für angemessen halte. Es hieß, dass der Kalif akzentfrei Deutsch sprach, doch er ließ sein Arabisch von einem Wesir übersetzen. Nun das dritte Geschenk. Hischam klatschte in die Hände. Ein wartender Sklave hastete herbei und übergab dem Kalifen das Schwert *Berengar*. Der Kalif betrachtete die Goldschmiedearbeiten, zog die Waffe und prüfte ihr Gewicht. Laut las er die Widmung auf der Klinge.

»König Lothar schenkt Euch ein Meisterschwert, welches seinesgleichen sucht. Auf dass es Euch nie im Stich lasse. Ihr werdet kein zweites Schwert finden, welches so scharf und so fest ist. Zögert nicht, es zu prüfen.«

»Ich werde es erwägen.« Der Kalif schob das Schwert zurück in die Scheide. »Die Schwerter der Franken waren noch nie scharf genug, um die Schilde der Gläubigen zu zertrümmern. Richtet dies Eurem König aus. Und sagt ihm, das Schwert wird fränkisches Blut schmecken, wenn er mit seinem Heer erneut den Boden der Gläubigen besudelt.«

Eike breitete die Arme aus. »Großmächtiger Kalif. Eure Macht ist strahlender als die Sonne. Wir treten vor Euch, um um Frieden zu bitten.«

»Ich denke doch auch, dass wir erst nächstes Frühjahr wieder mit einem fränkischen Heer rechnen dürfen«, gab Jachia trocken zurück. Der Kalif machte keinerlei Anstalten, ihrem Anliegen in irgendeiner Weise entgegen zu kommen. »Sprecht weiter!«

Eike ließ sich nicht beirren. »Großmächtiger Kalif! Das Kriegsglück führte den Sohn unseres Königs in Eure Gefangenschaft. Unser Herr ist voller Sorge. Dürfen wir uns nach Theudeberts Schicksal erkundigen?«

»Ihr dürft den Räuberprinzen sogar sehen.« Jachia gab einem Offizier ein Zeichen. Auf der Stelle brachten die Wachen den jungen Theudebert herein. Er musste draußen auf Abruf gewartet haben. Jachia spielte mit ihnen. Erleichtert nickte Theudebert den Gesandten zu. Doch er wagte nicht, im Thronsaal ein Wort zu verlieren.

»Er ist unversehrt, bekommt gut zu essen und erfreut sich bester Gesundheit. Solange sich die Franken erinnern, wo die Grenze verläuft.« Auf ein Zeichen des Kalifen wurde der Prinz hinaus geschafft.

»Haltet aus! Wir befreien Euch!«, rief Luitger hinter Theudebert her.

Eike unterdrückte einen Fluch und wandte sich an den Kalifen: »Großmächtiger Kalif und Fürst der Gläubigen! Der König der Franken wünscht sich sehnlichst Frieden und bittet um Gnade für seinen Sohn. Die Dankbarkeit unseres Herrn wäre grenzenlos. Sagt uns, was Ihr verlangt.«

»Tausend Eide und alles Gold der Welt sind nichts gegen eine gute Geisel. Theudebert haftet für die Sicherheit der Drei Gallien. Mit seinem Kopf.«

»Großmächtigster Kalif! Eures Sieges in Zülpich wird man sich noch lange erinnern. Doch jetzt könnt Ihr etwas für die Ewigkeit gewinnen: den Frieden. So wahr ich hier stehe: Lothar bietet Euch einen ewigen Frieden an. Lasst diese Gelegenheit nicht verstreichen! Um die Gesundheit des Königs steht es schlecht. Wenn Lothar stirbt und Theudebert sich dann noch in Eurer Hand befindet, dann wird ein anderer König werden und der Krieg geht weiter.«

»Soll das eine Drohung sein?«

»Es ist die Wahrheit.«

»Vielleicht«, sagte der Kalif, »bekriegen sich die Franken dann aber auch gegenseitig. Wogegen ich nichts einzuwenden hätte. In den Drei Gallien kennt man Eure Art nur zu gut. Schon immer stand Euch der Sinn nach Mordlust und Brandschatzen. Jetzt auf einmal, wo er seine Wunden leckt, spielt Lothar den Friedensfürsten. Für wie dumm hält er mich?«

»Dumm?« Als Luitger aufsprang, zogen die Wachen blank. Da er aber keine Anstalten machte, den Kalifen zu bedrohen und kein Befehl erging, rührten sie den Ritter nicht an.

»Wir kommen in Frieden, mit kostbarsten Geschenken, und werden mit Lügen und Beleidigungen empfangen. Euer Kalifat ist auf fränkischem Boden errichtet! Gestohlen! Und fragt doch einmal, wer in andere Länder einfällt, um zu plündern und Sklaven zu nehmen! Euer Name ist es, der dann genannt wird!«

Luitger schüttelte Reginalds Hand ab, der ihn zum Schweigen zu bringen versuchte, deutete anklagend auf den Kalifen und rief: »Mit Euren Razzien verheert Ihr unser Reich und wagt es, uns Mordlust vorzuwerfen! Wenn Ihr keinen Frieden wollt, dann soll der Krieg eben weiter gehen!«

Luitger schwieg. Als er erkannte, was er getan hatte, fiel der Ritter auf die Knie.

»Seid Ihr fertig?«, fragte der Kalif.

»Ritter Luitger ist jung und ungestüm …«, begann Eike. Jachia hob die Hand und gebot ihm zu Schweigen. Dann gab er seinem Bruder ein Zeichen.

»Die Audienz ist beendet«, übersetzte Hischam.

~

»Ich habe versagt.« Verzweifelt starrte Luitger auf den Grund seines Bechers.

»Das habt Ihr«, pflichtete Vater Reginald bei.

»Luitgers Ausbruch ist unentschuldbar.« Eike gab sich selbst die Verantwortung dafür, schließlich hatte er Luitger mitgenommen. »Doch was macht es für einen Unterschied? Jachia dachte überhaupt nicht daran, Theudebert frei zu lassen. Das war mehr als deutlich. Er misstraut uns.«

Sie saßen in einer Spelunke in der Unterstadt und tranken Wein. Der Wirt war Christ und schenkte Alkohol aus. Niemand hatte versucht, sie am Verlassen des Kästrich zu hindern. Obwohl die Reise auf der ganzen Linie gescheitert war, behandelte man sie weiterhin als Gäste.

»Darf ich mich zu Euch gesellen?«

Ein Sarazene, das Gesicht von einem Turban verhüllt, stand neben dem Tisch. Luitger wollte ihn verscheuchen, doch der Fremde saß bereits.

»Ich kann mich nicht entsinnen, Euch eingeladen zu haben, Herr Sarazene«, stellte Luitger fest.

»Ich war selbst so frei.« Der Fremde beugte sich nach vorne und lüftete dezent den Schleier. »Lasst Euch nichts anmerken«, raunte er.

»Prinz Hi-!«

»Nicht so laut!« Hischam legte den Zeigefinger auf die Lippen. Der Wirt brachte Hischam einen Tee. Sie warteten, bis der Wirt gegangen war.

»In Bagdad ist es Mode, sich verkleidet unters Volk zu mischen und zu hören, was es zu sagen hat.«

»Dann geht doch nach Bagdad«, knurrte Vater Reginald.

Hischam lächelte süffisant. »Wie immer Ihr meint.« Er wechselte das Thema und richtete das Wort an Luitger. »Ihr habt Glück, dass Ihr nach Eurem Kopf nicht noch Euer Leben verloren habt.«

»Hätte mir wenigstens die Rückkehr nach Würzburg erspart«, erwiderte Luitger.

»Ein wahres Wort. Es steht nicht allzu gut um Eure Sache.«

Als er Hischams gespieltes Bedauern hörte, ballte Eike unter dem Tisch heimlich die Faust. Dann fragte er: »Seht Ihr eine Möglichkeit, wie wir unseren Fehler wiedergutmachen können?«

»Ihr gebt nicht so leicht auf, wie?«

»Ich habe es dem König versprochen.«

»Mein Bruder hat entschieden. Theudebert bleibt eine Geisel und der Krieg geht weiter. So einfach ist das.«

»Vielleicht können wir ihn doch noch umstimmen.« Eike zögerte. Es war nicht schlau, seine Karten aufzudecken. Doch in diesem Fall blieb keine Wahl. »Der König der Franken wird jeden Preis bezahlen.«

Hischam kratzte sich am Kinn. »Jeden?«

»Jeden.«

»Bedauerlicherweise gibt es absolut nichts, was mein Bruder von Euch wollen könnte. Er ist der Kalif, der Fürst der Gläubigen. Ich garantiere Euch, dass er seine Entscheidung nicht ändert. Allerdings …«

Hischam legte eine gekünstelte Pause ein.

Luitger hakte nach. »Ja?«

»Ein neuer Kalif stünde Eurem Anliegen möglicherweise aufgeschlossener gegenüber.«

»Ein neuer Kalif?«

»Aufgeschlossener?«, fragte Eike.

»Mein Bruder ist Kalif, weil seine Mutter die Lieblingsfrau war. Dabei bin ich der Ältere, versteht Ihr? Mir hätte es zugestanden zu herrschen. Doch dazu wird es niemals kommen. Nicht, solange Jachia lebt.«

»Das lässt sich nun mal nicht ändern«, entgegnete Reginald.

»Da täuscht Ihr Euch.« Hischam beugte sich nach vorne und dämpfte die Stimme. »Niemandem außer seiner Leibwache sind Waffen in der Nähe des Kalifen erlaubt.« Er hob den Zeigefinger. «Aber es gibt eine Ausnahme: die Jagd. Ihr wisst es noch nicht, aber mein Bruder wird Euch morgen zur Jagd einladen.«

»Aus welchem Grund?«, fragte Eike. Das war das Letzte, was er nach Luitgers Auftritt erwartet hatte.

»Weil es ihm gefällt«, gab Hischam zurück. »Er spielt mit Euch. Aber wenn der Kalif nun morgen einen Unfall mit einem Jagdspieß erlitte …«

»Wärt Ihr Kalif anstelle Eures Bruders.«

»Ganz recht. Dann schlössen wir einen Friedensvertrag und ich ließe Theudebert frei. Doch wird es Männer geben, die mit meinem Kalifat nicht einverstanden sind. Euer König müsste mich mit Truppen unterstützen. Erst dann kann ich Theudebert frei lassen.«

»Was verlangt Ihr?«, fragte Reginald.

»Zehntausend Mann. Ritter und Fußtruppen.«

»Das ließe sich wohl einrichten«, sagte Reginald. »Aber welche Garantie haben wir, dass Ihr zu Eurem Wort steht?«

»Allah ist mein Zeuge.«

»Das ist nicht besonders viel.«

»Welche Gewähr habe ich, dass Ihr zu Eurem Wort steht, Ungläubiger? Was hält Euch davon ab, mich zu verraten, um Euch bei meinem Bruder einzuschmeicheln?«

»Das wäre töricht und brächte uns unserem Ziel keinen Fingerbreit näher.«

»Das Gleiche gilt für mich. Wir haben Gemeinsamkeiten.« Hischam schlürfte seinen Tee. »Es gehört zum Wesen von Verschwörungen, dass es ohne gegenseitiges Vertrauen nicht geht. Verräter müssen aufrichtig zueinander sein.«

»Wie habt Ihr Euch den Anschlag überhaupt vorgestellt?«

»Ihr werdet direkt neben ihm stehen. Mit einem rasiermesserscharfen Jagdspieß. Was Ihr dann zu tun habt, brauche ich Euch wohl kaum zu erklären. Wenn er erst einmal tot ist, hören die Wachen auf meine Befehle. Lasst Euch dann einfach gefangen nehmen. Ich werde es später einrichten, dass Ihr fliehen könnt.«

»Oder uns diskret die Kehlen durchschneiden«, brummte Luitger.

»Das wäre in der Tat zu erwägen«, gab Hischam zu. »Allerdings würde ich dann vergeblich auf Lothars Truppen warten, ohne die ich meinen Anspruch nicht durchsetzen kann. Wie Ihr seht, sind wir aufeinander angewiesen. Tut es, und Theudebert wird frei sein.«

»Gebt uns Bedenkzeit«, bat Eike.

»Ihr habt Zeit bis morgen zur Jagd.«

»Sagt mir!« Luitger hob den Blick. »Da Ihr schon so einen guten Plan habt: Warum braucht Ihr uns für die Dreckarbeit? Weshalb erledigt Ihr das nicht selbst?«

»Ist das nicht offensichtlich? Wer würde einen Brudermörder als Kalif anerkennen, als Nachfolger des Propheten und Fürsten der Gläubigen?« Hischam nippte am Tee. »Aber wenn

Jachia von Ungläubigen getötet wird, die er ungeschickterweise zur Jagd eingeladen hat … habe ich damit nichts zu tun. Vielleicht habe ich den Kalifen sogar vor Euch gewarnt, wer weiß?«

~

»Nein!«, sagte Luitger.

»Wollt Ihr vor den König treten und ihm das sagen?«, fragte Vater Reginald.

»Es bricht das Gastrecht.«

»Der Kalif ist ein hinterhältiger Heide«, sagte der Priester. »Ein Feind aller Christen. Ihn zu töten, kann wohl kaum verkehrt sein.« Er hob die Schultern. »Und wenn er so dumm ist, uns die Gelegenheit dazu zu geben, wäre es ein sträflicher Fehler, diese ungenutzt verstreichen zu lassen. Ja, ich denke sogar, das ist ein Wink Gottes. Er will, dass wir den Kalifen beseitigen.«

»Und ein Verbrechen wird zum frommen Werk«, brummte Luitger sarkastisch.

»Wenn es den Antichristen trifft? Jawohl!«

Eike, der am Fenster stehend die Schiffe auf dem Rhein beobachtet hatte, drehte sich herum und ergriff das Wort. »Auch ich halte es für ein Verbrechen. Und müsste ich darüber richten, würde ich mich selbst dafür zum Tode verurteilen. Es ist zutiefst ehrlos. Doch können wir ablehnen?« Er blickte von Luitger zu Reginald. »Theudebert bleibt dann ein Gefangener und wenn der König stirbt, bricht das Reich auseinander. Haben wir das Recht, Theudeberts Leben und das Schicksal der Franken aus Edelmut zu opfern? Wir haben Lothar die Treue geschworen, nicht dem Kalifen! Doch ich kann darüber nicht alleine entscheiden. Die Tat des einen entehrt auch die anderen. Wir tun es also gemeinsam oder gar nicht. Stimmen wir ab! Wer ist dafür, den Kalifen zu töten?«

Fast zeitgleich hoben Eike und Reginald die Hand.

Luitger zögerte.

»Das ist Unrecht«, sagte Luitger.

Reginald entgegnete: »Unrecht ist, Theudebert gefangen zu halten und Verhandlungen abzulehnen. Wir haben ihm die Hand gereicht! Er schlug sie aus. Wir wollten den Frieden! Er nicht. Ihr habt es doch gehört! Wollt Ihr vor den König treten und ihm erklären, dass Theudebert jetzt frei wäre, wenn Ihr nicht edelmütig gezögert hättet, den größten Feind der Christenheit zu erledigen?«

Luitger stöhnte. »Ich wünschte, wir könnten uns mit dem König beraten.«

Reginald schüttelte den Kopf. »Es gibt nur morgen oder nie. Ewiger Krieg oder ewiger Friede.«

Der Ritter ließ den Kopf sinken. Endlich flüsterte er: »Dann töten wir ihn.«

Ein Bote des Kalifen wurde gemeldet.

»Jachia Ibn Agilulf al Raschid, Fürst der Gläubigen und Herrscher der Drei Gallien, gewährt Euch das Privileg, ihn morgen auf der Bärenjagd begleiten zu dürfen. Darf ich dem Kalifen melden, dass Ihr die Einladung annehmt?«

~

Der Kalif jagte im Taunus. In einem mit Palisaden befestigen Zeltlager gab es jeden Luxus und alle Annehmlichkeiten. Verwundert bemerkte Hischam Reginalds Fehlen.

»Er fühlte sich nicht wohl. Der Priester ist kein Mann der Jagd«, behauptete Eike. Dabei befand sich Reginald längst auf dem Weg zurück nach Würzburg. Der Priester war bei ihrem Vorhaben keine Hilfe. Wenn es scheiterte, würde er wenigstens dem König berichten können.

Hischam nahm es nickend zur Kenntnis. »Was werdet Ihr tun?«, fragte er.

»Steht Ihr zu Eurem Wort?«

»Unbedingt.«

»Wir auch.«

»Gut.« Hischam wies auf das Zelt des Kalifen. »Mein Bruder erwartet Euch.«

Sie trafen den Kalifen zur Jagd gekleidet an. Am Gürtel funkelte der Griff *Berengars*. Jachia hatte sich für dieses Schwert entschieden, um seine Gäste zu ehren.

»Die Treiber haben den Bären gestellt«, sprach der Kalif ohne den Hauch eines Akzents. Es gab keinen Wesir mehr, der übersetzte. »Wir sollten uns sputen.«

Im Zelt reihten sich die Bärenspieße in einem Waffenständer auf. Jachia nahm einen Spieß heraus und lud seine Gäste ein, es ihm gleich zu tun. Luiter zögerte kurz, ehe er sich bediente. Sie waren überein gekommen, dass Luitger den Streich führen sollte, weil er Lothars bester Ritter war.

Vor dem Zelt warteten Treiber mit Hunden und die afrikanische Leibwache des Kalifen. Jachia und seine Gäste saßen auf. Hischam trieb sein Pferd neben Eike. Am Gürtel des Prinzen entdeckte Eike ein Schwert.

»Wie wollt Ihr den Bären erlegen?«, fragte Hischam. Es war offensichtlich, dass er nicht den Bären meinte.

Eike deutete auf Luitger. »Er ist der bessere Ritter.«

»Ich verstehe.« Hischam hielt sich an Luitger: »Ich gebe Euch ein Zeichen.«

»Ihr seid schon so gut wie Kalif«, gab Luitger leise zurück.

»Wartet trotzdem auf mein Zeichen! Ihr dürft auf gar keinen Fall vorher zuschlagen.«

»Abgemacht.«

Nach zwanzig Minuten des Rittes waren Hunde zu hören. Das Gebell wies den Weg. Ein Dutzend Treiber hatte das Tier gestellt. Ihre Bluthunde fletschten bösartig die Zähne und zerrten an den Leinen. Der Bär blutete aus mehreren Wunden. Er drehte sich im Kreis, mehr verängstigt als wütend, und versuchte sich durch Gebrüll zu behaupten.

Die Reiter saßen ab.

»Ein prachtvolles Tier«, sagte der Kalif bewundernd. »Bären sind selten geworden in diesen Wäldern.« Er wandte sich an Luitger. »Ich werde Euch den ersten Stoß überlassen.«

»Ich danke Euch für diese Ehre.« Luitger klang heiser. Dann setzte er hinzu: »Meine Worte, die ich zu Euch sagte …«

Der Kalif winkte ab. »Sie waren wenigstens ehrlich. Lügner und Speichellecker habe ich genug.«

Indem er Luitger den Bären überließ, gewährte er eine unerhörte Gunst. Jachia war so gänzlich anders als im Thronsaal. Eike schob den Gedanken beseite. Mit erhobenen Spießen näherten sie sich dem Tier. Wenn der Kalif nun vielleicht doch zum Frieden zu bewegen war? Eike sah zu Hischam. Der Prinz hatte eine versteinerte Miene aufgesetzt. Eike hätte die Sache am liebsten verschoben.

Aber es gab nur diese Gelegenheit oder keine. Hischam hüstelte. Das Zeichen! Eike klopfte Luitger auf die Schulter. Der Ritter nickte.

Luitger hob den Bärenspieß und richtete ihn auf das Tier. Der Bär brüllte. Luitger fintete einen Angriff auf den Bären, drehte sich herum und stieß die Klinge zur Kehle des Kalifen. Doch ausgerechnet Hischam war dazwischen getreten und hatte den Stich mit seinem eigenen Jagdspieß abgelenkt. Luitgers Stoß ging ins Leere. Dann hatten ein Dutzend Leibwächter die Franken zu Boden geworfen. Schwerter wurden ihnen an die Kehlen gesetzt.

Der Kalif betrachtete die Attentäter.

»Bevor ich Theudebert frei lasse, wollte ich wissen, ob Ihr Männer von Ehre seid. Darum schickte ich meinen Bruder und er stellte Euch auf die Probe. Ihr habt die Prüfung nicht bestanden. Und jetzt geht zurück zu Eurem König und sagt ihm, dass es keinen Frieden geben wird.«

~

Über den Autor

Geboren 1975 in Algier, ist Atir Kerroum Rechtsanwalt in Ludwigshafen am Rhein. Er schreibt Prozessanträge, Gebührenrechnungen, SF und Fantasy. Der passionierte Roadsterfahrer ist aktives Gründungsmitglied der Schwertkämpfer Rhein-Neckar. Mehrere Kurzgeschichten und Artikel von ihm wurden bereits veröffentlicht.

Umbra

Tino Fremberg

Es klopfte.

»Nicht jetzt!«, blaffte er die geschlossene Tür an. Warum musste dieses Dienstbotenpack ständig stören? Ein halbes Vermögen hatte er in das abgelegene Gut investiert, um seine Ruhe zu haben. Und ruhig war es, zumindest was die Umgebung anging. Doch es gab Tage, da erschien ihm das kleine Schloss innen so geschäftig wie der Hafen von Alexandria. Ständig platzten Dienstboten herein und immer wegen irgendwelcher Belanglosigkeiten! Es geschah vermutlich aus gutem Willen heraus, dass er über sämtliche Anschaffungen informiert wurde. Doch was interessierte es ihn, wenn der Vorrat an Gewürzen zur Neige ging? Dazu hatte er Küchenpersonal angestellt! Und wenn der Koch meinte, er bräuchte neue Gewürze, dann hatte er dafür gewiss seine Gründe!

Auch das noch. Jetzt dachte er sich in Rage und wütend konnte er seine Berechnungen nicht fortsetzen.

Er fuhr hoch und lief einige Schritte auf und ab. Das Kerzenlicht flackerte durch den Luftzug, der dabei entstand.

Warum waren die eigentlich so spät in der Nacht noch wach? Eines hatte er ihnen jedenfalls eingeschärft – und bisher hatten sich alle daran gehalten – nämlich jedem, der es wagte seinen Arbeitsplatz anzurühren oder gar aufräumen zu wollen, persönlich einen Finger abzuhacken.

Ja, er war kompliziert, launisch, hatte einen verdrehten Schlafrhythmus und er machte es den Dienstboten alles andere als leicht. Aber dafür bezahlte er diese Leute schließlich. Und das nicht zu knapp!

Nur die Ruhe, es gab wirklich keinen Grund sich aufzuregen, sagte er sich. Seine Arbeit machte Fortschritte. Nicht mehr lange, dann würde er einen passenden Ort auswählen können. Er konnte nur hoffen, dass keine allzu lange Wartezeit auf ihn zukam.

Nach einer Weile hatte er sich soweit beruhigt, dass er sich wieder seinen Berechnungen widmen konnte. Bedächtig kehrte er an seinen wüsten Schreibtisch zurück.

Darauf stapelten sich ohne erkennbare Ordnung Pergamentstücke in verschiedenen Größen und Formaten. Einige zeigten Skizzen von Ellipsen und Kreisen, auf anderen standen kryptische Formeln geschrieben. Auf den meisten Blättern aber waren Tabellen angelegt, die jede Menge Zahlen enthielten.

Irgendwie fand dort noch ein mechanisches Modell Platz, das aus Drähten, Nägeln und Holzkugeln bestand. Die Dienstboten hielten es vermutlich für ein seltsames Kunstwerk.

Möglicherweise war das auch gut so. Zwar verspürte er gelegentlich den Wunsch, mit jemandem über seine Forschungen zu sprechen. Doch da seine naturwissenschaftlichen Ansichten meist konträr zu denen vieler Autoritäten auf dem Gebiet waren, war es sicherer, wenn ihn seine Diener einfach für einen verrückten Aristokraten mit einem wunderlichen Zeitvertreib hielten.

Ja, ja, die sogenannten Wissenschaftler. Was für eine Schande! Ohne Sinn und Verstand verbreiteten sie Dogmen. Keine Spur analytischer Fähigkeiten. Dabei waren die Bücher, die sie verbrannten, und die Lehren, die sie verleugneten, nicht einmal neu. Vor über tausend Jahren hatte es bereits astronomische Berechnungen, ähnlich den seinen, gegeben. Wenn man aber in diesen Tagen für ein heliozentrisches Weltbild argumentierte, wie stichhaltig und rational auch immer, lief man Gefahr, der Blasphemie angeklagt zu werden. Diese Narren!

Halt! Nicht wieder in Rage denken!

Schließlich setzte er seine Arbeit, wie üblich, noch bis kurz vor Tagesanbruch fort und begab sich dann zur Ruhe.

Einige Tage später war es soweit. All die Formeln und Tabellen fügten sich endlich zu einem Gesamtbild. Er hatte alle nötigen Parameter bestimmt.

Es war wie ein Uhrwerk: Riesengroß, ungeheuer komplex, von unbeschreiblicher Ästhetik und dabei durch und durch deterministisch.

Was für ein Gefühl! Weder Wein noch Opiumrausch vermochten auch nur annähernd eine solche Ekstase auszulösen.

Alles ließ sich berechnen, einfach alles, wenn man nur die Gesetze durchschaute. Doch wer die kosmische Schönheit des Ganzen nicht sah, dem konnte man sie auch kaum begreiflich machen.

Es klopfte an der Tür.

»Was gibt es?«, fragte er.

»Ich bringe Euch die Landkarten, Herr«, kam zurück.

»Sehr gut. Herein!«

Eilig nahm er die Rollen an sich, warf flüchtige Blicke darauf und stellte zufrieden fest, dass sie, gemäß seinen Anweisungen, bereits sortiert waren.

Mit einer knappen Geste gab er dem Dienstboten zu verstehen, dass dessen Anwesenheit nicht länger notwendig war.

Nun machte er sich daran, die Ergebnisse der Formeln in die Karten einzutragen.

Seine Berechnungen ergaben die Daten und Orte totaler Sonnenfinsternisse der folgenden Jahrzehnte.

Sonnenfinsternis! Ein schier unglaubliches Phänomen, bei dem sich der Mond derart zwischen Erde und Sonne hindurch bewegte, dass er einen Schatten auf die Erde warf. Vom Ort des Kernschattens aus hatte ein Beobachter den Eindruck, die Sonne würde sich mitten am Tag verdunkeln. Für kurze Zeit wurde es kalt. Selbst die Vögel hörten für die wenigen Minuten der totalen Finsternis auf zu singen, gerade so als wäre es tiefste Nacht. Absolut fantastisch!

Es war beinahe verständlich, dass die meisten Menschen mit Angst auf ein solches Ereignis reagierten. Zumal sich niemand, der darum wusste, die Mühe machte, dem Pöbel zu erklären, was da tatsächlich vor sich ging. Außerdem kamen die Finsternisse höchst selten vor, denn die Bahn des Mondes verlief nicht exakt in derselben Ebene, wie die der Erde um die Sonne. Beide Bahnebenen waren um sechs Grad gegeneinander geneigt. Wäre das nicht der Fall, so gäbe es bei jedem Neumond zumindest eine teilweise Finsternis. Sicher wären die Menschen dann längst daran gewöhnt. So aber konnte man mitunter sehr viel Kapital daraus schlagen, wenn man wusste, wann und wo es zu einem solchen Ereignis kam.

Welch ein Jammer, dass nur allzu oft die Angst der einfachen Leute gefördert und benutzt wurde. Angst, die aus Unwissenheit resultierte und damit eigentlich vollkommen überflüssig war. Doch was kümmerte es ihn? Er war keiner von ihnen und würde es nie sein. Außerdem stand jetzt Wichtigeres auf dem Spiel. Er hatte eine Mission. Und höchstwahrscheinlich nur einen Versuch. Die Bedingungen waren schlecht. Aber scheitern kam nicht in Frage. Zunächst hing sein Vorhaben von der Präzision seiner Berechnungen ab. Danach benötigte er Glück bei der Auswahl seines Zielortes, und schließlich eine zeitliche Feinabstimmung, die er aufgrund vieler unbekannter Faktoren unmöglich planen konnte. Nein, scheitern kam nicht in Frage! Dafür stand zu viel auf dem Spiel. Immerhin entsprachen Näherungen und Abschätzungen innerhalb sinnvoller Grenzen durchaus wissenschaftlicher Methodik.

In jede der Landkarten zeichnete er den Verlauf eines Kernschattens ein, sodass zu erkennen war, welche größeren Städte komplett verdunkelt würden. Außerdem vermerkte er noch das zugehörige Datum und die jeweilige Dauer der kompletten Verdunkelung an jedem der relevanten Orte. Anschließend hängte er alle nebeneinander an den Wänden auf, um sie besser überblicken zu können.

Gerne hätte er sämtliche der von ihm berechneten Finsternisse eingetragen, schon allein seines etwas ungewöhnlichen Sinns für Ordnung wegen. Auch fragte er sich, wie viele Jahrhunderte oder Jahrtausende es wohl dauerte, ehe jeder Ort auf der Welt wenigstens einmal von einem Kernschatten überdeckt werden würde. Doch für derartige Untersuchungen blieb vorerst keine Zeit. Er musste sich auf das Wesentliche beschränken, wofür es in diesem Fall zwei Kriterien gab: Eine große Stadt sollte im Verlauf des Schattens liegen und die Verdunkelung musste von hinreichend langer Dauer sein.

Zufrieden lief er auf und ab und betrachtete sein Werk. Er labte sich förmlich an dem Anblick. Schon nach kurzer Zeit aber übermannte ihn Rastlosigkeit, das Gefühl noch nicht am Ziel zu sein.

Noch lange nicht. So schlug seine Zufriedenheit bald um in erneutes wissenschaftliches Kalkül. Der Rausch war verflogen. Was blieb waren Fakten und Kriterien, die es abzuwägen galt.

Insbesondere fünf Finsternisse fielen ihm auf.

1415 über Warschau. Gnesen wäre ihm lieber gewesen, doch das lag knapp außerhalb des Kernschattens. Und eine teilweise Finsternis brachte ihm nichts. Die geringe Wartezeit von zwei Jahren dagegen war außerordentlich verlockend. Na schön, damit kam Warschau in Frage.

1478 verlief ein Schatten quer durch Kastilien. Die völlige Verdunkelung würde rekordhafte fünf Minuten dauern. Doch sechseinhalb Jahrzehnte warten überforderte eindeutig seine Geduld. Auf keinen Fall! Nicht solange es andere Möglichkeiten gab. Zumal über einen solchen Zeitraum die politische Entwicklung unvorhersehbar war. Wer wusste, was sich zukünftig zwischen den Reichen der iberischen Halbinsel abspielen würde?

Die anderen drei lagen zeitlich dazwischen. Mit seinem Zeigefinger fuhr er die Kernschatten entlang, während er murmelnd überlegte. 1424 … 1431 … 1433 aha!

Sancta Colonia – die mächtigste Stadt entlang des Rheins, vielleicht auch in ganz Mitteleuropa. Beinahe vierzigtausend Seelen. Ja, es schien als hätte er sein Ziel gefunden. Die bemerkenswerte Bevölkerungszahl war es wert, zwanzig Jahre lang auf die Finsternis zu warten. Die dortigen Machtverhältnisse waren zumindest in den letzten Jahrzehnten recht stabil gewesen. Nicht, dass ihn interessierte, welche Familie die Stadt dominierte. Ihm ging es um den Status der Stadt als Ganzes. Und der war seit geraumer Zeit unangefochten.

Erneut spürte er Euphorie. Diesmal nur einen leichten Anflug, nicht vergleichbar mit dem Rausch, der ihn zuvor ereilt hatte, doch genug, um seinen Arbeitseifer zu beflügeln. Natürlich waren zwanzig Jahre mehr als genug Zeit für die Planung der Details. Doch das war noch längst nicht alles. Da er jetzt den Standort für sein Vorhaben kannte, galt es festzulegen, wie er nach der Finsternis fortfahren würde.

Inmitten kriegerischer Auseinandersetzungen plante und berechnete er: Papstanwärter kämpften um das Amt des geistigen Oberhauptes, während nach dem Verrat und der Hinrichtung von Jan Hus die Hussitenkriege Böhmen und Mähren verwüsteten. Einige hundert Meilen weiter westlich flammte derweil der alte Konflikt zwischen England und Frankreich mit der Schlacht von Azincourt erneut auf. Europa brannte, gekämpft wurde in Städten wie auf wilden Äckern. War es jemals anders gewesen? Es schien nur eine Frage der Zeit, ehe der Kontinent durch einen allumfassenden Krieg eingeäschert wurde.

Die beiden Jahrzehnte verstrichen jedoch ohne eine solche Apokalypse.

Dann war es soweit. Die Nacht zum 17. Juni anno 1433. Etwa eine halbe Meile südwestlich von der Stadtmauer Kölns entfernt, zwischen den Feldern und Obstgärten, hatte er sich einen kleinen, notdürftig verborgenen Bretterverschlag in einer Baumgruppe eingerichtet. Dort versteckte er sich nun und wartete den Tag ab.

Es war etwa vier Stunden nach Mitternacht. Unter freiem Himmel hätte man schon den Schein der Morgenröte sehen können.

In der Decke seines Unterschlupfs hatte er eine schlitzförmige Aussparung gelassen, die genau groß genug war, um anhand des hindurchfallenden Scheins den Stand der Sonne und das Stadium der Verfinsterung ablesen zu können. So würde er sehen, wann es soweit war, ohne sein Versteck verlassen zu müssen.

Er bedauerte, dass er sein kleines Schloss hatte aufgeben müssen. Der Verkauf war ihm nicht leicht gefallen. Doch ganz gleich, wie sein Vorhaben ausging, er würde so oder so nie dorthin zurückkehren.

In der Ferne hörte er Stimmen. Vermutlich begannen die Bauern mit ihrer Arbeit auf den Feldern. Nach einer gefühlten Ewigkeit fiel der erste Sonnenstrahl durch den dafür vorgesehenen Schlitz. Die Finsternis selbst war noch in weiter Ferne – etwa weitere acht Stunden, schätzte er. Welch schwacher Trost. Doch zumindest konnte er jetzt das Voranschreiten der Zeit beobachten. Das war auf gewisse Art beruhigend. So saß er zusammengekauert in seinem Versteck und starrte auf den kleinen Lichtschimmer. Stunde um Stunde. Was hätte er dafür gegeben, seine schmerzenden Knie nur einen kurzen Augenblick lang ausstrecken zu können. Einige Male hörte er Stimmen näherkommen. Dann schloss er fest die Augen, als wenn es dabei half, sein Versteck besser zu verbergen, solange, bis die Stimmen sich wieder entfernten. Eines war klar: Wenn sie ihn fanden, dann war es vorbei, noch ehe es begonnen hatte.

Das Glück schien auf seiner Seite zu sein. Niemand entdeckte ihn.

Zwanzig Jahre lang hatte er auf den heutigen Tag gewartet. Doch nun, da der Moment der Wahrheit immer näher rückte, kam es ihm seltsam unwirklich vor. Abwechselnd fühlte er euphorischen Tatendrang, die Gewissheit, das Richtige zu tun, und dann wieder Furcht und entsetzliche Einsamkeit. Niemand konnte ihm helfen, niemandem hatte er sich anvertrauen können. Es gab nur ihn allein und wenn er scheiterte, würde niemand je von seinem Vorhaben erfahren.

Die Zeit verging quälend langsam. Einmal zeichnete er mit dem Finger eine Markierung neben den Lichtschimmer auf den Boden, um sich davon zu überzeugen, dass der Lichtfleck sich tatsächlich noch bewegte. Ja, er tat es. Natürlich, was auch sonst? Selbstverständlich blieb die Zeit nicht stehen. Er hasste es, was die Aufregung und die ewige Warterei mit seinem sonst so scharfen Verstand anrichteten.

Was war das? Es begann. Oder täuschte er sich? Nein, in dem Lichtfleck fehlte wirklich ein kleines Stück. Endlich! Vor ihm lag noch etwa eine Stunde. Die Bauern da draußen würden es sicher sehr spät bemerken. Denn sie achteten bestimmt nicht auf die Sonne, und auch wenn bereits ein Teil der gelben Scheibe verdeckt war, so war der Rest noch immer so blendend hell, dass der schwarze Ausschnitt davon überstrahlt wurde.

Noch immer starrte er auf den Lichtschimmer, der jetzt schwächer wurde. Draußen machte sich die Veränderung der Helligkeit gewiss noch nicht bemerkbar. Doch da hier in seinem Verschlag nur ein Bruchteil der Intensität des Sonnenlichtes ankam, sah er, wie der Schein abnahm.

Irgendwann hörte er einen Schrei, gefolgt von einigen weiteren Rufen. Nun hatten sie es also bemerkt und verbreiteten sogleich die Kunde. Er schätzte noch ungefähr zehn Minuten bis zur völligen Verdunkelung.

Dreieinhalb Minuten würde die totale Finsternis dauern. Er hatte es sicherheitshalber einige hundert Male nachgerechnet. Dreieinhalb Minuten. Das war … seine Gedanken wurden jäh unterbrochen. Stille. Bis auf die gelegentlichen Rufe der Bauern. Der Lichtfleck war vollkommen verschwunden. Die totale Finsternis!

Krachend preschte er aus seinem Unterschlupf hervor. So schnell er konnte, rannte er durch die Dunkelheit. Die Büsche waren kein Hindernis. Erst der lockere Ackerboden machte ihm zu schaffen. Er stolperte, stürzte, sprang wieder auf. Endlich erreichte er die Straße. Er wagte nicht zu schätzen, wieviel Zeit noch blieb. Wie er vermutet hatte, rannten panische Bauern in kleinen Gruppen auf die Stadt zu. Er reihte sich einfach ein. Schmutzig und zerlumpt, wie er war, fiel er nicht auf. Die Straße führte zum Severinstor, einem der südlichen Stadtzugänge.

Mittlerweile hatten die Wachen auf der Mauer Fackeln angezündet. Noch hundert Fuß. Noch fünfzig. Sein ganzer Körper war zum Zerreißen angespannt, doch Angst hatte er jetzt nicht mehr.

Vor ihm ragte das Tor auf.

Etwas stimmte nicht. Im Zwinger ging es nicht weiter. Nein! Einige der Bauern schlugen sich mit den Stadtwächtern, die ihrerseits versuchten, das Tor auf der Innenseite zu schließen. Das durfte einfach nicht wahr sein. Er musste durch dieses Tor! Die Zeit reichte nicht, um zu einer anderen Pforte zu laufen.

»Aus dem Weg, ihr Nichtsnutze!«, schrie er, wild um sich schlagend, ohne Rücksicht darauf, ob er Bauern oder Wachmänner traf.

Brennender Schmerz im Hinterkopf. Jemand hatte ihn mit einem Knüppel getroffen. Ein Wachmann. Weitere Hiebe prasselten auf ihn nieder und brachten ihn zu Fall.

Plötzlich besann er sich. Die Bauern waren bereits in der Überzahl und immer mehr kamen hinzu. Das war die letzte Möglichkeit.

»Lasst uns hinein!«, schrie er. »Los, auf sie! Das ist unsere Stadt!« Damit sprang er auf den zu, der ihn mit dem Knüppel geschlagen hatte. Der Tumult wurde wilder und lauter.

Es funktionierte. Die Bauern drückten das Tor wieder auf und schlugen die Wachen nieder. Endlich konnte er weiter. Wohin? Gleich würde es vorbei sein. Er brauchte einen geschlossenen Raum. Ein Gasthaus oder etwas Ähnliches. Wo er verweilen konnte.

Er blickte in den Himmel. Beinahe war es vorüber. Dann die Idee. Genau vor ihm: Sankt Severin!

Mit letzter Kraft rannte er die Treppe hinauf ins Mittelschiff der Kirche und schlug die Tür hinter sich zu. Keine Sekunde zu früh. Durch die farbigen Mosaike der Bogenfenster sah er, wie draußen das Licht zurückkehrte. Dreieinhalb Minuten. Das Ende der totalen Finsternis. Noch immer hörte er von draußen Schreie. Offenbar war aus seinem Manöver ein Bauernaufstand geworden.

Erschöpft sackte er zusammen. Sein Körper brannte vor Schmerzen.

»Benötigt ihr Hilfe, mein Sohn?«, vernahm er plötzlich eine sanfte Stimme.

Vor ihm stand ein Mann, der in eine schwarze Robe mit weißem Kragen gekleidet war.

Mühsam setze er zu einer Antwort an.

»Ja. Ich brauche Eure Hilfe, Vater«, flüsterte er und bedeutete dem Mann, näher zu kommen.

Der Pfarrer kam näher, sodass dessen Ohr genau vor seinem Mund war.

Mit festerer Stimme sprach er nun: »Ich werde Euch erklären, wobei ich Hilfe benötige. Jeden, der hier herein kommt, werden wir beißen. Anfangs nur Einzelne, damit niemand ihr verschwinden bemerkt. Denn sie werden bei Tageslicht nicht mehr nach draußen gehen können. Wenn es genug von uns gibt, dann werden wir eines Nachts einen Angriff mit vereinten Kräften unternehmen und die Stadt unter unsere Kontrolle bringen. Daraufhin hissen wir die Pestflagge, damit uns niemand von außen stört. Tausende wird es von uns geben!«

Er gab ein irres, schrill kreischendes Lachen von sich. Es würde funktionieren, denn der schwierigste Teil lag bereits hinter ihm.

»Ist das nicht brillant?«

Der Pfarrer umklammerte krampfhaft das Kruzifix, das er um den Hals trug.

»Seid ihr des Wahnsinns?«, stammelte der Mann Gottes.

»Nein, ich bin ein Vampir!«

Über den Autor

Tino Fremberg wurde 1982 in Rüdersdorf bei Berlin geboren. Mittlerweile lebt er in Potsdam, wo er Physik studiert. In seiner Freizeit schreibt er Kurzgeschichten, spielt Schach und betreibt mittelalterlichen Schaukampf.

Für Frankreich

Anne Habedank

Karl schritt vor dem blauen Tuch der Zeltbahnen auf und ab. »Die letzten Manöver waren nicht sehr erfolgreich«, sagte er grimmig und verschränkte die Hände hinter dem Rücken. »Ich kann mir keine Spielereien mehr leisten. Mein Geld schwindet. Die Moral der Männer schwindet. Und im gleichen Maße wächst die des Feindes an.« Er blieb stehen und sah mir fest in die Augen. Die Diener, die diesen Blick nur allzu gut kannten, drückten sich tiefer in die Schatten. Ich, obwohl in meiner Stellung kaum über ihnen, wich nicht zurück. »Versteht Ihr, Hanna?«, forderte er. »Ich vertraue Euch – und wenn Ihr sagt, dass dies alles nötig ist, dann glaube ich Euch. Aber meine Männer tun das bald nicht mehr. Ich werde ihnen etwas bieten müssen. Einen Erfolg. Einen Sieg. Etwas, das sie in ihrem Tun bestätigt.«

»Ja«, sagte ich, hielt in meinem Bemühen, die Armschoner zu schließen, inne und nickte ruhig. »Ich verstehe, mein König. Ich verstehe vollkommen.«

Karl, ungehalten wie immer, trat selbst zu mir heran und übernahm es, die Schoner zuzuschnüren. Jeder König an seiner Stelle hätte einen Diener angewiesen, mir zur Hand zu gehen. Nicht so Karl. Er war zu ungeduldig, zu überzeugt davon, dass es stets am besten gelang, wenn er es selbst erledigte. Umso schwerer war es für ihn, sich ganz und gar auf jemand anderen verlassen zu müssen. Auf mich.

»Ihr solltet wirklich eine Rüstung aus Eisen tragen. Nicht aus Leder«, murmelte er wütend vor sich hin. »Als Hoffnungsträgerin meiner Truppen sollte ich es Euch verbieten, Euch derart ungeschützt aufs Schlachtfeld zu wagen.« Er zog etwas heftiger an dem Riemen, als nötig gewesen wäre. »Ich erwarte, dass Ihr wenigstens einen Helm tragt.«

»Wie Ihr wünscht, mein König.«

»Ja, ich wünsche es.« Seine königliche Hoheit entließ meinen Arm aus dem unsanften Griff und trat hinüber zu der großen Truhe, auf der meine geliebte weiche Schafsfellweste darauf wartete, dass ich die Rüstung ab- und sie wieder anlegen würde. Statt nach ihr griff Karl jedoch nach dem auf Hochglanz polierten Helm daneben. »Hier, Fräulein Hanna.« Er kehrte zurück und hielt ihn mir entgegen.

Das kalte Metall war schwer in meiner Hand und für einen Moment war ich abgelenkt von dem, was ich in ihm sah. Da war mein Spiegelbild – die blonden Haare zurückgebunden und dennoch zerwühlt vom vorwitzigen Wind, die Augen zu groß, zu vertrauensselig und blau wie der Himmel, das Kinn so schmal, als würde es sich gegen niemanden erheben. Und da war noch mehr. Rings um mein Abbild tobte die Schlacht. Die flatternden Fahnen. Galoppierende Pferde. Schwerter. Städte, die fielen. Und Blut. So viel Blut …

»Was seht Ihr?«, fragte Karls Stimme und riss mich aus meinen Gedanken. »Ich muss es wissen. Wie lange muss ich meine Männer noch hinhalten? Wie lange dauert es noch? Bitte, Hanna, verratet mir, was Ihr seht.«

Ich blinzelte, noch immer gefangen in den Resten der Vision. »Ich sehe den Sieg«, sagte ich. »Heute ist der Tag, an dem wir unseren Siegeszug wieder aufnehmen.«

Karls immerzu verspannte Schultern sackten merklich nach unten. »Ich danke dir, Gott«, stieß er gedämpft hervor – und einen Herzschlag lang glaubte ich, er würde sich vergessen und mich in eine grobe Umarmung ziehen. Dann jedoch drehte er sich abrupt um und gebot einem Diener, die Botschaft an die Befehlshaber weiterzugeben: Die Jungfrau hatte prophezeit, dass der Sieg heute unser sein würde.

Schweigend zog ich mir den Helm über den Kopf, zwängte mein Sichtfeld in eine kalte Welt aus Eisen. So viele Menschen, die an mich glaubten. So viele Menschen, die sich mit mir erhoben hatten, um erst Karl zu ihrem rechtmäßigen König und jetzt ganz Frankreich zu ihrem rückeroberten Königreich zu machen.

Die Fahne flatterte groß und strahlend vor dem hellblauen Himmel. Die unschuldigen weißen Wolken ähnelten winzigen Schäfchen, die sich zum Spielen versammelt hatten. Hier unten jedoch hatten sich Pferde und Soldaten versammelt, bereit zum Kämpfen, bereit in die Schlacht zu ziehen. Sie alle warteten nur auf das Signal: Die Fahne, die sich an ihre Spitze setzen und sie anführen würde.

Ich packte die Stange der Fahne fester und drückte meiner Stute die Schenkel in die Seiten. Der Zug – mein Zug – setzte sich in Bewegung.

Als erstes würden uns die Bogenschützen angreifen, ich hatte die anderen bereits gewarnt. Die Flut der Schilde blitzte im grellen Sonnenlicht, als die Soldaten sie hoben und der Bedrohung entgegenmarschierten. Ich gestattete mir nicht, darüber nachzudenken, wie viele Männer diesmal verwundet, wie viele getötet werden würden. Denn ich hatte die Zukunft gesehen. Ich sah sie jeden Tag – in den glänzenden Helmen, in der Schneide der Schwerter, auf der Oberfläche des Wassertrogs, an dem ich mich wusch, und in dem Handspiegel, den ich mir manchmal auslieh, wenn meine Haare allzu wirr zu werden drohten. Und diese Zukunft sprach von einem Ende, dem Ende des langen, langen Krieges. Doch um dieses herbeizuführen, waren noch weitere Schlachten zu schlagen, weitere Opfer zu bringen und dadurch Siege zu erringen. Nur so war es möglich. Denn ich wusste, wie es geschehen würde, und ich würde sie dorthin führen. Die Hälfte des Weges war bereits gegangen.

Die ersten Pfeile zischten durch die Luft und prallten von den Schilden ab. Ich, in der einen Hand die stolze Fahne, in der anderen das Schwert, hatte keinen Schild, doch ich wusste bereits, welcher der Pfeile mich verfehlen und welcher mich streifen würde. Keiner von ihnen würde mir Schaden zufügen. Daher zögerte ich nicht, sondern ritt einfach weiter, dem Heer voran.

Einige der Pferde links und rechts von mir, ebenfalls ungeschützt, brachen getroffen zusammen. Die folgenden Reiter wichen ihren Leibern aus und drängten weiter voran. Dann stieß die vorderste Reihe auf die feindliche Front. Das Getöse begann. Ich hob mein

Schwert, parierte klirrend, wich gefährlichen Hieben aus und stieß selber zu. Die fremden Visiere der Helme schützten mich davor, in die Gesichter der Angreifer blicken zu müssen. Doch in dem glänzenden Metall sah ich immer wieder meine eigene Reflektion – und Karl. Karl der Siebte, König von Frankreich und zukünftiger König von ganz Frankreich, befreit und rückerobert. Derjenige, den ich bereits mein ganzes Leben lang kannte, weil ich ihn – sein Reich und seinen Ruhm – immerzu in meinen Visionen gesehen hatte. Derjenige, dem ich erst vor wenigen Monaten leibhaftig und tatsächlich begegnet war.

Er war der Erste und Einzige, den ich in die Wahrheit über mich, über meine Visionen eingeweiht hatte. Der Einzige, dem ich vertraute und jemals vertrauen würde. Wenn man die Zukunft sah, so wie ich es tat, war man verdammt. Früher oder später würde der Scheiterhaufen auf mich warten. Es war nur eine Frage der Zeit. Solange sie mir glaubten, ich würde die Stimmen der Heiligen, der Jungfrau und des Erzengels hören, würde ich leben. Sobald sie zu zweifeln begannen, würde ich als Hexe brennen.

Noch konnte ich sie hinhalten.

Meine Stute bäumte sich auf, als einer der feindlichen Fußsoldaten ihrem Kopf gefährlich nahe kam und versetzte ihm einen kräftigen Schlag mit einem ihrer Hufe. Für einen Moment verlor ich fast Fahne und Gleichgewicht, dann fand ich mich wohlbehalten im Sattel wieder. Entschlossen trieb ich das Pferd wieder unter die gegnerischen Truppen, hieb und schlug weiter um mich. Auf zum Sieg! Auf zum ersten Sieg seit Langem, dem sich unzählige weitere anschließen würden. Auf in die Zukunft, die ich kommen gesehen hatte. Für Frankreich!

~

Châteaudun fiel.

Dann Chartres.

Und schließlich, nach einer kurzen Verzögerung, gaben die Engländer auch Paris auf.

Auf unseren stolzen Rössern ritten wir in die Stadt hinein, von den unzähligen Blicken der Bürger begleitet. Nicht wenige von ihnen waren gekommen, um nicht den König selbst, sondern mich zu sehen. Mich, die kriegerische Jungfrau, die Gesandte Gottes. Ich war zur lebenden Legende geworden.

Karl, an der Spitze des Prunkzuges, ließ sein Pferd ein Stück hinter den anderen zurückfallen und ritt an meine Seite. Er sparte sich eine höfliche Begrüßungsfloskel, nickte mir nur knapp zu. »Jetzt haben wir Paris«, stellte er fest. »Was kommt danach?«

»Der Rest des Landes«, gab ich zurück.

Karl musterte mich scharf. Selbst jetzt, im Sitzen auf einem Pferd, das ebenso groß war wie meines, überragte er mich ohne Weiteres. »Ihr wollt also tatsächlich ganz Frankreich«, stellte er fest.

Dabei war *wollen* so ein gewaltiges Wort. Ich wollte wieder die weiche, vertraute Wolle meiner Weste spüren statt des kalten Leders der Rüstung. Ich wollte zurück in meine Heimat, zu meinen Geschwistern. Ich wollte ohne Angst dem Tag entgegensehen können, an dem sich das Blatt für mich wenden würde. Das hier, der Plan, hatte lediglich damit zu tun, meinem kurzen Leben einen Sinn zu geben.

»Und danach?«, wollte Karl wissen. »Was folgt danach, Fräulein Johanna?«

»Ich weiß es nicht«, antwortete ich wahrheitsgetreu und betrachtete die langgezogenen Schleierwolken am Himmel über Paris. »Meine Visionen gehen immer nur bis zu diesem Punkt, nicht weiter.«

»Vielleicht ist es nur Eure Aufgabe, das Reich bis dorthin zu führen.« Karl, zehn Jahre älter als ich, aber so rastlos, als wäre es andersherum, hatte Mühe, sein Pferd im Schritt zu halten und es nicht allein durch seine eigene Nervosität voranpreschen zu lassen. »Vielleicht entlässt Euch Gott danach Eurer Verpflichtung ihm gegenüber.«

Er, der direkt aus meinem Mund gehört hatte, dass es keine Heiligen gab, die mir meine Aufträge zuflüsterten, war trotzdem derjenige, der am meisten daran glaubte. Dass die Visionen von Gott gesandt waren.

»Oder vielleicht«, ich zuckte die Schultern, »enden meine Visionen dort, weil ich danach aus dem Leben scheide. Wer weiß das schon.«

»Fräulein Hanna, ich verbiete Euch so zu reden!«, blaffte er mich an, sodass die Ohren der Pferde unruhig in seine Richtung zuckten.

»Verzeiht, mein König.«

Ich selbst wusste nicht, was ich glaubte – ob mir Gott oder der Teufel die Visionen eingab. Ich hatte sie einfach. Und ich hatte damit zu leben.

Für einige Augenblicke lang füllte nichts als das Klappern der Hufe und das Geplapper der Schaulustigen unser Schweigen.

»Johanna«, setzte Karl dann an, sprach jedoch nicht weiter, sondern ließ den Blick über unseren Zug gleiten. Die vielen Soldaten, die Fahnen, die Pferde. Ich wartete aufmerksam ab. Er nannte mich selten bei meinem ganzen Namen.

»Johanna«, begann Karl erneut und beugte sich leicht aus dem Sattel zu mir herüber. »Was habt Ihr über Eure eigene Zukunft gesehen? Habt Ihr – werdet Ihr heiraten?«

»So funktionieren die Visionen nicht«, erinnerte ich ihn. »Ich sehe nur das, was unmittelbar mit meiner Rolle in diesem Krieg, für Frankreich zu tun hat.«

»Demnach habt Ihr nicht gesehen, ob …« Er hieb mit einer seiner großen Hände durch die Luft wie es ein Bauernjunge nicht besser gekonnt hätte.

»Nein. Aber niemand würde mich mehr als Eure Beraterin dulden, wenn ich heiraten würde«, wies ich ihn sanft darauf hin. »Laut den Geistlichen kann nur eine Jungfrau göttliche Botschaften empfangen. Nur sie ist rein.«

»Aber Ihr werdet vermutlich keine Visionen mehr haben – Eure Aufgabe ist dann bereits erfüllt.« Der junge König ignorierte die Distanz zwischen unseren Pferden und lehnte sich noch weiter herüber, packte mich eindringlich am Handgelenk. »Ich weiß, was Ihr fürchtet, Fräulein Hanna. Aber ich biete Euch Schutz. Wenn Euer göttlicher Auftrag also erfüllt ist – wäret Ihr bereit, meine Frau zu werden?«

Alles Wesentliche in meinem Leben hatte ich kommen sehen. Dies nicht.

Ich blinzelte. Doch er war immer noch da, der König. Er war mein bester, mein einziger Freund. Der einzige Eingeweihte. Der Erste, der mich auch als Person sah, nicht nur als Werkzeug einer höheren Macht.

Dennoch entzog ich ihm hastig meine Hand. »Ihr vergesst, wo Ihr seid, mein König. Hier sind zu viele Augen und Ohren.«

Karl zog sich wieder gerade in den Sattel und richtete sich auf. Ich war mir nicht sicher, ob er verstand, was ich meinte – ob er begriff, wie gefährlich es war, von so etwas Weltlichem wie der Ehe zu sprechen, solange ich darauf angewiesen war, dass sie mich noch für Überirdisch hielten.

Würden sie mich als Hexe anklagen können, wenn ich Königin war?

»Denkt Ihr darüber nach, Johanna? Könntet Ihr es wenigstens in Erwägung ziehen?«

Weil ich meiner Stimme nicht traute, nickte ich nur. Es klang zu gut, weckte zu starke Hoffnungen. Auf einen Ausweg. Auf ein Leben danach. Ein normales Leben, ohne Visionen, mit einem Mann, vielleicht Kindern.

»Ich danke Euch«, sagte Karl – und dann gab er die Zügel frei und jagte mit seinem Pferd wieder zur Spitze des Zuges. Ich sah ihm nach. Zum ersten Mal unsicher darüber, was die Zukunft bringen würde. Zum ersten Mal unsicher, was ich tun sollte.

~

Karl stürmte in die kleine Kammer, wie nur er es konnte. Mit einem Quietschen schwang die Tür hinter ihm zu und ließ ihn mit mir und zwei Dienern allein im schwachen Kerzenlicht zurück. Für einen Herzschlag wirkte er wie erstarrt darüber, dass er mich nicht wie üblich in Rüstung und Kampfmontur, sondern in schlichten Männerkleidern und mit offenen Haaren antraf.

»Ich hoffe, es gibt einen guten Grund dafür, dass Ihr hier seid«, begrüßte ich ihn.

Karl zögerte, dann schien er sich zusammenzunehmen und trat mit gewichtigen Schritten hinüber zu dem runden Tisch vor dem Fenster. »Ihr wolltet gerade essen?«, erkundigte er sich und musterte prüfend den einsamen Teller und den Becher Wein, die dort auf mich warteten.

»Ein Treffen wie dieses ist nicht klug, mein König«, erinnerte ich ihn. »Ihr solltet gehen.«

Er fuhr so schnell herum, dass ich sehen konnte, wie die Diener neben der Tür zusammenzuckten. »Niemand kann etwas daran auszusetzen haben, wenn ich mich von der Anführerin meiner Truppen verabschiede und ihr noch ein paar letzte Anweisungen erteile!«

»Aber nicht in meinen Privaträumen. Ihr hättet mich zu Euch bestellen sollen.«

»Unsinn! Wir haben hier zwei Zeugen«, er deutete auf die beiden Diener, die stumm neben der Tür warteten, »die die Harmlosigkeit unseres Gesprächs bestätigen können.«

Warum war er so stur? »Das wird nicht reichen, um die unweigerlichen Spekulationen zu unterbinden.« Die Kopfschmerzen, die mich in Karls Gegenwart in letzter Zeit immer häufiger befielen, stachen wieder zu. Beunruhigt massierte ich mir die Schläfen. »Es fehlt nicht mehr viel und sie werden mich offen beschimpfen, wenn ich auf die Straße trete. In ihren Augen bin ich es, die Euch verführt. Es heißt, ich würde versuchen, im Auftrag des Teufels die Macht an mich zu reißen.« Ich hätte es nie so weit kommen lassen dürfen. Ich hätte ihm nie Hoffnungen machen dürfen.

»Erfolg schafft immer Neid«, gab Karl gleichgültig zurück.

»Ich weiß, mein König«, stimmte ich zu. »Aber in diesem Fall …«

»Euer Essen wird kalt«, unterbrach mich Karl.

In meinem Magen saß ein einziger fester Knoten. Ich würde bald abreisen, zur letzten Schlacht aufbrechen. Diesmal würde Karl seine Truppen nicht begleiten. Er würde hier zurückbleiben und ein wenig beunruhigte mich der Gedanke, was er in meiner Abwesenheit planen könnte. Für meine Rückkehr. Wenn ganz Frankreich sein war. Wenn wir an dem Punkt angelangt waren, an dem meine Visionen endeten. »Ich möchte eigentlich gar nichts essen«, gestand ich.

»Nun, ich schon. Was dagegen, wenn ich mich bediene?« Karl trat wieder an das Tischchen vor dem Fenster. Er wartete meine Antwort gar nicht ab. Die Stuhlbeine kratzten über den Holzboden, als er sich vor Speise und Trank niederließ.

»In diesem Fall ist es wirklich anders«, nahm ich meinen Satz wieder auf und ging zu ihm hinüber, lehnte mich gegen den kalten Wandvorsprung vor dem Fenster, während ich dem König beim Essen zusah. »Es ist nicht nur der Neid. Ich mache ihnen auch Angst. Und diese Angst ist es, die gefährlich ist. Sie ist es, die sie dazu treiben wird, mich tot sehen zu wollen. Entweder indem ich öffentlich bloßgestellt und mir der Prozess als Hexe gemacht wird – oder indem sie versuchen, mich im Geheimen aus dem Weg zu räumen. Anschläge auf mich zu verüben.«

Karl kaute und schüttelte den Kopf. »Wenn Eure Mission durch Euren Tod gefährdet wäre, wüsstet Ihr das. Ihr könnt in die Zukunft sehen, habt Ihr vergessen?«

Es war beinahe, als wolle er mich beruhigen. Er – mich – beruhigen. Etwas lief hier eindeutig falsch.

Vor dem Fenster füllte sich der dämmrige Abendhimmel mit Sternen. Der Mond stand weiß und schimmernd über den Mauern. Der Mond, der hier ebenso bleich aussah wie über den grünen Weiden meiner Heimat.

»Vielleicht habt Ihr Recht und ich würde es sehen«, gab ich zu. »Aber vielleicht kommt der Anschlag auch erst nach dem letzten Kampf, wenn ich meine Aufgabe erfüllt habe.« Ich biss mir auf die Lippe. »Deswegen ist es auch undenkbar, dass ich Euer …«, ich suchte nach dem richtigen, unverfänglichen Wort, das auch für fremde Ohren bestimmt war, »Euer Angebot annehme, mein König. Wenn Ihr Euch öffentlich an meine Seite stellt, dann wird das das ganze Land spalten. Manche werden vermutlich akzeptieren, dass eine Jungfrau ihre göttliche Aufgabe niederlegen kann. Aber die meisten werden es nicht. Sie werden es als den Beweis dafür nehmen, dass ich nie in Gottes Auftrag gehandelt habe. Dass ich nicht wirklich fromm bin. Und ein Bürgerkrieg würde alles zerstören, wofür ich – wofür wir – gekämpft haben.«

»Aber«, hielt Karl energisch dagegen und deutete mit dem angebissenen Hühnerbein auf mich, »das wisst Ihr alles nicht! Wovon Ihr da sprecht, ist kaum mehr als eine böse Ahnung, eine wachsende Verunsicherung gegenüber der Zukunft. Denn so ist das Leben in der Realität, Hanna! Normale Menschen wissen nicht, was als nächstes geschieht. Und Ihr wisst nicht, was nach dem letzten Sieg geschieht.«

»Es geht nicht nur um das Ende meiner Visionen. Ich sehe doch, was ringsum mich geschieht. Ich kann die Zeichen deuten. Ihr seid derjenige, mein König, der sie nicht wahrhaben will.«

Karl schüttelte unverständig den Kopf und nahm das Essen wieder auf. »Wofür wollt Ihr danach – nach dem Sieg – leben, wenn Ihr nicht bereit seid, etwas zu riskieren? Versucht es wenigstens, anstatt gleich aufzugeben – und dann müsst Ihr abwarten und sehen, was geschieht.«

Aber das konnte ich nicht. Ich hatte nie in meinem Leben gewartet. Noch nie. Weil mir immerzu schmerzlich bewusst war, dass mir die Zeit davonlief. Die Zeit, bis meine Visionen mich zu Fall bringen würden.

Und diese Zeit war jetzt sehr nah. Ich wusste es. Das hatte nichts mit der Unsicherheit zu tun, die das Ende der Visionen mit sich bringen würde. Ich würde es genießen, ein Mensch wie alle anderen zu sein.

Ich sah Karl zu, wie er nach dem Weinbecher griff und einen kräftigen Zug nahm. Warum hatte ich nicht vorher bemerkt, wie hartnäckig Karl sich an mich hängen würde? Dass er mich nicht loslassen konnte, wenn es am dringendsten nötig war? »Womöglich habe ich doch Angst«, gab ich leise zu. Es stand so viel auf dem Spiel. Der Frieden, den ich bringen wollte. Das errichtete Reich. Karls Leben. Wenn er nun zwischen mich und einen Anschlag auf mein Leben geriet? Es wäre das Ende von allem.

In diesem Moment verschluckte sich Karl an seinem Wein und begann zu husten. Er hustete, schluckte, würgte und hustete wieder. Es klang nicht gut. Es klang gefährlich. Er bekam keine Luft mehr. Entsetzt rannte ich zu ihm, schrie die Diener an, schrie nach Hilfe, nach irgendjemandem. Ich griff nach Karls Händen, als er, atemlos und keuchend, seitlich vom Stuhl zu kippen drohte, und versuchte ihm durch gutes Zureden Kraft zu geben.

Doch auch während der Saal sich zunehmend mit Leuten füllte, wusste ich, dass keiner ihm würde helfen können. Er würde hier sterben, vor meinen Augen. Der Wein. Mein Wein. Er musste vergiftet worden sein.

»Nein«, flüsterte ich entgeistert, begreifend. Er hatte keinen Nachkommen, keinen Erben. Die Engländer würden die Gunst der Stunde nutzen. Die Burgunder ebenso. Was war der befürchtete Bürgerkrieg gegen das hier? Ohne Karl würde das Land schon jetzt in neuen, noch heftigeren Kriegen untergehen.

~

»Was seht Ihr?«, fragte Karls Stimme und riss mich aus meinen Gedanken.

Ich blinzelte, noch immer gefangen in den Resten der Vision.

»Ich muss es wissen«, fuhr Karl fort. »Wie lange werde ich meine Männer noch hinhalten müssen? Wie lange dauert es noch? Bitte, Hanna, verratet mir, was Ihr seht.«

Karl – er würde sterben. Etwas musste sich verändert haben. Nicht von meiner Seite. Aber vielleicht von seiner, von der Seite des Königs. War da bereits der Gedanke in ihm, keimte bereits die Hoffnung, es würde eines Tages eventuell eine gemeinsame Zukunft, eine eheliche Verbindung zwischen uns geben?

Der Gedanke war absurd, im Moment, hier in einem Zelt vor der Schlacht, wo ich nichts weiter war, als einer seiner untergebenen Befehlshaber. Das Symbol der Hoffnung auf den Sieg.

Aber ich hatte es gesehen. Und wenn ich es sah, dann würde es so kommen.

»Ich sehe den Sieg«, sagte ich tonlos. »Heute ist der Tag, an dem wir unseren Siegeszug wieder aufnehmen.«

Karls immerzu verspannte Schultern sackten merklich nach unten. »Ich danke dir, Gott«, stieß er gedämpft hervor – und einen Herzschlag lang glaubte ich, er würde mir um den Hals fallen. Dann jedoch drehte er sich abrupt um und gebot einem Diener, diese Botschaft weiterzugeben: Der Sieg würde heute unser sein.

Schweigend zog ich mir den Helm über den Kopf, zwängte mein Sichtfeld in eine kalte Welt aus Eisen. So viele Menschen, die an mich glaubten. So viele Menschen, die ich in nicht allzu ferner Zukunft enttäuschen würde. Sie würden mit mir kämpfen, mit mir siegen, mit mir einen Teil der Welt erobern. Aber es wäre alles umsonst.

~

Die Fahne flatterte groß und strahlend vor dem hellblauen Himmel. Die unschuldigen weißen Wolken ähnelten winzigen Schäfchen, die sich zum Spielen versammelt hatten. Hier unten jedoch hatten sich Pferde und Soldaten versammelt, bereit zum Kämpfen, bereit in die Schlacht zu ziehen. Sie alle warteten nur auf das Signal: Die Fahne, die sich an ihre Spitze setzen und sie anführen würde.

Ich packte die Stange der Fahne fester und drückte meiner Stute die Schenkel in die Seiten. Der Zug – mein Zug – setzte sich in Bewegung.

Die Bogenschützen würden uns als erstes angreifen, ich hatte die anderen bereits gewarnt. Jedes einzelne Spiegelbild – in den gehobenen Schilden, in den gezogenen Schwertern, in den polierten Teilen der Rüstung – zeigte mir die Zukunft. Das Bild Karls. Das Bild des Untergangs. Ich hatte diesen König zu dem gemacht, was er jetzt war, und ich würde es sein, die ihn zu Fall brachte. Die alles zerstörte, wofür diese Männer in diesem Moment kämpften. Verwundet wurden. Oder sogar ihr Leben ließen. Statt des Friedens, den ich hatte bringen wollen, würde ich diesem bereits hundertjährigen Krieg noch mehr Munition geben.

Es sei denn …

Die ersten Pfeile zischten durch die Luft und prallten von den Schilden ab. Ich, in der Hand die stolze Fahne, in der anderen das Schwert, hatte keinen Schild, doch ich wusste bereits, welcher der Pfeile mich verfehlen und welcher mich streifen würde. Keiner von ihnen würde mir Schaden zufügen. Eigentlich.

Ich lehnte meinen Oberkörper nur ein kleines Stück zur Seite. Sofort stach der Schmerz zu. Die Fahne entglitt meinen Fingern, der Aufprall riss mich halb aus dem Sattel. Ich keuchte auf, ich hatte vergessen, wie sehr das brannte.

»Sie ist getroffen!«, hörte ich jemanden schreien. »Die Jungfrau ist getroffen!«

Diesmal würde ich nicht verwundet mit ihnen weiterkämpfen. Diesmal würde ich verwundet aufgeben. Und alle anderen mit mir, ihrem Symbol der Hoffnung.

Mein ganzes Leben lang war ich den Visionen gefolgt. Hatte getan, was sie mir zeigten, mich auf sie verlassen. Diese Zukunft, die ich gesehen hatte, konnte ich nicht zulassen. Später, wenn die ersten Entwicklungen bereits angestoßen waren, würde ich diese drohende Zukunft nicht mehr aufhalten können. Jetzt konnte ich es.

Blut quoll unter den Platten meiner ledernen Rüstung hervor, tropfte auf das weiße Fell meiner Stute. So viel Blut, das ich bereits vergossen hatte. Karl würde enttäuscht sein. Wütend und jähzornig in seinem verletzten Vertrauen. Aber er würde leben – und sein Reich, so wie es bis jetzt bestand, würde leben.

Ohne seine Gunst, unter seinem Zorn war es nur eine Frage von Wochen, vielleicht Tagen, bis sie über mich herfallen würden. Die Jungfrau als die Hexe, die sie wirklich war, entlarvten. Aber es war trotzdem der bessere Weg. Meine Aufgabe endete hier. Jeder weitere Schritt in Richtung der Vision würde nur noch mehr Blut, noch mehr Menschenleben kosten. Und vielleicht würde der Frieden trotzdem kommen, ohne mich.

Meine Stute bäumte sich auf, als einer der feindlichen Fußsoldaten ihrem Kopf gefährlich nahe kam und ich verlor den letzten Rest Gleichgewicht.

Ich fiel. Fiel. Fiel.
Für Frankreich.

Über die Autorin

Anne Habedank, geboren 1991, kommt ursprünglich aus Berlin und ist zur Zeit Studentin der Biologie in Aachen. Dort lernt sie, warum Vampire nur aus Venen trinken und Drachen sich vor dem Fliegen in die Sonne legen sollten. Mehrere ihrer Kurzgeschichten wurden bereits in verschiedenen Anthologien veröffentlicht, ihr bevorzugtes Genre ist die Phantastik.

Madonna

Claudia Speer

Meister Leonardo!« Geschickt turnte Hakon das Gerüst empor, auf dem der Maler lag, um am Odinfresko zu arbeiten. Die Erschütterungen verdarben dem Maler den Strich, den er geführt hatte.

Seufzend setzte Leonardo den Pinsel ab und gab seinen Gehilfen stumm das Zeichen, sich dem nassen Putz zu widmen, bevor es zu spät sein würde.

Mit geschürzten Lippen sah er dem forschen Jungen entgegen.

»Ihr habt das Fresko verhunzt, mein Prinz!«

Hakon kümmerte das wenig.

»Ihr schlagt es doch wieder herunter! Wie die letzten acht Mal!«

Hakons Blick schweifte über die Malereien. Mit seinem grimmen Auge blickte Odin den Riesen, dem Fenriswolf und der Midgardschlange auf der anderen Seite der Kuppel entgegen. Neben ihm stand Thor sprungbereit, danach lechzend, seinen Hammer zu schwingen. Gleich nach ihm hatte Skjöld sein Schwert gezogen. All die anderen Asen schwebten noch in der Erwartung, von Meister Leonardo geformt zu werden.

Ragnarök. Das Ende und der Neubeginn.

Hakons Vater, König Erik Ragnarson, erwartete mit Ungeduld die Fertigstellung des Auftrags.

Meister Leonardo war der einzige Künstler, der es wagte, den König hinzuhalten. Der Florentiner war vor fünfzehn Jahren an den Hof Eriks gekommen.

Ein Mann mit vielen Talenten! Er brachte Entwürfe für Kriegsmaschinen mit, baute mechanische Apparate wie Wind- und Wassermühlen oder einen mechanischen Löwen für die vierte Vermählung des Königs.

Der Meister beobachtete die Sterne, und einmal reiste Hakon mit ihm von Haitabu bis an den Wendekreis, um die Nordlichter in Augenschein zu nehmen.

Leonardos Aufzeichnungen füllten bereits ganze Wandregale. Der größte Traum des Florentiners, für den er alles andere vernachlässigen konnte, war die Vorstellung, dass die Menschen eines Tages mit Hilfe von Maschinen fliegen lernen konnten. Als Junge hatte Hakon dem Meister bei seinen Entwürfen immer wieder begeistert über die Schulter gesehen, was König Erik nicht gerade gefiel.

Da Vinci war ein Schwächling in Eriks Augen. Ein Genie, das er sich gerne zunutze machte, aber ein Schwächling, der seine Aufmerksamkeit noch dazu lieber Knaben schenkte denn einer schönen Frau.

Hakon war das egal. Er schätzte das unglaubliche Wissen des Meisters, das die Gelehrigkeit selbst seines Lehrers Gundwin übertraf. Nun, Gundwin sprach mehr Zungen, las die alten Griechen und Römer, beherrschte das Walisische und die meisten Sprachen des Südens.

»Im Gegensatz zu Euch, mein junger Freund, hängt mein Leben davon ab, ob ich den Vorstellungen Eures Vaters entspreche. Müßiggang gehört nicht zu den Dingen, die ich mir leisten kann! Welcher unglaublichen Neuigkeit verdanke ich den Ruin meiner morgendlichen Arbeit?«

Leonardo warf zuerst den Pinsel, dann den Lappen, an dem er sich die Hände abgewischt hatte, von sich.

Die dunklen Augen des Südländers strahlten trotz der harschen Worte Wärme aus. Manchmal wirkten sie auch resigniert. Wenn er seine Forschungen wegen irgendeines königlichen Wunsches liegen lassen musste. Und dann brannte wieder das Feuer der Leidenschaft in ihnen für eines seiner unzähligen Projekte, in die er auch die letzte Krone steckte, die er vom König erhielt.

Hakon breitete die Arme aus.

»Ich reise nach Westland!«

Leonardo hatte begonnen, vom Gerüst herunter zu klettern. Jetzt hielt er inne.

»Ihr wollt eine Viking in die Westlande unternehmen?«

Er kletterte weiter die Leiter hinab, während Hakon sich geschickt von einem Absatz zum anderen hangelte, um ihn zu überholen.

»Reichtum und Ehre erwarten mich! Pelze im Norden, Silber im Süden, ein reiches Hinterland, das darauf wartet, um seine Schätze erleichtert zu werden!«, sagte Hakon lachend.

Er hatte seine blonden Locken in strenge Zöpfe geflochten und mit einem Stirnband gebändigt, wie es in den letzten Jahren als Mode aus Westland zu ihnen herüber getragen worden war. Sein prinzliches Gewand, die blaue Tunika, stammte von den Webstühlen des mongolischen Großreiches aus dem Osten. Die Stickerinnen hatten Schutzzauber mit Silberfäden eingearbeitet. Die eng anliegenden Hosen waren aus dem gleichen Stoff gefertigt. Nur die nackten Füße passten nicht zu dem vornehmen Äußeren.

»Sklaven nicht zu vergessen! Was wäre das Reich der Dänen ohne die Entdeckung des Leif Eriksson vor vierhundert Jahren. Vermutlich hilft es auch nicht, an Vernunft und Bildung eines jungen Prinzen zu appellieren, da Reichtum und Ehre viel größere Tugenden darstellen«, meinte Leonardo verdrießlich.

»Predigt nicht wie ein christlicher Heilssucher. Es ist nun mal nicht die Art der Dänen, die andere Wange hinzuhalten, wenn man auf die eine geschlagen wurde. Außerdem klang das früher wohl ganz anders, als der Papst sein Volk gegen die Mauren schickte.

Gundwin sagt, dass sich mit den Muselmanen viel besser Geschäfte treiben lasse als mit den engstirnigen Christen oder Juden!«

Hakon war nicht hergekommen, um sich Schelte abzuholen. Er hatte gehofft, Leonardo würde sich mit ihm freuen. Aber da waren wohl alle Gelehrten gleich. Schlimmer als Weiber.

»Du vergisst, dass ich einer dieser engstirnigen Christen bin!«, sagte der Künstler, ohne sich wirklich gekränkt zu fühlen.

Hakon zog eine Schnute.

»Und das sagt Ihr, obwohl sie Euch für das, was Ihr seid, eingesperrt haben und Ihr Eure Studien am menschlichen Leib fast mit dem Leben bezahlt hättet?«, griff er Leonardo wütend an. Eigentlich wollte er das nicht. Er war es leid, dass alle Welt ihn für zu jung hielt, endlich seiner Wege zu gehen!

Dieses Mal verfinsterte sich der Blick des Malers.

»Was meint Ihr damit?«

Hakon dämmerte, dass er zu weit gegangen war.

Völlig unerwartet trat Lehrmeister Gundwin neben sie.

»Er will damit sagen, seine Abenteuerwut und seine lose Disziplin lassen ihn zuweilen vergessen, seinen Kopf zu gebrauchen, Meister Leonardo! Und dass er sich für sein unziemliches Verhalten entschuldigen möchte! Nicht wahr, Prinz Hakon?«

Gundwin war schon weit über Fünfzig, seine Haare von grauen Strähnen durchzogen. Er trug ein langes schwarzes Gewand, in dem er seinen dicken Bauch samt den Händen verstecken konnte.

Hakons Mund öffnete sich in der Absicht, zu protestieren, doch unter den strengen grauen Augen Gundwins formte sich eine Entschuldigung.

»Verzeiht, Meister! Meine Schwerthand ist bedeutend schneller als … mein Kopf. Ich dachte, Ihr würdet Euch für mich freuen!«

Unruhig trat er von einem Fuß auf den anderen.

Die beiden Gelehrten maßen sich mit Blicken.

Hakon wusste, dass die beiden sich nicht unbedingt mochten, einander jedoch Respekt entgegenbrachten.

Dann lächelte Leonardo und klopfte Hakon auf die Schulter.

»Aber ich freue mich doch für Euch. Es ist nur eine sehr lange Reise von mehr als einem Mond. Außerdem gefallen Euch vielleicht die Westlande so gut, dass Ihr nie wieder zurückkommen werdet. Ich verliere einen Freund!«

»Viele Schiffe kreuzen die See und Thor mag seinen Unwillen im Zaum halten, solange wir reisen! Ich hätte Euch gerne bei mir gehabt, aber ich wollte Euch zumindest um einen Plan Eurer neuesten Verteidigungsanlagen bitten.«

Der Meister nickte. »Verstehe! Die Skraelinger sind wohl nicht so schwach, wie der Name sagt?«

Sein weicher Akzent des Südens klang schleppend in der nordischen Sprache. Gleichwohl in den Häfen des Ost- und des Nordmeeres verständigte man sich, unabhängig von Landessprachen und Dialekten, mit der dänischen Sprache. Selbst in den Häfen der Mauren gehörte sie zum guten Ton.

Die beiden Gelehrten schmunzelten, während sich eine steile Falte auf Hakons Stirn bildete.

»Wir kämpfen, wenn wir nicht handeln können, und umgekehrt! Und wir sind gute Bauern, wenn der Kampf zu sehr an unseren Gliedern reißt.«

Gundwin nickte wohlwollend, doch die Männer lachten beide in sich hinein.

»Ihr seid also ein guter Bauer, Prinz?«, fragte Gundwin.

Hakon wurde rot. Er verstand nichts von Weizen und Vieh. Doch er wusste, die Krieger konnten genauso gut das Feld bestellen wie das Schwert schwingen. Er hasste es, wenn man sich über ihn lustig machte, und noch mehr wenn das Männer taten, die nicht viel davon verstanden, was es hieß, ein Seekrieger und Prinz zu sein, sich beweisen zu müssen vor dem Vater und der Welt.

»Gleichwohl, der Prinz hat recht! Nichts hat die dänische Krone so unterstützt wie die Fähigkeit seiner Mannen, in allen Grundbedürfnissen fest verankert zu sein«, zeigte sich Leonardo diplomatisch.

Draußen vom Hof erschallten Rufe und Hufgetrappel. Neugierig wendeten sie sich den Fenstern zu. Eine Reisegesellschaft in südländischer Kleidung, die meisten mit schwarzem Haar und von kleinem Wuchs mit der typischen, sonnenverbrannten Haut. Allen voran ein Mann in Leonardos Alter.

»Christóbal Colón! Einer der erfolgreichsten Kapitäne Eures Vaters, Prinz! Ein Landsmann von Euch, Leonardo, der nun in Hispanien lebt, wenn er nicht auf dem Passat nach Westen reitet. Er hat diese neumodische Knolle mitgebracht; Potaten, glaube ich! König Erik will ihn für seine Verdienste auszeichnen!«, wusste Gundwin zu berichten.

Leonardo musterte den Fremden neugierig.

»Ein Christ als Kapitän auf einem dänischen Schiff? Er muss wahrlich ein fähiger Mann sein!«

Hakon hörte nur mit halben Ohr zu. Hinter Colón stieg eine junge Frau von einem weißen Andalus. Das Tier war an sich schon eine Augenweide und für einen Moment hatte es Hakons ganze Aufmerksamkeit. Dann sah er die dunklen, exotischen Augen, den goldenen Hautton der Frau, und er vergaß das Pferd. Geschmeidig sprang sie auf den Boden, glättete das einfache, aus feinem Tuch geschneiderte Kleid und sah sich neugierig um. Ihre langen schwarzen Haare fielen offen über ihre Schultern. Eine Blüte, die sich gerade erst dem Frühling geöffnet hatte. Strahlender als die Sonne selbst. Ein Anblick, der seine Männlichkeit erwachen ließ.

»Was für eine Anmut und Kraft!«, entfuhr es ihm.

Meister Gundwin stimmte ihm zu.

»Die hispanischen Pferde verdanken den edlen Einschlag den Mauren. Sie sind überaus zäh und ausdauernd und dabei erhaben in ihrem Gang!«

Aus den Augenwinkeln sah Hakon Leonardos Grinsen. Seinem geschulten Beobachterauge entging weder das heftige Pochen von Hakons Puls, noch dass es nicht dem Pferd galt.

»In der Tat eine Schönheit, die es sich lohnen würde, für die Ewigkeit festzuhalten!«, sagte der Maler doppeldeutig.

Das brachte Hakon auf eine Idee.

Meister Gundwin machte sich bereits auf den Weg zur Thronhalle. »Kommt, mein Prinz!«

Bevor Hakon ihm folgte, packte er den Maler an den Schultern.

»Ihr müsst ihren Vater fragen, ob Ihr sie malen dürft, Leonardo!«

Die Stirn des Künstlers legte sich in Falten.

»Es wäre unrecht, das übliche Spiel mit dem Mädchen zu treiben. Sie ist eine Christin. Habt Ihr das Kreuz auf ihrer Brust bemerkt?«

Hakon sprach voll Inbrunst auf ihn ein.

»Kein Spiel für mein Vergnügen, liebster Freund! Nur ein paar Worte von den lieblichen Lippen möchte ich vernehmen! Sehen, ob ihr Geist ihrem Antlitz gleicht. Ich bitte Euch!«

»So kommt, Prinz! Euer Vater wird Euch vorfinden wollen, wenn er den Besuch empfängt!«, rief Lehrmeister Gundwin vom Gang.

»Bitte!« Flehentlich blickten Hakons blaue Augen in Leonardos besorgtes Gesicht.

Mit einem Nicken gab der Maler dem Drängen nach, was ein breites Lächeln auf Hakons Lippen zauberte.

~

Im letzten Augenblick nahm Hakon seinen Platz neben seinem Bruder Thorfinn ein, der eine Augenbraue hob.

»Wie immer spät, mein Bruder!«

Thorfinn befehligte Eriks Berserkir! Er war selbst einer von ihnen. In vielen Schlachten hatte er sich des Blutrausches als mächtig erwiesen. Sechs Mal wurde er dabei so schwer verletzt, dass sein Übergang nach Walhalla sicher schien. Doch jedes Mal erholte er sich von seinen Verwundungen, die als dicke Narben an Brust, Arm, Kopf und Bein seinen Körper zeichneten. Er konnte saufen wie ein Ochse. Es gab wohl keinen Mann, dem der König unter seinen Kriegern mehr Respekt zollte. Wer war Hakon, dessen Bewährungsproben noch ausstanden, Thorfinn Widerrede zu geben.

»Verzeih, mein Bruder.«

Er blickte demütig zu Boden, doch hoben sich seine Augen sofort, als Christóbal mit seinen Leuten den Saal betrat.

Der Kapitän schritt aufrechten Ganges auf den König zu, blieb stehen und neigte das Knie. Seine Begleiter verweilten ein paar Schritte hinter ihm und bezeugten Erik ebenfalls ihren Respekt. Das Mädchen glitt leicht und geschmeidig wie eine Katze in einen vollendeten Knicks, ohne auch nur zu wanken. Hakon konnte die Augen kaum von ihr wenden.

»Mein König! Ihr habt mich gerufen und so bin ich auf schnellstem Wege zu Euch geeilt! Mein Schwert, Euer Arm! Mein Schiff, Euer Ziel!«, hofierte der Kapitän.

»Zu glatt!«, raunte Thorfinn. »Man kann diesen Hispaniolas nicht trauen! Colón ist eine verschlagene, machtgierige Schlange!«

Hakon warf ihm einen Seitenblick zu.

»Eigentlich kommt er aus Genua, Bruder!«, flüsterte er durch die geschlossenen Zähne.

Vaters strenge hellblaue Augen streiften seine Söhne maßregelnd. Dann stand er auf und ging Colón entgegen.

»Kapitän!«

Er schlug ihm auf beide Schultern, was den zarten Südländer erzittern ließ. Fast alle Nordmänner nahmen sich wie Stiere aus im Vergleich zu den schmächtigen Südländern. Jene, die würdig waren, sich mit den Seekriegern zu messen, hatte schon der alte König nach dem Muster der Römer in seine Heere integriert.

Erik war ein großer, wuchtiger Mann, dessen Kriegshammer unter den Feinden gefürchtet war. Doch was viel wichtiger schien: weder verharrte er, noch fürchtete er die Zukunft. Seine Armee führte Arkebusen und seine Festungen hallten vom Gebrüll moderner Kanonen, sollte jemand so töricht sein, sie anzugreifen.

»Erhebt Euch!«

Der König wartete, bis einer seiner Getreuen neben ihn trat, um einen reich verzierten Degen samt Gehänge auf einem Kissen zu reichen.

»Treue und Mut sollen belohnt werden!«

Der König hob den Degen vom Kissen, während zwei Diener den alten Waffengurt des Kapitäns an sich nahmen, und gürtete ihm die neue Waffe um.

Colón platzte sichtlich vor Stolz.

Erik schloss die Ehrung mit einer Umarmung ab, die seine roten Haare in Schwingung versetzten.

»Ihr seid müde von der Reise! Seid auf unserer Sonnwendfeier heute Abend mein Ehrengast.«

»Wie es Euch beliebt, mein König. Darf ich Euch meine Tochter vorstellen? Lisa Mariana Colón.«

Der König nahm sie in Augenschein und Hakons Herz brannte vor Eifersucht. Sie wäre nicht das erste Mädchen, das seinem Vater zum Geschenk gemacht würde.

Lisa Mariana, was für ein wundervoller Name!

Der König legte einen Finger unter ihr Kinn, um ihr Gesicht besser zu studieren. Ihre mandelförmigen Augen wurden von dichten, schwarzen Wimpern umrandet. Zarten, schwarzen Schwingen gleich, betonten die Brauen ihr ovales Gesicht mit der schmalen Nase, deren Flügel leicht zitterten, als ein scheues Lächeln ihren Mundwinkeln entschlüpfte. Und dieser Mund. Den Geschmack dieser Lippen zu kosten, dafür würde er sein Leben opfern!

Schnell murmelte er ein Gebet zu Lofn, der Schutzgöttin der heimlich Liebenden, damit Vater kein Interesse an ihr zeigte.

»Bäh!«, schmähte Thorfinn leise. »Ein Halbblut mit einer getauften Skraeling-Braut.« Hakon blieb das Herz stehen. Sein Vater unterstützte die Vermischung mit dem Westlandvolk nicht. Möglicherweise verwies er das Mädchen vom Hof.

»Willkommen, Donna Lisa-Mariana! Beehrt uns mit Eurer Gegenwart.«

Das war nicht unfreundlich, aber auch nicht warmherzig gewesen. Hakon atmete auf. Der König zog sich, umringt von seinen Berserkir, zurück.

Mit tauben Gliedmaßen stand Hakon da und sah zu, wie Leonardo den Kapitän und seine Tochter begrüßte.

Doch Ragnar, einer der Berserkir, holte Hakon aus seinen Träumen, um mit ihm am Nachmittag den Umgang mit der Arkebuse zu trainieren. Ladezeit verkürzen. Er war lausig darin. Ein viel besserer Schütze! Er konnte sich kaum auf Pulver und Kugelstopfen konzentrieren. Zum Schluss ging ihm die Lunte aus. Die Männer in der Rüstkammer hatten ihren Spaß, ihn damit aufzuziehen. Endlich war er frei zu gehen und stürmte die Treppen zu Leonardos Atelier hinauf. Er konnte seine Neugier kaum bezähmen.

»Leonardo! Leonardo! Hast du sie …«

Weiter kam er nicht, denn als er die Tür aufriss, saß Lisa auf einem Schemel und musterte ihn mit spöttischen Augen.

Kein einziges Wort wollte noch über seine Zunge kommen.

Der Maler sah kurz von seinem Skizzenblock auf.

»Das, werteste Madonna, ist der ungestüme Prinz Hakon!«

Leonardo warf einen missmutigen Blick auf das verbleibende Tageslicht.

»Dem Norden fehlt das Licht der südlichen Sonne! Vielleicht habt Ihr Morgen noch etwas Zeit? Da Ihr schon so bald wieder abreisen werdet, danke ich Euch für Eure Geduld, Madonna Lisa.«

Er half ihr aufstehen und geleitete sie an Hakon vorbei.

Sie machte einen leichten Knicks. »Prinz«, und schlug die magischen Mandelaugen nieder.

Hakon brachte noch immer kein Wort über seine Lippen. Sie ging und Leonardo schloss die Tür.

»Abreisen? Bald?« Endlich streifte Hakon seine Lähmung ab.

Der Künstler schüttelte den Kopf.

»Das ist ja ein schwerwiegender Fall von Verliebtheit, Prinz! So habe ich Euch ja noch nie erlebt.«

»Glaubt Ihr, sie wird mich lieben?«

Leonardo sortierte seine Skizzen.

»Schwer zu sagen, wenn man davon absieht, dass Ihr wie ein Tölpel im Weg gestanden habt, um zu gaffen, könnte sie schon Gefallen finden an Euren nordisch gestählten Muskeln und Eurem blonden, etwas ungepflegten Haar, den Geruch nach Pulver und Schweiß nicht vergessend. Vielleicht hinterlasst Ihr sogar einen unverwechselbaren Eindruck!«

»Scherzt nicht! Wann reist sie wieder ab?«

Aber Meister Leonardo hatte Recht. Einen schlimmeren Eindruck hätte er kaum hinterlassen können. Verflucht!

»Übermorgen! Ihr Vater segelt zurück nach Hispanien. Dort wird sie bleiben, bis er wieder aus der Neuen Welt zurückkehrt. Euer Vater lässt Frauen, Pferde und Waffen in die Neue Welt schaffen. Eine kleine Armee aus südländischen Leidangr soll noch tiefer in die heißen Regionen des Landes eindringen. Gerüchte besagen, es soll dort sagenhafte Goldschätze geben.«

Das wusste er doch alles! Es hatte dutzende Expeditionen in die südlichen Landesteile der endlosen Küste gegeben und es waren kaum Überlebende von dort zurückgekehrt. Hakon hatte vor, sich in das Hinterland des moderateren Bereichs vorzuarbeiten. Riesige Flussläufe gaben den Weg bis weit ins Landesinnere frei. Es sollte in der Mitte des Kontinents unzählbare Herden von Wildrindern und Hirschen geben. Er würde den Kapitän vermutlich begleiten, wenn Vater ihn endlich gehen ließ.

Ja richtig! Vielleicht konnte er Lisa auf der Reise nach Hispaniola sehen!

»Madonna Lisa ist versprochen!« Leonardo platzierte die Aussage mit Absicht so, dass sie Hakon wie ein Schlag traf.

»Einem Katalanen namens Carlos Vingéras. Sie wird ihn heiraten, sobald sie Pontevetra erreichen und mit ihm nach León gehen.«

Keine guten Neuigkeiten. Das hieß, Hakon musste am besten heute noch ergründen, ob Vater willens war, ihm eine Frau wie Lisa zu gestatten. Eine Christin und eine Tochter zweier schwacher Völker.

Erik sah andere Ehefrauen für seine Söhne vor. Andererseits: Hakon war nun selbst ein Mann. Konnte er da nicht seine eigenen Entscheidungen treffen? Nach wie vor war der Thron nicht erblich. Obwohl man ihn Prinz nannte, würde sich nach Vaters Tod seine Stellung ganz einfach nach dem berechnen, was er selbst zu leisten im Stande war. Niemand schrieb einem Seekrieger vor, was er zu tun hatte. Seiner Ansicht nach war Modir Eriksson der Mann, dem das Thing seine Stimme geben würde.

Leonardo schürzte die Lippen.

»Prinz, lasst sie ziehen! Es wäre nicht recht, wenn Ihr die Tochter eines treuen Gefolgsmannes verführtet!«

Was wusste der Maler schon von Liebe?

»Ihr glaubt, mir ginge es um ein Stelldichein? Was haltet ihr von mir?«

Leonardos Lippen wurden schmal.

Sein Leibdiener brachte einen Krug Wein und er antwortete nicht.

Die Wahrheit war, Hakon setzte, wie jeder junge Däne seiner Position, Frauen und Freuden gleich. Bisher! Aber bei Lisa war das alles ganz anders!

»Mein Anliegen war, Euch zu warnen, einen Fehler zu begehen!«, hielt sich der Maler knapp.

Hakon drehte sich verärgert um und ging.

Zunächst zur Badestube, die sich vor dem Fest gefüllt mit Mann und Frau höchster Betriebsamkeit erfreute.

Eine Magd brachte ihm seine beste Hose und die rote, mit Ornamenten bestickte, Tunika. Es war zu warm für einen Mantel. Er ließ die Fibeln weg, wählte stattdessen einen silbernen Halsreif, seine mit Bronzeplättchen verzierte Schwertscheide und ließ sich das Haar auskämmen.

Die Sommerluft begann sich abzukühlen. Überall um die Brunnen der Festung hatten Frauen Blumengestecke gebunden, um Baldr und Sunna zu ehren.

Das Fest hatte bereits auf der großen Wiese am Fischteich begonnen.

Auf reichlich gedeckten Tischen standen Köstlichkeiten und die Menschen hoben schon fröhlich die Hörner mit Met. Mädchen trugen zu diesen Festen meist dünne Kleider mit tiefem Ausschnitt. Für einen spanischen Christen konnte es nicht ganz leicht sein, seinem Glauben treu zu bleiben.

Zu einem Odin und Frigg Fest im Frühling hätte er sich wohl gleich gar nicht bereitgefunden, wo sich die Paare nackt im Tau des nahenden Morgens liebten, um den Segen der Götter zu erbitten.

Hakon beobachtete den Reigen. Der König schwang mit Feldun, seiner vierten Frau, das Tanzbein. Er genoss solche Momente ohne Politik. Ihn jetzt zu stören, käme einer Torheit gleich.

Der Kapitän hielt seine Tochter bei sich und verweilte zumeist bei anderen südländischen Gästen, die lieber dem Wein denn dem Met zusprachen.

Trotz des hochgeschlossenen Kleides glaubte Hakon, die feine Linie ihres Nackens ausmachen zu können. Er verschlang die Silhouette ihrer weiblichen Formen.

Lisa bemerkte seinen Blick. Scheu schielte sie zu ihm herüber, ohne ihren brav gesenkten Kopf zu heben. Ihre Mundwinkel hoben sich ganz leicht zu einem Lächeln.

Pah, christliche Jungfrauen! Als ob sie nicht das Gleiche fühlten und wollten wie alle Mädchen dieser Welt.

Hakon nahm einer Magd ein Horn aus der Hand und prostete Lisa fast unmerklich zu. Hastig wendete sie den Blick ab, schenkte ihm aber bald erneut ihre Aufmerksamkeit.

Sein Herz schlug schneller.

Leonardo streifte an ihm vorbei.

»Lasst es!«, raunte er ihm zu.

Dann strebte er zu den Christen hinüber und Lisa schenkte ihm ein wundervolles Lächeln, das Hakon eifersüchtig gemacht hätte, wäre ihr Blick nicht wieder zu ihm zurückgekommen. Nun war er sich sicher, dass er ihr gefiel. Er musste wenigstens ein paar Sekunden Zeit gewinnen, um mit ihr zu reden.

Colón drehte sich und warf ihm einen Blick, finster wie die gedeckten Farben seiner spanischen Kleidung, zu.

Gelassen wendete sich Hakon ab, ging zu seinen Kameraden und stieß mit ihnen auf Baldr und Sunna an!

Die Nacht senkte sich herab. Lachen und Trinksprüche erfüllten die Luft. Im Schein des Feuers tanzte Hakon mit dem einen oder anderen Mädchen, ohne Lisa aus den Augen zu verlieren.

Nach vielen Bechern Wein diskutierte Colón heftig mit zwei anderen spanischen Edelmännern. Dann bat er Leonardo, als Person seines Vertrauens, seine Tochter zu ihren Räumen zu begleiten.

Hakon heftete sich sofort an ihre Fersen. Das war seine Chance!

Auf dem Hof der Festung trat er ihnen in den Weg.

Leonardo schüttelte den Kopf.

Hakons Herz schlug bis zum Hals.

»Nur ein Wort, Donna Lisa! Bitte!«

Seine Stimme klang heiser. Der Maler zuckte resigniert mit den Schultern und überließ die Entscheidung der jungen Frau.

»Danke Maestro für Eure Begleitung. Ich denke, dass Prinz Hakon mir ausreichend Schutz sein wird, mich zu geleiten!«

Tatsächlich verneigte sich Leonardo und ging. Das lief besser als Hakon gehofft hatte.

»Donna Lisa, ich möchte Euch nicht beleidigen oder unziemlich sein, doch hat mich Eure Erscheinung gefangen. Es ist mir unmöglich, Euch nicht zu sprechen. Verzeiht, wenn das Euren Glauben verletzt!«

Lisas Augen leuchteten golden im Schein der Fackeln.

»Ich weiß! Ihr müsst Euch nicht entschuldigen.« Sie trat, ihren Kleidersaum vom Boden hebend, auf ihn zu.

»Lange Monde sehnte ich mich nach Euch, verzehrte sich mein Fleisch im Wunsch, Euch zu begegnen. Alles in meinem Leben dient nur dem Zweck, Gefäß und Saat zu vereinen!«

Ungläubig schüttelte Hakon den Kopf. Ihre Stimme klang, als ob viele Wesen diese Worte gesprochen hatten. Sie legte ihre Hand auf seine Brust und er stolperte rückwärts, bis ihm eine Säule Einhalt gebot. Sein Herz raste, aber dieses Mal mischte sich Angst in das maßlose Verlangen. Ihre Augen leuchteten auch ohne das Licht der Fackeln.

Deutlich spürte er ihre Zauberkraft. Hakon rätselte, ob sie eine Zauberin war oder eine der Göttinnen selbst.

»Bei Odin, wer bist du?«

Seine Kleider zerfielen zu Staub und plötzlich brannte die Sonne auf seiner Haut. Seine geblendeten Augen erkannten schemenhaft die Umrisse von Bäumen. Wind raschelte in den Blättern. Der Duft von wilden Blumen betörte seine Nase. Plötzlich lag er auf dem Rücken in weichem Moos und die Göttin kam über ihn. Sein Leben sammelte sich an einem einzigen Punkt und barst in einer gewaltigen Explosion. Er verglühte. Er starb! Er war glücklich, nur für sie zu sterben.

~

Nach Luft schnappend fuhr Hakon aus dem Wasser. Sein ganzer Körper spannte vor Gänsehaut ob der Kälte, die ihn so plötzlich getroffen hatte.

Dröhnendes Lachen drang allmählich an seine Ohren.

Langsam begriff er, dass Thorfinn ihn in den Teich befördert hatte.

»Wenn man es nicht verträgt, sollte man nicht so viel saufen!«

Das raue Lachen seines Bruders dröhnte am lautesten.

»Pack dich, Hakon! Vater will dich sehen! Du verschläfst ja noch deine Viking. Ein schöner Anführer wirst du werden!«

Hakon kämpfte sich ans Ufer zurück und Thorfinn zog ihn schwungvoll an Land.

Was für einen Tag schrieben sie? Bei Odin, der Met musste stark gewesen sein. Er erinnerte sich nicht einmal an das Fest. Wenn Vater ihn durch Thorfinn hatte suchen lassen, musste er sich wahrlich verspätet haben.

Er beeilte sich, in die Festung zurückzukommen. Diener verluden gerade seine Kisten auf einen Wagen und sattelten schon die Pferde. Meister Gundwin erwartete ihn am Treppenabsatz mit einer Magd und frischen Kleidern.

»Prinz! Wo, in Gottes Namen, habt Ihr denn gesteckt? Euer Vater ist sehr ungehalten!«

Darauf hatte er keine Antwort. »Wo ist Meister Leonardo?«, rief Hakon, während er sich im Vorbeilaufen die Kleider griff und die nassen Sachen rasch wechselte.

»Der ist seit drei Tagen nicht mehr aus seinem Atelier herausgekommen! Ihr wisst doch, wie er ist, wenn ihn was beschäftigt!«, klärte ihn Gundwin auf.

Hakon stahl sich einen Klarapfel aus dem Korb einer Magd, rannte, drei Stufen auf einmal nehmend, die Treppen hoch und trat ohne Klopfen in den Raum.

Leonardo arbeitete konzentriert an einem Gemälde. Hakon umrundete die Staffelei und sah ihm über die Schulter.

Das Portrait einer Frau, die ihm seltsam bekannt vorkam, obgleich er nicht sagen konnte, woher. Eine Schönheit mit schwerem, schwarzem Haar. Sie schien zu lächeln, der Hauch eines Lächeln oder doch nicht? Dunkle Augen mit großer Tiefe. Das ganze Bild wirkte nicht greifbar, als schwebe es zwischen zwei Welten. Als wäre die Frau reale Wirklichkeit und pure Phantasie zugleich.

»Eine Auftragsarbeit?«

Leonardo trat ein paar Schritte zurück und atmete schwer aus. Er schüttelte den Kopf.

»Ich musste es malen. Es war plötzlich da!«

Hakon griff nach einer Sepiaskizze, die als Vorlage gedient hatte, und setzte sich auf die einfache Pritsche, die der Künstler oft seinem eigentlichen Bett vorzog.

Er kannte sie! Aber woher?

»Wer ist sie?«

Ohne den Blick von seinem Bild zu nehmen, setzte sich Leonardo neben ihn.

»Niemand Bestimmtes – sie ist alle Frauen. Ein Sinnbild!«

Hakon hob die Augenbrauen. »Eine Göttin?«

Der Künstler schien keine Antwort zu haben. Er riss sich vom Anblick des Bildes los.

»Ihr reist ab! Ich werde Eure aufdringliche Art vermissen, Prinz!«

Ein merkwürdiges Gefühl verband sich mit dieser Abreise. Hakon senkte nachdenklich den Kopf.

»Ich hatte einen seltsamen Traum! Ich starb und ich war glücklich dabei. Vielleicht ist es so, wenn man in Walhalla Einzug hält. Vielleicht ist Ragnarök viel näher als wir alle denken! Ich werde voller Stolz an Odins Seite kämpfen.«

Leonardo kratze sich an seinem stoppeligen Kinn, sprang auf und zog eine Pergamentrolle aus einem Stapel.

»Für uns Christen ist das Kämpfen endgültig vorbei, wenn wir erst an der Seite unseres einzig wahren Gottes sitzen! Das erscheint mir die angenehmere Aussicht! Das Leben ist hart genug! Nicht jeder Traum, der mit dem Sterben zu tun hat, erfüllt sich sogleich, mein Prinz. Also ist es besser, Ihr nehmt meine Skizzen mit und gebt sie Eurem geschicktesten Waffenbauer. Ich habe darüber nachgedacht, ob es möglich ist, das lästige Stopfen von Pulver und Kugeln zu umgehen. Beides in einer Hülle eröffnet ganz neue Möglichkeiten!«

Hakon stand auf und nahm die Rolle andächtig in Empfang. Er fragte sich wirklich, wo der Florentiner seine Einfälle her nahm. Manchmal kam es ihm so vor, als sähe sein Genie Dinge, die allen anderen Menschen verborgen blieben.

»Habt Dank, Meister Leonardo! Falls mein Vater Euch wider Erwarten nicht mehr brauchen sollte, es fahren viele Schiffe nach Westland!«

Sie verabschiedeten sich und Hakon trat in den Hof.

Es schien ihm der erste Schritt in eine vollkommen neue Welt zu sein. Etwas in ihm hatte sich verändert, oder war es gar die ganze Welt?

»Auf in die Westlande!«, sagte er sich.

Der König lachte, dann musterte er seinen Sohn nachdenklich und zog ihn in seine Arme, um ihm mit seinen Pranken den Rücken zu klopfen.

»Wenn du zurückkommst, wirst du ein Mann sein! Gebe Thor, dass ich es erleben kann!«

»Danke Vater!«

Der König nickte und ließ seinen Sohn los. Hakon neigte den Kopf, drehte sich um und saß auf. Ein seltsames Gefühl der Einsamkeit beschlich ihn. Neben Colón auf seinem Fuchs tänzelte ein prachtvoller Andalus-Hengst. Der Reiter wandte ihm den Rücken zu. Sein langes, schwarzes Haar fiel schwer über den Rücken. Er trug einen schimmernden Brustpanzer. Einen Moment erwartete Hakon, das Gesicht einer Frau zu sehen, als der Reiter sich umdrehte. Doch der junge Mann hatte eindeutig Ähnlichkeit mit Colón. Sein Sohn? Ein Bruder? Warum erinnerte er sich nicht? Zu viel Met! Er hatte es wohl krachen lassen! Lachend wischte er die Löcher in seiner Erinnerung beiseite.

Ein letztes Mal ließ Hakon sein Pferd im Kreis schreiten, um Abschied zu nehmen von der alten Feste.

Die Welt lag ihm zu Füßen. Er spürte es. Sie war geneigt, ihm zu gefallen. Hakon würde sich diese Welt nehmen.

Über die Autorin

Claudia Speer wurde 1967 geboren und hat in Pforzheim Schmuckdesign studiert. 2012 besuchte sie einen Schreibworkshop, der ganz unerwartet eine Leidenschaft entfachte. Seither schreibt sie verschiedene Kurzgeschichten und nimmt mit großem Erfolg an Ausschreibungen teil. Das Schreiben ist überhaupt nicht mehr wegzudenken aus ihrem Leben.
Bisherige Veröffentlichungen im vss-Verlag, im sphera-Verlag und im net-Verlag. Ein Buch ist beim Aeternica Verlag in Vorbereitung.

Der Verhüllte Mann

Dominik Gaida

September 1483, London

Richard III. hielt sich für einen Mann von Pflichtgefühl und Ehre, von Aufrichtigkeit und Anstand, einen Mann, der seine Frau, seine Kinder und sein Land liebte. Doch in den letzten Tagen hatte er begriffen, dass es ihm nicht möglich sein würde, an all diesen Dingen, von denen er glaubte, dass sie ihn ausmachten, gleichzeitig festzuhalten. Als König von England musste er die Liebe zu seinem Land über alles andere stellen. Und wenn dies bedeutete, dass er seine Ehre beschmutzte und Leichen seinen Weg pflasterten, dann musste er dieses Wagnis eingehen. Der Krieg der Häuser Lancaster und York, der seit über zwanzig Jahren wütete, hatte schon so viele Opfer gefordert, dass Richard sich einredete, dass es auf zwei weitere nicht mehr ankommen würde – vor allem, wenn dadurch unzähligen anderen Menschen das Leben geschenkt werden konnte.

Richard saß in seinem Solar am Kopfende der langen Holztafel. Das Mittagsmahl, bestehend aus fünf Gängen, war abgetragen worden und Richard ließ seinen Blick durch den Raum mit seinen Wänden aus Stein und vergoldeten Fackelhaltern schweifen. An der gegenüberliegenden Wand hing ein Teppich mit aufwändigen Stickereien aus Brokat, die die Schlacht von St. Albans darstellten, den ersten Sieg, den das Haus York errungen hatte. Doch schließlich konnte Richard den Mann, der an der Längsseite der Tafel saß und darauf wartete, dass der König endlich etwas sagte, nicht länger ignorieren. Es war der Moment, vor dem Richard sich fürchtete, darum hatte er ihn hinausgezögert. Aber nun gab es kein Zurück mehr. Nun würde er England tatsächlich über seine Ehre und seinen Anstand stellen.

»Mein Entschluss steht fest«, sagte Richard. »Ich werde ihn nicht rückgängig machen.«

Das Gesicht des anderen Mannes wurde bei diesen Worten blass und seine Mundwinkel zuckten. Sir James Tyrell, der Gefolgsmann, der Richard nie enttäuscht hatte, der in der Schlacht und im

Parlament an seiner Seite gestanden hatte, wirkte, als ob sich seine schlimmsten Befürchtungen bewahrheiten würden.

»Eure Majestät, ich flehe Euch inständig an, diesen Entschluss noch einmal zu überdenken«, antwortete Sir James und schien jedes Wort mit Bedacht zu wählen. Er musste wissen, dass Richard ihn als Hochverräter am Galgen von Tyburn aufknüpfen lassen würde, wenn er etwas sagte, das den König erzürnte. »Ich bitte Euch darum, bei der Liebe, die Ihr Eurem verstorbenen Bruder gegenüber empfunden habt.«

»Bringt mir den Verhüllten Mann«, befahl Richard dem Ritter, der den Wachposten an der Tür besetzte, ohne auf die Worte von Sir James einzugehen. Selbstverständlich hatte er gehört, was der Mann gesagt hatte. Aber da er befürchtete, dass seine Zweifel jeden Augenblick Überhand gewinnen würden, musste er den Befehl rasch geben – bevor er es sich anders überlegte. »Ich möchte mit ihm sprechen.«

Der Ritter verneigte sich schweigend und verließ den Raum. Als die Tür ins Schloss gefallen war und sie alleine waren, ließ Sir James jegliche Vorsicht fallen. Sein Anliegen schien ihm von äußerster Wichtigkeit zu sein.

»Eure Majestät, die Prinzen – die Söhne Eures Bruders – sind illegitime Bastarde. Das Parlament hat Euch zum rechtmäßigen Thronfolger ernannt. Ihr seid der König und Eure Söhne und deren Söhne werden nach Euch Könige sein. Die Prinzen stellen keine Gefahr für Euren Anspruch auf den Thron dar. Sie sind sicher und wohlbehalten im Tower. Lasst sie dort aufwachsen, bewacht von Euren eigenen Rittern, und erfreut Euch daran zu sehen, wie die Söhne Eures Bruders zu stattlichen Männern heranwachsen, die bereitwillig ihr Leben für ihren König und ihr Vaterland geben würden.«

»Die Bastardprinzen meines Bruders werden mir einen Dolch in den Rücken stoßen, sobald sich ihnen die Gelegenheit dazu bietet. Sie am Leben zu lassen, würde bedeuten, dass nicht nur die Tudors mir meine Macht streitig machen werden, nein; sie am Leben zu lassen, würde bedeuten, dass sich mein eigenes Haus wie ein Rudel Wölfe zerfleischen wird, wenn die Zeit gekommen ist.«

»Ihr habt die Prinzen selbst gesehen, Eure Majestät«, beharrte Sir James. »Edward und der kleine Richard sind sanftmütige, liebenswerte Knaben, unschuldige Lämmer, denen es eine Ehre sein wird, Euch zu Diensten zu sein, wann immer Ihr es von ihnen verlangt. Die Entscheidung des Parlaments ist unumstößlich: Ihr seid der König. Die Prinzen sind Bastarde ohne jeglichen Anspruch auf den Thron. Ihr werdet herrschen. Die Prinzen werden dienen. Und der *Titulus Regius* …«

»… ist eine Abschrift, die von einem anderen Parlament und einem anderen König jederzeit für nichtig erklärt werden kann.«

Richard hoffte, Sir James Tyrell damit zum Schweigen zu bringen. Er haderte mit sich selbst, er hasste sich dafür, was er zu tun beabsichtigte, und jedes Wort aus dem Mund seines Gegenübers traf ihn wie ein Pfeil ins Herz, denn tief in seinem Inneren wusste er, dass Sir James die Wahrheit sagte. Die Söhne seines eigenen Bruders! In ihren Adern floss nicht nur das Blut ihrer unwürdigen Mutter, sondern auch das altehrwürdige Blut des Hauses York! Und sie waren Kinder! Das war das Schlimmste von allem. Aber sie waren auch Bastarde und Bastardblut war bekanntlich verräterisch. Sie würden sein Ende sein, wenn er sie am Leben ließ, das wusste er. Sie würden die Krone mit Gewalt an sich reißen! Sie würden ihn stürzen und das Blutvergießen begänne von vorne, ein ewiger Kreislauf, der bis zum Tag des Jüngsten Gerichts andauern würde. Aber das durfte er nicht zulassen … es musste getan werden … die Bastardprinzen mussten sterben.

Um seinem Entschluss Nachdruck zu verleihen, fuhr Richard fort: »Ich habe einen Krieg zu führen, Sir James. Mein Bruder ist tot und Henry Tudor sammelt seine Streitkräfte im Norden Frankreichs. Der Tag wird kommen, an dem der Verräter, dieser Bastard einer Hure, mit seinen abtrünnigen Gefolgsmännern an unseren Küsten einfällt, brandschatzend und mordend durch das Land zieht und mich um meinen rechtmäßigen Anspruch auf den Thron bringen will. Ich muss darauf vorbereitet sein. Ich muss mich ihm stellen. Und darum kann ich mich nicht länger mit der Gefahr beschäftigen, die mir in meinem eigenen Haus nach dem Leben trachtet. Mein Entschluss steht fest.«

»Die Prinzen umzubringen, ist eine unehrenhafte Tat, Eure Majestät«, erwiderte Sir James und diese Aussage traf es so deutlich, dass Richard unwillkürlich zusammenzuckte.

»Ihr vergesst Euch«, antwortete er, nachdem es ihm gelungen war, sich zu fassen. »Sagt ein weiteres Wort und es wird Euer letztes gewesen sein. Ihr unterstellt mir, dem König von England, eine unehrenhafte Tat …«

»Eine unehrenhafte Tat, ausgeführt von einem unehrenhaften Mann«, sagte plötzlich eine Stimme. »Denn darum habt Ihr doch nach *mir* rufen lassen, Eure Majestät, nicht wahr?«

Richard hatte nicht erwartet, dass der Ritter seinen Befehl so rasch ausführen würde. Aber als er zur Tür blickte, stand der Verhüllte Mann dort auch nicht in Begleitung des Ritters, den Richard ausgeschickt hatte, um ihn zu ihm zu bringen. Der Verhüllte Mann war alleine. Und die Tür hinter ihm war verschlossen.

»Ich habe Euch nicht eintreten hören, Kaliban«, sagte Richard verwirrt und spürte, wie sich seine Nackenhaare aufstellten.

»Euer Majestät waren mit Sicherheit zu sehr in Eure Unterhaltung mit dem Tyrell-Jungen vertieft«, antwortete der Mann. Er trug einen langen, schwarzen Umhang, der über den Boden streifte, mit einer Kapuze, die sein Gesicht verbarg. Als er auf die Tafel zuschritt, schien er dabei kaum Geräusche zu verursachen.

»Ich sollte Euch Respekt lehren«, fuhr Sir James ihn an. »Nur weiß ich nicht, ob ich es tun soll, bevor oder nachdem ich Euch Eure Kapuze, unter der Ihr Euren verlogenen Mund verbergt, vom Kopf gerissen habe.«

»Tut es davor, Junge«, sagte der Verhüllte Mann und lachte. »Wenn Ihr es danach tut, würde Euch mein Anblick vergessen lassen, warum Ihr überhaupt Hand an mich gelegt habt.«

»Kaliban steht unter königlichem Schutz«, sagte Richard an Sir James gewandt und beendete damit den Disput der beiden Männer. Zum Verhüllten Mann sagte er: »Nehmt Platz, mein Freund. Ich bin froh, dass Ihr hier seid.«

»Und ich bin froh, dass Euer Majestät meine Anwesenheit wünscht«, antwortete der Verhüllte schmeichelnd und setzte sich Sir James gegenüber an die andere Seite der Tafel.

Die zwei Seiten einer Münze, dachte Richard, als er die beiden Männer betrachtete. Sir James wollte ihn von der Ermordung seiner Neffen abhalten. Der Verhüllte hingegen würde nicht nur Richards Position unterstützen, er würde die Bastardprinzen auch selbst umbringen, wenn Richard dies von ihm verlangte. Und das war seine Absicht.

»Ich möchte nicht anmaßend oder aufrührerisch sein, Eure Majestät, aber lasst mich, nach dem, was ich gehört habe, eines sagen: Ein König zu sein bedeutet nicht, ehrenhaft handeln zu müssen«, sagte der Verhüllte, ohne dass Richard ihn darum gebeten hätte. Richard blickte ihn an, aber unter der Kapuze konnte der König das Gesicht des Mannes nicht sehen und so huschten seine Augen stattdessen ruhelos über die befremdliche Erscheinung, die der Mann darbot. Mittlerweile hatte Richard sich daran gewöhnt, dass Kaliban, der Verhüllte Mann, niemals seine Kapuze abnahm – gleich bei ihrer ersten Begegnung hatte der Mann darauf bestanden, dass Richard ihm dieses Recht gestattete. Aber da der Verhüllte ihm gegenüber versichert hatte, dass er sein Bestes tun würde, um jeden von Richards Wünschen zu erfüllen, hatte er ihm dieses besondere Privileg zugestanden. Und dem Verhüllten Mann schien es tatsächlich zu gelingen, Richards Wünsche zu erfüllen: Er hatte sich gewünscht, König zu werden. Und er *war* König geworden. Ein Verdienst, an dem der Verhüllte seiner Meinung nach keinen unerheblichen Einfluss gehabt hatte. Was also bedeutete da schon die seltsame Eigenart dieses Mannes, sein Gesicht nicht zu zeigen? »Wer ehrenhaft handeln will, der soll sich hinter den Mauern eines Klosters verkriechen und zu Gott beten.«

»Das ist Ketzerei!«, entfuhr es Sir James und er schlug mit der flachen Hand auf den Tisch. Dann wandte er sich zornentbrannt an Richard: »Eure Majestät, die Raben in Tyburn hätten schon längst die verrottende Leiche dieser Kreatur fressen sollen! Mit jedem weiteren Atemzug, den Ihr ihm gestattet, wandelt der Teufel länger auf dem Antlitz unserer Welt.«

»Schweigt, Sir James«, befahl Richard kalt. In der Anwesenheit des Verhüllten fühlte er sich um ein Vielfaches selbstsicherer und entschlossener. Sir James verstummte auf den Befehl des Königs hin, aber er schüttelte den Kopf. Er wirkte, als ob er nicht glauben konnte, was sich vor seinen Augen abspielte.

»Vor drei Monaten ist die Krone Eures Bruders an Euch übergegangen, Eure Majestät«, fuhr der Verhüllte fort, als hätte es überhaupt keine Unterbrechung gegeben. »Jetzt seid Ihr unser König. Jetzt herrscht Ihr über England. Ihr habt mich bereits in Eure Pläne hinsichtlich der Bastardprinzen eingeweiht. Und ich stimme Euch, nun, da Ihr Euch hinsichtlich Eurer Absichten sicher seid, hier und heute ein weiteres Mal zu: Zum Wohle Englands ist es das Beste, wenn die Bastardprinzen sterben. Eine unehrenhafte Tat, ja. Aber eine notwendige. Und da Ihr König seid, Eure Majestät, dürft Ihr nicht tun, was ehrenhaft ist, sondern müsst tun, was notwendig ist.«

Das war es, was Richard hören wollte. Der Verhüllte Mann konnte in Worte fassen, was Richard nicht in Worte fassen konnte; er sagte, was Richard sagen wollte … und er würde tun, was immer Richard von ihm verlangte.

»Niemand darf davon erfahren«, sagte Richard. Jetzt, da der Entschluss endgültig gefasst war, fühlte er sich seltsam ruhig, obwohl er es vermied, Sir James anzuschauen. Stattdessen blickte er zum Verhüllten, der unter seiner Kapuze mit dem Kopf zu nicken schien. »Wenn jemand aus dem Parlament davon erfährt, dass ich meine Neffen tot sehen möchte, werden sie mich als Kindsmörder brandmarken. Sie werden hinter meinem Rücken ihre Ränke schmieden und behaupten, dass ich, ein gestandener Mann, mich vor dem Schatten zweier Kinder gefürchtet habe!«

»Aber ist das nicht die Wahrheit, Eure Majestät?«, fragte Sir James leise. In Richards Ohren klang es, als ob den Mann jede Lebenskraft verlassen hätte, als ob er selbst den Tod nicht mehr fürchtete … als ob ihm das Leben der beiden Knaben, die er nicht kannte, wichtiger wäre als sein eigenes. »Edward und Richard sind Kinder. Sie können nichts für ihre Mutter oder die Welt, in die sie hineingeboren wurden. Sie können nichts dafür, wer sie sind. Sie sind Kinder!«

»Kinder werden zu Männern«, sagte der Verhüllte und klang dabei zum ersten Mal ungehalten. »Die Kinder können nichts für die Welt, in die sie hineingeboren wurden. Aber die Welt kann verhindern, dass diese Kinder zu Männern werden, die das Gleichgewicht aus den Fugen reißen.«

Sir James erhob sich und wandte sich an Richard: »Eure Majestät, gestattet mir zu gehen. Ich habe gesagt, was ich sagen wollte – was ich sagen *musste* – aber ich stehe hier auf einem Posten, der längst verlassen worden ist.«

Richard, der der Anwesenheit von Sir James Tyrell, den er zu seinen Unterstützern und nicht zu seinen Feinden zählte, überdrüssig geworden war, wollte ihm diese Erlaubnis erteilen, bevor sich der Mann um Kopf und Kragen redete und Richard keine andere Wahl mehr bleiben würde, als ihn tatsächlich hinrichten zu lassen. Er hatte Sir James hierher beordert, weil er sich seinen Zuspruch erhofft hatte. Doch nun hatte er erkennen müssen, dass er nicht mit der Unterstützung von Sir James rechnen konnte. Er brauchte ihn nicht mehr.

Doch noch bevor er seinem Gefolgsmann die Erlaubnis sich zu entfernen erteilen konnte, hatte der Verhüllte bereits ein weiteres Mal das Wort ergriffen: »Bleibt, Tyrell-Junge. Der König besteht auf Verschwiegenheit in dieser Angelegenheit. Und um auf Eure Verschwiegenheit zu vertrauen, werdet Ihr mir dabei helfen, dem Wunsch des Königs nachzukommen.«

»Wenn Ihr glaubt, dass …«

»Da Ihr, Eure Majestät, nicht wünscht, dass jemand von der Ermordung der Bastardprinzen erfährt, sehe ich nur eine einzige Möglichkeit, dies zu bewerkstelligen. Darf ich frei heraus sprechen?«, fragte der Verhüllte.

Richard nickte.

»Euer Sohn wurde vor wenigen Tagen zum Prinzen von Wales ernannt. Zu seinen Ehren werden in der kommenden Woche Feierlichkeiten in York veranstaltet werden, wie Ihr wisst. Aus diesem

Anlass schlage ich vor, dass Ihr Euren treuen Gefolgsmann Sir James Tyrell damit beauftragt, die königlichen Insignien aus dem Tower von London zu Eurem Sohn nach York zu bringen. Und bei diesem Botengang in den Tower werde ich ihn begleiten.« Der Verhüllte schwieg kurz und Richard mutmaßte, dass der Mann unter seiner Kapuze lächelte, auch wenn er es nicht mit Sicherheit sagen konnte. Der Verhüllte fuhr fort: »Die Prinzen werden sterben … sie haben den Tower lebend betreten, doch sie werden ihn nicht lebend verlassen … sie werden nie gefunden werden … es wird geschehen, wie Ihr es wünscht … und Ihr, Eure Majestät, werdet niemals mit ihrem Tod und ihrem Verschwinden in Zusammenhang gebracht werden. Das verspreche ich Euch.«

Diesmal war Richard davon überzeugt, dass der Verhüllte lächelte. Er dachte noch kurz darüber nach. Aber die Worte seines Gegenübers, die ihn liebkosten wie eine willige Frau, hatten schon längst ihre Wirkung entfaltet und er dachte: *Ja, ja, ja!*

Als er Sir James betrachtete, der aussah, als ob er seinen König zum ersten Mal in einem gänzlich anderen Licht sehen würde, musste er dennoch schlucken.

»Es ist entschieden«, sagte er schließlich. Beinahe fürchtete er, dass Sir James zusammenbrechen würde, doch nichts dergleichen geschah. Sir James klammerte sich lediglich mit den Händen an der Lehne seines Stuhles fest. »Ihr werdet Kaliban in den Tower begleiten. Ihr werdet ein königliches Schreiben mit Eurem Auftrag, die Insignien nach York zu bringen, bei Euch tragen. Kaliban wird sich um alles Weitere kümmern. Und wenn ich von ihm erfahren sollte, dass Ihr Scherereien macht, so werdet Ihr nächste Woche am Galgen von Tyburn hängen.«

~

Der Tower von London war eine trutzige Festung im Osten der Stadt am Themseufer. Sir James Tyrell war schon mehrere Male hier gewesen, doch bei keinem seiner vorherigen Besuche hatte er eine vergleichbare Angst verspürt. Die hohen Mauern aus Stein, die mächtigen Türme, das Krächzen der Raben, die hoch oben auf den Wehrgängen spazierten ... der Tower versetzte manchen gestandenen Mann in Angst und Schrecken. Doch Sir James hatte keine Angst vor dem Anblick des Towers. Er hatte Angst vor der Kreatur, die mit ihm durch den dunklen Torbogen schritt, wo sie den Wachposten ihr königliches Schreiben vorzeigten und von ihnen in den kargen Innenhof eingelassen wurden.

Seite an Seite überquerten Sir James und der Verhüllte Mann den Hof. Graue Wolken bedeckten den Himmel und es hatte zu regnen begonnen. Ein eisiger Wind, der Sir James frösteln ließ, war aufgekommen. Als die beiden Männer den Turm betraten, in dem die königlichen Insignien aufbewahrt wurden, wandte sich der Verhüllte Sir James zu und sagte: »Ihr fürchtet Euch vor mir, nicht wahr?«

»Ich fürchte mich vor dem Einfluss, den Ihr auf den König ausübt«, antwortete Sir James wahrheitsgemäß und vermied es, den Verhüllten anzuschauen. Im Turm war es dunkel und die Fackeln warfen tanzende Lichtkleckse auf Boden und Wände. »König Richard wird als Monstrum und Kindsmörder in die Geschichte eingehen, wenn irgendjemand davon erfährt, was heute hier im Tower geschehen soll.«

Eine Wendeltreppe führte in die oberen Stockwerke des Turmes. Unaufgefordert ging der Verhüllte Mann voran – die Stufen waren so schmal, dass die beiden Männer nicht nebeneinander gehen konnten. Sir James war froh darüber.

»Es geht um das Gleichgewicht«, sagte der Verhüllte. Sir James verstand nicht, was der Mann damit meinte. »Es geht *immer* um das Gleichgewicht. Und alles, was das Gleichgewicht in Gefahr bringt, muss beseitigt werden. Die Prinzen stellen eine Gefahr für das Gleichgewicht dar.«

»Erspart mir ...«, wollte Sir James ansetzen, doch in diesem Augenblick blieb der Verhüllte wenige Stufen über ihm stehen und drückte mit der Hand gegen einen Stein in der Wand. Ein langgezogener, quietschender Ton, der klang, als ob er nicht von dieser Welt stammen würde, erfüllte das Innere des Turmes. Und dann tat sich ein Gang vor ihnen auf, der von der Wendeltreppe abzweigte und in die Dunkelheit führte.

Der Verhüllte Mann drehte sich zu ihm um und sagte: »Hier entlang, Tyrell-Junge. Immerhin sind wir nicht wegen der königlichen Insignien hier.«

Sir James spürte, dass ihm der kalte Angstschweiß auf der Stirn stand, als er hinter dem Verhüllten in den dunklen Gang eintrat. Ihm blieb keine andere Wahl, als dem Mann zu folgen. Dem Verhüllten war es im Geheimen gelungen, zum wichtigsten Berater des Königs aufzusteigen, und Sir James hatte schon zu viel gesagt und zu viel gewagt, um die Macht dieser Kreatur einzuschränken, ohne jeglichen Erfolg. Wenn er nicht tat, was von ihm verlangt wurde, würde der Galgen auf ihn warten – Richard, das wusste er, pflegte keine Scherze mit Leben und Tod zu machen.

Der Gang, den sie entlangliefen, war so dunkel, dass Sir James die Hand vor Augen nicht sehen konnte. Als er nach Halt an der Wand suchte, fühlten sich die Steine unter seinen Fingern kalt und modrig an. In der Ferne hörte er das Fiepen von Ratten.

»Die Bastardprinzen sind in einem anderen Turm«, hörte er die Stimme des Verhüllten, die aus der Finsternis an seine Ohren drang. »Aber da wir keine Aufmerksamkeit auf uns ziehen wollen, nehmen wir diesen Weg. Seid Ihr noch immer hinter mir, Tyrell-Junge?«

Sir James ging nicht auf die Frage des Verhüllten ein. Stattdessen brach es beinahe aus ihm heraus, was er schon längst hätte fragen sollen: »Wer seid Ihr? Warum tut Ihr, was Ihr tut?«

Er hörte das Seufzen des anderen Mannes. Die Antwort des Verhüllten klang, als ob ihn das Gefühl beschlich, mit einem Knaben zu sprechen: »Ihr kennt meinen Namen, Tyrell-Junge. Ihr wisst, wer ich bin. Ich bin Kaliban, der Verhüllte Mann.«

»Ich interessiere mich nicht für Euren Namen«, entgegnete Sir James. »Ich interessiere mich für die Wahrheit und dafür, wer sich hinter Eurem Namen verbirgt.«

Der Verhüllte schwieg einen Moment. Dann antwortete er: »Hinter dem Namen verbirgt sich der Mann, der für das Gleichgewicht sorgt. Seit dem Ausbruch dieses Krieges ist das Gleichgewicht in Gefahr. Aber jetzt endlich, nach all den Jahren, kann das Gleichgewicht wieder hergestellt werden. Der Tod der Bastardprinzen … und noch ein weiterer Tod … und dann kehrt das Gleichgewicht endlich zurück.«

»Möge der Herr sich Euch und Eures krankhaften Wahns annehmen«, antwortete Sir James und schüttelte den Kopf.

»Es gibt keinen Herrn«, erwiderte der Verhüllte. Und bevor Sir James darauf etwas entgegnen konnte, fuhr der andere Mann fort: »Und jetzt schweigt. Wir sind da.«

Sir James verstand nicht, wie das möglich war – der Weg zum Turm der Prinzen hätte viel länger dauern müssen. Doch plötzlich hörte er einen weiteren langgezogenen, quietschenden Ton. Die Dunkelheit wurde vom Licht verdrängt, als sich vor ihnen eine Tür öffnete – der Verhüllte musste einen weiteren Mechanismus betätigt haben. Schließlich fanden sie sich in einem steinernen Gang wieder, den Sir James augenblicklich erkannte: Die Räumlichkeiten, in denen die Prinzen Edward und Richard untergebracht worden waren, lagen am anderen Ende dieses Ganges.

»Kommt, Tyrell-Junge«, sagte der Verhüllte und sie schritten in Richtung der Schlafgemächer. Auf ihrem Weg dorthin begegneten sie keiner Menschenseele.

Das kann nicht sein, dachte Sir James. *Wo sind sie? Wo sind die Wachen der Prinzen? Was hat er mit ihnen gemacht?*

Doch er erhielt keine Antwort auf seine unausgesprochenen Fragen. Stattdessen gelangten der Verhüllte Mann und er ungesehen zu den verschlossenen Türen am Ende des Ganges. Sir James glaubte, dass sein Herz ihn jeden Augenblick in Stücke reißen würde, als der Verhüllte vor der letzten Tür stehenblieb, die zu den Schlafgemächern der Prinzen führte. Hinter der Tür konnte Sir James das gedämpfte Lachen zweier Kinder hören.

»Was werdet Ihr jetzt tun?«, fragte Sir James und fürchtete sich vor der Antwort, die er unweigerlich erhalten würde.

Der Verhüllte lachte. Ohne ihm den Kopf zuzudrehen, sagte er: »Ich werde den Bastardprinzen ein Lied singen.« Dann stieß er die Tür auf, trat in den Raum ein und verschloss die Tür hinter sich.

Unterdessen blieb Sir James draußen auf dem Gang zurück und schritt unruhig auf und ab. Er war verwirrt und zornig und mehr noch als alles andere schämte er sich dafür, dass er nicht den Mut aufbrachte und diesem Irrsinn ein Ende bereitete. Wenn König Richard nicht auf ihn hörte, dann war das eine Sache. Aber wenn er, James Tyrell, dem Verhüllten tatsächlich gestattete, die Prinzen umzubringen, wenn er einfach so beiseitetrat und …

Seine Gedanken wurden unterbrochen, als aus den Schlafgemächern plötzlich ein leiser Gesang einsetzte. Es war eine fremdartige Melodie und eine fremdartige Sprache; die Laute schienen sich zu dehnen, die Wörter – wenn es denn Wörter waren – gingen fließend ineinander über. Und dann plötzlich sang der Verhüllte nicht mehr alleine. Sir James hörte die dünnen, hohen Stimmen der beiden Prinzen, die in den Gesang einstimmten, und die unerklärlicherweise in derselben Sprache wie der Verhüllte Mann sangen.

Ich muss ihn aufhalten, schoss es Sir James noch einmal durch den Kopf. *Und wenn es meinen Tod bedeutet … ich muss ihn aufhalten.* Entschlossen trat er auf die Tür zu und wollte bereits nach dem Knauf fassen, doch in diesem Augenblick verstummte der Gesang der Prinzen. Der Verhüllte sang weiter – selbst dann noch, als die Kinder plötzlich zu weinen und zu schreien begannen.

»Genug!«, brüllte Sir James. »Hört auf!«

Er stieß die Tür auf und dann stand er dem Verhüllten und den Prinzen gegenüber. Die Prinzen saßen auf dem Boden, doch sie waren nicht mehr die Prinzen, die er gekannt hatte – die Knaben mit blondgelockten Haaren und blauen Augen existierten nicht mehr. Und als er sah, dass der Verhüllte seine Kapuze abgenommen hatte, begann auch er zu schreien. Dann verlor er das Bewusstsein.

~

Als Sir James aufwachte, lag er mit dem Gesicht nach unten auf dem Boden. Der nackte Stein auf seiner Haut fühlte sich kalt an. Schwerfällig richtete er sich auf und fürchtete, jeden Moment das Gleichgewicht zu verlieren, doch es gelang ihm, sich auf den Beinen zu halten. Sein Kopf dröhnte und er fragte sich, wo er war und wie er hierhergekommen war.

»Ihr weilt wieder unter den Lebenden«, sagte der Verhüllte. Erst jetzt bemerkte Sir James den Mann, der auf der anderen Seite des Raumes auf einem prächtigen Stuhl saß. Mit seiner rechten Hand ließ der Verhüllte einen Leinenbeutel durch die Luft kreisen. Bei der Bewegung erzeugte irgendetwas im Beutel ein klapperndes Geräusch.

»Wo bin ich?«, fragte Sir James. Er wusste nicht, was passiert war. Er wusste *nichts*!

»Ihr habt die Bastardprinzen umgebracht«, antwortete der Verhüllte und stand auf. »Hier, fangt sie!« Und er warf ihm den Leinenbeutel zu.

Trotz seiner Orientierungslosigkeit und seiner Kopfschmerzen gelang es Sir James, den Beutel aufzufangen. Er tastete mit der Hand über den dünnen Stoff und fühlte Knochen darunter.

»Nein … ich …«, stotterte er. Das durfte nicht sein! Was war passiert? *Was war passiert?* Er konnte sich nicht erinnern … warum konnte er sich nicht erinnern?

»Ich habe Euch ja gesagt, dass mein Anblick Euch Eures Erinnerungsvermögens berauben wird«, sagte der Verhüllte, trat auf ihn zu und legte ihm eine Hand auf die Schulter. »Und jetzt kommt, Tyrell-Junge. Lasst uns die königlichen Insignien holen, nach York aufbrechen und die Bastardprinzen mitnehmen.«

August 1485, Bosworth Field

Die letzte Schlacht war vorüber. Richard III. war gefallen. Als diese Nachricht an Henry Tudors Ohren gelangte, wollte er es sich nicht nehmen lassen, sich selbst vom Tod des letzten York-Königs zu überzeugen.

Henry Tudor schritt über das Schlachtfeld. Die Luft war von Rauch erfüllt, blutüberströmte Leichen bedeckten den Boden und die Schreie der Verletzten wollten nicht verstummen. Doch Henry schenkte all dem kaum Beachtung. Für ihn zählte nur eines …

Als Henry über ihm stand, dachte er, dass Richard III. im Tod klein und zerbrechlich aussah – und nicht wie der Feind, der ihn wieder und wieder in seinen Albträumen verfolgt hatte.

»Damit ist dieser Krieg beendet«, sagte Henry, als eine Gestalt in einem langen, schwarzen Umhang an seine Seite trat. »Was bei der Schlacht von St. Albans ihren Anfang gefunden hat, ist heute beendet worden.«

»Die letzte weiße Rose ist gefallen«, sagte der Verhüllte Mann, den Henry schon vor vielen Jahren kennengelernt hatte. Henry glaubte, dass der Verhüllte unter seiner Kapuze bei seinen Worten lächelte, doch er sah sein Gesicht nicht und so konnte er es nicht mit Bestimmtheit sagen.

»Ohne Eure Hilfe hätte ich es nicht geschafft, mein Freund«, antwortete Henry, der sich in der Anwesenheit des Verhüllten immer um ein Vielfaches selbstsicherer und entschlossener fühlte.

»Eure Wünsche erfüllen zu können, erfreut mich«, erwiderte der Verhüllte.

Henry hatte genug gesehen. Was mit der Leiche Richards geschehen würde, wusste er noch nicht, doch welches Schicksal sie auch immer ereilen würde … der Tote war nicht darum zu beneiden. Er wandte sich von Richard ab und wollte zu seinem Zelt zurückkehren, um sich von den Mühen der Schlacht zu erholen. Doch eine Frage blieb noch, die er dem Verhüllten stellen musste – die er ihm schon längst hätte stellen müssen.

»Warum tut Ihr, was Ihr tut, mein Freund?«

Als der Verhüllte antwortete, war Henry sich sicher, dass er diesmal lächelte: »Ich bin der Mann, der für das Gleichgewicht sorgt. Rot und Weiß haben sich bis aufs Blut bekämpft und das Gleichgewicht ins Wanken gebracht. Jetzt ist das Gleichgewicht wieder hergestellt. Fürs Erste.«

»Wer seid Ihr?«, fragte Henry.

Und der andere antwortete: »Ich bin Kaliban, der Verhüllte Mann.«

Geschichtliche Anmerkungen

Das Schicksal der Prinzen Edward V. und Richard of Shrewsbury, die durch den Parlamentsakt Titulus Regius zu illegitimen Söhnen von Edward IV. und Elizabeth Woodville erklärt wurden, ist bis heute ungeklärt und Ausgangspunkt vieler Spekulationen. Gesichert dürfte zumindest sein, dass sie im Spätsommer des Jahres 1483 zum letzten Mal lebend gesehen wurden.

Unter anderem wird angenommen, dass Richard III. hinter dem Verschwinden und der potenziellen Ermordung seiner beiden Neffen steckt. Mit dem Verschwinden der Prinzen wird zudem auch immer wieder eine geschichtliche Fußnote in Zusammenhang gebracht: ein Botengang von Sir James Tyrell in den Tower von London, der von Richard III. möglicherweise den Auftrag erhalten hatte, sich der Prinzen anzunehmen.

Sir James Tyrell gestand im Jahre 1502 – unter Folter – die Prinzen ermordet zu haben. Allerdings konnte er keine Angaben darüber machen, wie er die Prinzen umgebracht hatte und wo sich ihre Gebeine befanden.

Richard III. war der letzte König von England, der auf dem Schlachtfeld starb. Mit seinem Tod endeten die jahrzehntelangen Rosenkriege zwischen den Häusern Lancaster und York. Die Thronbesteigung Henry Tudors wird heute allgemein als Zäsur der englischen Geschichte betrachtet: als Ende des Mittelalters und Beginn der Neuzeit.

Um den Lesefluss nicht zu erschweren, wurde im Dialog zwischen Richard III. und Sir James Tyrell auf den historisch korrekten Pluralis Majestatis verzichtet.

Über den Autor

Dominik Gaida, 1989 in Schwetzingen geboren, absolvierte nach seinem Abitur ein Freiwiliges Soziales Jahr in Südafrika. 2010 begann er sein Studium (B.Sc. Psychologie) an der Universität Mannheim. Seit 2012 wird er als Autor von der Literaturagentur Schmidt & Abrahams vertreten. Besonders wohl fühlt er sich beim Schreiben in den Bereichen Phantastik, Historischer Roman und Coming-of-Age-Roman.

Fackelträger

Michael Edelbrock

Erzählst du uns eine Geschichte?«, fragten die Kinder den Alten an diesem kühlen Septemberabend im Jahre 1494. Er saß einsam außerhalb des großen Händlerlagers an seinem Feuer. Der Wald ragte als dunkle Wand hinter ihm auf, die Stämme wie marmorierte Säulen unter einem rauschenden Dach. Ihre hoffnungsvollen Blicke zeigten, dass sie ihn für einen guten Geschichtenerzähler hielten. Er hatte wirres graues Haar, ein zerfurchtes Gesicht und vor allem trug er eine Augenklappe. Alles Eigenschaften, die in Kinderaugen einen guten Erzähler auszeichnen mussten.

»Hmmm«, brummte er zurückhaltend und sagte dann: »Gut, ich werde euch eine Geschichte erzählen. Ob sie wahr ist, müsst ihr selbst entscheiden.«

Die Kinder fielen wie Wölfe über ihn her. Ein paar strömten von jenseits des Lagers herbei, wo die Feuer ihrer Eltern knisterten. Andere krochen unter den Zeltbahnen hervor, als hätten sie auf der Lauer gelegen. Schließlich war eine stattliche Meute um das einsame Feuer versammelt.

Sie wurden beobachtet. Ein junger Mann mit tückischen Augen ließ sich betont desinteressiert am Rand des Lagers nieder. Mit seinem Messer setzte er eine begonnene Schnitzarbeit fort.

»Es ist die Geschichte eines Jungen namens Rouven«, begann der Einäugige mit rauer, aber freundlicher Stimme. »Er hatte flachsblondes Haar und immer ein verwegenes Lächeln auf den Lippen. Aber er war nicht stark und auch nicht reich. Vielleicht war er ein wenig älter als ihr, aber nicht viel. Er lebte in einer großen Stadt, in Köln, ganz in der Nähe und … er war ein Dieb.«

Die Kinder machten große Augen, besonders die kleinsten waren jetzt ganz gebannt. Ihr Erzähler lächelte zufrieden mit seinem zahnlosen Mund.

»In Köln war es gerade eine gute Zeit für Diebe. Der Herrscher der Stadt, Sigibert von Köln, war kurz zuvor ermordet worden! Zwischen den großen Fachwerkhäusern marschierten die Büttel herum und schrien die Leute an. Sie hatten die lehmigen Straßen schon so festgetrampelt, dass sämtliche Herden eurer Eltern es nicht besser machen könnten. Marktschreier riefen gar nichts mehr über ihr Gemüse – sie schrien nur noch von Sigibert. Ihr könnt euch vorstellen, alles war durcheinander und jeder kümmerte sich nur um sich selbst. Rouven war ein schlauer Bursche und er fasste einen mutigen Entschluss. ›Nun‹, sagte er an einem Tag zu seinen ebenso diebischen Freunden, ›ich werde Grimmgesichts Haus ausrauben!‹ Natürlich hielten sie alle den Atem an und waren entsetzt!«

Der Alte setzte sich bequemer hin, als könne es noch länger dauern. Seine Stimme war nach ein paar Sätzen sanfter geworden und man hörte, dass er häufiger Geschichten erzählte. Die Kinder rutschten jetzt ungeduldig auf ihrem Hosenboden hin und her.

»Warum hielten sie den Atem an, warum waren sie entsetzt? Weil dieser Grimmgesicht ein unheimlicher und gefährlicher Mann war. Nicht weil er jung oder besonders stark gewesen wäre. Im Gegenteil, Grimmgesicht war uralt. Mindestens einhundert Jahre – sagten die jungen Diebe. Er trug immer eine graue Robe, ganz wie es die Mönche tun, und hatte einen langen Bart, so weiß wie ausgeblichene Knochen.

Die Bewohner von Köln sagten, dass er ein Zauberer wäre. Er hatte den Bösen Blick und wenn er wütend war, wurde die Milch schlecht und das Fleisch verdarb. Nicht einmal die größten Hunde wagten, ihn anzubellen. Aber Grimmgesicht verbrachte auch viel Zeit außerhalb der Stadt und ließ sein großes Haus allein. Just an diesem Morgen hatte man ihn die Stadt verlassen sehen.

Rouven war es schon gewohnt, dass seine Freunde ebenso feige wie diebisch waren. Trotzdem fand er es schlimm, dass er in dieser Nacht ganz allein in der Gasse vor dem Haus des Zauberers stand. Überall waren die Fensterläden verschlossen und es stank ganz fürchterlich nach all dem, was die Leute aus den Fenstern kippten. Wie eine Jauchegrube! Aber daran lag es nicht, dass alle so schnell vorübergingen. Nein, es lag an dem Haus selbst. Es war schon sehr alt und manchmal sah man darin seltsame Lichter, die wie verlorene Geister herumirrten. Wer das Haus anschaute, der wandte sich meist schnell wieder ab, denn er hatte das Gefühl, dass es zurückschaute. Auch Rouven fühlte sich hier sehr unwohl. Aber er nahm seinen Mut zusammen und kletterte an der Wand hoch. Ganz so wie ihr einen schönen Baum hochklettert. Gar nicht so leicht, wenn man an verzapften Balken und Fensterbänken Halt suchen muss. Aber er war gut in so etwas. Weiter oben fand er dann ein geöffnetes Fenster und lauschte für einen langen Moment. Die Stadt war niemals still, aber aus dem Innern hörte man nichts. So kroch er dann hinein in Grimmgesichts düsteres Haus!«

Der Erzähler wischte sich über den Mund und sein Auge glitt über die Schar der Kinder. Es hatte etwas warmherziges, wie er mit den Kindern umging, doch seine Geschichte machte sie unruhig. Die meisten hingen gefesselt an seinen Lippen, während andere sich besorgt umschauten. Ihre flinken Augen flitzten über die Flanken der Zelte, hinter denen ihre Eltern saßen, über den sie umgebenden Wall alter Bäume, zwischen denen ihre eigenen vom Feuer geworfenen Schatten unruhig tanzten.

»Das Haus, in dem unser Held jetzt stand, war groß und alt. Es roch nach Staub und abgestandenem Holz, das von den vielen Jahren dunkel geworden war. In manchen Räumen standen ein paar Möbelstücke, die mit Laken zugedeckt waren und aussahen wie eckige, erstarrte Geister. Andere Räume waren ganz leer und der Boden knarrte unter den Füßen, als wolle er sich beschweren. Wieder andere waren voller verrückter Dinge wie ausgestopfte Bären, Vasen, die größer waren als der Junge, Teppiche mit komischen Mustern, Bücher aus Papier und Holz und sogar Bronze. Nur Gold und Edelsteine – oder zumindest etwas Gutes zu essen – das war nicht zu finden. Dann quietschte eine Tür.«

Der Alte riss sein eines Auge und den Mund auf, als wolle er gleich losschreien. Die Kinder hielten den Atem an.

»Wo sollte er sich verstecken? Unterm Tisch, neben dem großen Kamin oder hinter dem ausgestopften Bären? Nein, er verschwand hinter einem der schweren Vorhänge, von dem der Staub in dicken Flocken herunter rieselte. Er wusste, dass seine diebischen Freunde ihm nicht helfen konnten. Er war ganz allein in der Dunkelheit.«

Jetzt legte der Einäugige die Hand ans Ohr, das unter seinen wirren Haaren verborgen lag. »Man konnte die Schritte von einer Person hören. Sie ging durch das Haus und kam schließlich zu dem Jungen in das Kaminzimmer.

›Nimm Platz‹, sagte eine alte Stimme, die Rouven irgendwie an das Gefühl von zerbröckelndem Stein unter seinen Fingern erinnerte. Für einen Moment glaubte er, dass man ihn meinte. Er war entdeckt und die Büttel würden ihm die Hand abhacken! Den Atem anhaltend, blickte er hinter dem Vorhang hervor. Da war der Zauberer, uralt und mit knochenweißem Bart. Und noch jemand anderes, den man nicht gehört hatte und der leicht zu übersehen war. Der war also angesprochen worden! Dieser andere war ganz in Schwarz und dunkles Grün gekleidet, sein langes Gewand reichte bis zum Boden. Der Griff eines Schwertes ragte über seine Schulter, es war schlank und gebogen wie eine Weide im Sturm. Groß war dieser andere und als er die Kapuze zurückschlug, war er das schönste und traurigste Wesen, das Rouven je gesehen hatte.«

Der Erzähler musterte die Kinder. Jetzt hingen auch die Mädchen ganz an seinen Lippen.

»Er hatte seidiges, langes Haar, schwarz wie der Schatten unter den großen Bäumen hinter euch. Seine Züge waren so ebenmäßig wie bei einer polierten Statue und so hell wie Kreide. In seinen Augen funkelte ein verlorenes Licht, obwohl nicht eine einzige Kerze im Raum entzündet war. Seine Ohren waren spitz und lang. Da war es für jeden zu erkennen, dass dies ein Feenkrieger sein musste.

Von den Feen erzählt man sich viel. Dass sie sehr alt werden und weise sind. Dass sie in ihren Feenhügeln leben und mit Zauberern verkehren. Dass sie Jungen und Mädchen entführen. Dann sagt man für gewöhnlich: ›Er ging mit den Feen.‹

Jetzt aber setzten die beiden sich in die großen Sessel vor dem Kamin. Der Weißbärtige richtete seinen Finger auf das aufgestapelte Holz. Mit einem Zischen flammte es auf!«

In diesem Moment warf der Alte ein Scheit auf das Feuer. Funken flogen wie erschreckte Glühwürmchen in die Luft. Die Kinder quietschten vor vergnügtem Grausen und mehr als nur zwei fassten sich Halt suchend an den Händen.

»Könnt ihr euch die Angst vorstellen, die unser Dieb da trotz seines Mutes hatte? Er stand allein hinter dem Vorhang und beobachtete, wie das Feuer auf einen Zauberer und einen Feenkrieger fiel. Mit rasendem Herzen blieb ihm nichts weiter übrig, als still zu sein und zu beobachten.

Zuerst schwiegen die beiden, dann sagte Grimmgesicht schließlich zu seinem Gast: ›Es ist ungewöhnlich, dass du mich besuchst, Mochridhe.‹

Als das schöne Wesen antwortete, war seine Stimme genauso herrlich wie der Solisten-Gesang im großen Dom – aber in ihrer Einsamkeit auch genauso tragisch. ›Du warst immer ein guter Freund und Verbündeter‹, sagte er. ›Ich komme, um dir von der Entscheidung des Mondthrons zu erzählen. Wir Feen ... wir werden die Welt verlassen.‹

Jetzt starrte der Weißbärtige seinen Gast ungläubig an. Dann sprang er plötzlich auf und sah noch grimmiger aus. Feuer stand in seinen Augen.

›Das kann nicht dein Ernst sein, Mochridhe!‹, schrie er und seine Stimme knisterte vor Wut und Entsetzen wie tausend brennende Häuser.

Der Feenkrieger aber saß ruhig in dem Sessel, das Gesicht unendlich traurig. Er war tiefer in den Schatten gesunken und das Licht des Feuers erreichte ihn nicht länger.

›Unsere Träumer‹, sagte er, ›sie haben die kommende Zeit gesehen. Die irischen Mönche werden die Religion des Gekreuzigten bis zu den letzten Stämmen verbreiten. Ihr Menschen werdet zahlreicher. Krankheiten werden euch heimsuchen wie jede zu große Herde. Eure Kriege werden heftiger und grausamer. All das hat der Mondthron aus dem Mund der Träumer vernommen und er sorgt sich. Wieviel Platz bleibt da noch für sein Volk? So hat er letztendlich seine Entscheidung getroffen und damit für unser ganzes Volk gesprochen. Für jede Bean Sidhe und Bean Nighe, für jeden Kobold, Gnom, für die Feinen, für mich.‹

Der Zauberer ließ sich schwer in seinen Sessel fallen und das Feuer in seinen Augen war verschwunden. Nur graue Asche war dort verblieben.

›Du weißt, was das für uns Menschen bedeutet?‹, fragte er.

›Ich weiß es und mein Herz blutet.‹

›Der Zauber wird aus dem Land weichen. Das bringt uns eine tiefe Dunkelheit.‹

›Ihr Menschen werdet es schaffen‹, beruhigte ihn der Feenkrieger, klang dabei aber betrübt. ›Ihr werdet einen Weg einschlagen, der euch viel Bildung und Weisheit bringen wird. Ihr werdet Dinge wieder entdecken, die man im östlichen Reich niemals vergessen hat. Die Kirche des Gekreuzigten wird erstarken und eure Herrscher werden Kriege – aber auch Ordnung – bringen.‹

›Ja‹, sagte sein Gastgeber, die Stimme schwer von Trauer, ›aber der Zauber wird fort sein.‹

Mochridhe nickte und sang sein klagendes Lied. ›Das stimmt. Die dunklen Wälder werden weniger dunkel sein. Verzauberte Tümpel weniger verzaubert. Das Rascheln in unkrautüberwucherten Mauerecken wird fortan nur noch von Mäusen stammen. Aus Astlöchern werden euch keine versteckten Augen mehr lächelnd beobachten. Im Gluckern der Bäche und im Plätschern des Regens wird weniger Musik sein. Die Löwenzahnsamen werden nur noch herumtreiben und nicht mehr tanzen. Glühwürmchen werden allein fliegen müssen. Der Nebel wird keine Gesichter mehr haben. Mondlicht wird nie mehr so silbern sein. Der Wind wird keine Lieder singen –‹

›Hör auf‹, bat der Weißbärtige und hob mühevoll eine Hand, als wehre das die Worte ab.

›Es wird eine dunklere Welt sein. Dunkle Jahre, die sich aneinanderreihen bis es zehn mal zehn mal zehn sind. Tausend Jahre Dunkelheit, ehe ihr euch selbst wieder genug gefunden habt, um Licht zu sehen.‹

Da hatte Rouven seine Angst schon längst vergessen. Er hatte Tränen in den Augen und einen Kloß im Hals. Es war ja nicht so, dass er erst jetzt von den Feen erfahren hätte. Wie jedes Kind hatte er sie schon immer gespürt, hatte sie immer schon geahnt im lachenden Rascheln der Blätter und in den wundervollen Blumen, die irgendeine geheimnisvolle Kraft im Winter an kalte Fenster malte. Er wollte nicht, dass die Feen gingen. Würdet ihr es wollen?! Seht ihr. Und unser lauschender kleiner Dieb war so betrübt, dass er gedankenverloren schniefte. Und Grimmgesicht sprang auf: ›Wer ist da?‹«

Der Einäugige klatschte mit der flachen Hand auf sein Knie, die Kinder spannten sich unwillkürlich an. Jetzt wurde es gefährlich und somit hatte er letztlich auch die älteren Kinder in seinen Bann gezogen. Nur der junge Mann mit den tückischen Augen schnitzte betont desinteressiert an seinem Stück Holz weiter.

»Rouvens Herz setzte aus! Dann schlug es so heftig, dass er fast keine Luft mehr bekam. Aber er wäre nicht schon jahrelang ein Dieb gewesen, wenn er nicht wüsste, wann man am besten wegrannte. Also stürmte er los! An den Sesseln vorbei. Durch die Tür. Die Treppe herunter. Hinter ihm polterte der Zauberer und schrie etwas. Dann an der Tür, schnell war sie geöffnet. Raus in die Gasse. War er entkommen? Der Weißbärtige war zu alt, um ihm hinterher zu rennen. Aber konnte man eine Fee abhängen?! Der Junge rannte, als wäre ein Dutzend wilde Hunde hinter ihm her – so schnell, dass seine Beine schmerzten. Erst am Ende der Gasse schaute er zurück. Da stürzte gerade Grimmgesicht aus dem Haus hervor und blickte ihn böse an.

Plötzlich verschwamm die Welt vor Rouvens Augen – und er stolperte! Der Böse Blick des Zauberers musste ihn getroffen haben – was für eine Not er da hatte! Mit dem Kopf schlug er zuerst auf den Boden und blieb dann liegen. Als er nach ein paar Atemzügen wieder zu sich kam, wollte er schreien. Aber es kam nur ein Flüstern über seine Lippen. Stellt euch vor, er konnte sich auch nicht bewegen und er fühlte sich ganz leicht an. Wirklich war er auch ganz leicht, denn der Zauberer trug ihn jetzt am ausgestreckten Arm zurück in sein Haus.

Unser ertappter kleiner Freund sah in die Augen des Weißbärtigen und wusste, dass er verloren war. Aber war das nicht ein kleines Problem im Vergleich zu dem, worüber der Gastgeber und sein Gast gesprochen hatten? Zum ersten Mal in seinem Leben hatte Rouven etwas gefunden, das so viel größer war als er selbst. Und es machte ihm weit mehr Angst, als erwischt worden zu sein. Wenn schon solche Wesen wie der Zauberer und der Feenkrieger traurig – ja entsetzt – waren, sollte er dann nicht noch viel mehr Angst haben? Voller Sorge flüsterte er das erste, was ihm in den Sinn kam: ›Wird jetzt wirklich eine dunkle Zeit kommen?‹

Grimmgesicht blickte ihn argwöhnisch an und sagte: ›Du hast alles gehört?‹

›Wir dürfen keine dunkle Zeit kommen lassen!‹

›Was sollen wir schon dagegen tun?‹, fragte der Zauberer ihn. ›Den Mondthron gab es schon, ehe Ur im Zweistromland erbaut wurde. Was seine Träumer sehen, wird wahr. Gegen diese Dunkelheit sind wir machtlos.‹

Unser Held erinnerte sich an die Angst, die er in der Dunkelheit hinter dem staubigen Vorhang ausgestanden hatte. ›Wenn wir Diebe aufbrechen, lassen wir einen Fackelträger zurück. Er bewahrt in jeder Dunkelheit das Licht.‹

Der Weißbärtige blickte ihn mitleidig an. ›Es tut mir ja leid, Junge, aber du wirst wohl nicht zu deinem Fackelträger zurückkehren.‹ Und dann zog er ein gebogenes, schlimm anzusehendes Messer.«

Der Geschichtenerzähler schaute auf, die zuhörende Kinderschar ebenfalls. Ein kurzer Fluch war erklungen. Der Schnitzer mit den tückischen Augen hatte sich mit seinem Messer in den Finger geschnitten und saugte nun an der Wunde.

»Was glotzt ihr so blöd?«, fuhr er sie alle wütend an.

Der Alte schüttelte den Kopf und senkte den traurigen Blick seines Auges wieder auf die Kinder.

»Jetzt verzweifelte unser Freund noch mehr. Die Sorge um die kommende Dunkelheit war natürlich groß gewesen. Aber hier ging es um sein Leben – und davon hatte er nur ein einziges! Er wollte flehen und betteln, Besserung geloben und Schweigen versprechen. Vielleicht ließ der Zauberer sich ja irgendwie umstimmen? Aber er hatte keine Stimme mehr in seiner kleinen Brust. Er weinte nur leise. Grimmgesicht brachte ihn in eines der leeren Zimmer und legte ihn auf den Boden. Er schien irgendetwas zu suchen und ging aus dem Raum. Das Messer blitzte in seiner Hand. Doch Rouven konnte sich immer noch nicht bewegen und zitterte nur vor Angst am ganzen Leib.

Dann schob sich das weiße, edle Gesicht des Feenkriegers in sein Blickfeld. Es war umrahmt von den seidigen Haaren, schwarz wie die Sünde. Die Augen waren tiefe Brunnen voller Trauer, an deren Grund ein geheimnisvolles Licht glomm.

›Was du gesagt hast, war sehr schön!‹, sagte das Wesen. ›Dass ihr jemanden zurücklasst, damit er in der Dunkelheit das Licht bewahrt.‹ Er schaute für einen Moment dem Zauberer nach und lächelte.

›Rouven, willst du für die Menschen der Fackelträger sein? Wirst du die Gesänge in den dunklen Zeiten anstimmen, damit die Menschen den Zauber zumindest so lange nicht vergessen, bis sie ihr eigenes Licht wiedergefunden haben?‹

Unser Junge erinnerte sich daran, wie schrecklich es war, allein in der Dunkelheit zu sein. Er wollte ›Ja‹ schreien, aber er konnte nur nicken, während Tränen über seine Wangen liefen.

›Dann werde ich dir ein Feenauge schenken, damit du selbst immer den Zauber und das Licht siehst. Aber ich werde dir dafür eines deiner Augen nehmen müssen. Habe keine Angst, es tut nicht weh.‹

Sein Retter beugte sich vor und küsste ihn auf sein linkes Auge. Da sah er plötzlich den Zauber in der Welt. Auch den Zauber, der den mächtigen und uralten Feenkrieger umrankte wie Wein, an dessen Reben diamantene Trauben hingen. Wenn der Junge jetzt auch wieder sprechen und sich bewegen konnte, verharrte er doch in stiller Ehrfurcht.

›Gehe jetzt‹, sagte Mochridhe milde, ›bevor mein Verbündeter zurückkommt und uns unterbricht. Ich werde ihn beruhigen, du musst unsere Geschichte in die Welt –‹«

»Hah«, ertönte es schrill und der Einäugige und seine Zuhörer sahen erstaunt auf. Der Schnitzer kam von seinem Platz bei den Zelten herüber, noch immer an seinem Finger saugend und mit dem blutigen Messer herumfuchtelnd. »Willst du alter Narr etwa behaupten, du wärest dieser Rouven? Ich komme aus Köln und Sigibert hat da um das Jahr 500 geherrscht – vor tausend Jahren! Das weiß doch jeder. Sie haben ihm vor Kurzem eine Statue am neuen Rathaus geweiht.«

Die Kinder sahen ihren Erzähler mit großen Augen an. »Bist du wirklich Rouven? Hast du ein Feenauge?«, fragte ein schwarzhaariges Mädchen leise und blickte die geheimnisvolle Augenklappe an.

»Heißt das, du bist tausend Jahre alt?«, fragte ein kleiner Junge und seine Augenbrauen waren nachdenklich zusammengezogen. Er schien die Möglichkeit ernsthaft in Erwägung zu ziehen.

»Es heißt vor allem«, antwortete der Alte warmherzig, »dass die tausend Jahre Dunkelheit vorüber sind und die Menschen langsam ihr eigenes Licht wiederentdecken.«

Die Kinder schauten den Schnitzer triumphierend an, als wäre dies ein Zweikampf zwischen ihm und dem Einäugigen. Der kleine Junge streckte ihm sogar die Zunge raus.

»Jetzt reicht's«, brüllte der, »Schluss mit dem Quatsch, das Märchen ist zu Ende!« Dabei schritt er bedrohlich auf den Erzähler zu. Sein Gesicht wurde nachdenklich, dann grinste er tückisch, steckte im letzten Moment das Messer weg – und riss dem anderen die Augenklappe herunter. Der nahm die Hände hoch und schlug sie vor sein Gesicht. Aber es war zu spät. Die Kinder wichen zurück, die Lippen bebend. Das erste Mädchen fing an zu weinen.

»War doch alles gelogen«, sagte einer der älteren Jungen.

Sie hatten für einen Moment in die leere Augenhöhle geblickt.

Zwischen den Händen drang ein leises, schamvolles Schluchzen hervor. Plötzlich saß an diesem fast heruntergebrannten Feuer nicht länger ein großer Geschichtenerzähler. Plötzlich beschwor er mit seinen Worten nicht mehr kleine Diebe, grimmige Zauberer und schöne Feenkrieger herauf. Er war nur noch ein alter, gebrechlicher Mann, dem ein Auge fehlte.

Die Kinder standen auf und gingen fort, zurück zu ihren abendlichen Spielen oder ihren Familien. Diejenigen, die der Geschichte am innigsten gelauscht hatten, traten missmutig gegen herumliegende Äste, schnaubten, warfen dem Alten enttäuschte Blicke zu.

Dann ging der Schnitzer, seinen verletzten Finger wütend betrachtend. Er warf dem Schluchzenden die Augenklappe achtlos vor die Füße, das Zeichen von Schande und Enttarnung, die er so vernichtend gewählt hatte.

Der Alte aber blieb allein am Feuer zurück.

~

Nach ein paar Minuten stand er auf und wischte sich die Tränen ab. Dann ging er in den Wald, wo er einsam und ganz allein sein konnte. Er trug kein Licht bei sich, setzte aber seine Füße sicher, als hätte er lange Erfahrung darin. Die dunklen Bäume glitten wie halbvergessene Erinnerungen an ihm vorbei. Ihre Schatten wanderten mit dem ziehenden Mond, immer denselben Weg wählend, ewig, unberührbar. Hier roch es nach Moos und verrottendem Holz, nicht länger nach Menschen und Lagerfeuern.

Leise murmelte er mit eben jener sanften Stimme, die zuvor die Kinder verzaubert hatte. »Es ist so schwer geworden, die Menschen vom Zauber zu überzeugen. Sie haben ihn ganz vergessen.«

Eine andere Stimme erklang. »Weil unser Schwinden fast gänzlich abgeschlossen ist.« Die Worte hingen wie Gesang zwischen den Schatten.

Eine dunkle Gestalt trat hinter einem Baum hervor, selbst nur schemenhaft zu erkennen, als wäre sie nicht ganz Teil dieser Welt. Da leuchtete das Feenauge in der leeren Augenhöhle des Alten auf.

»Mochridhe«, sagte er.

»Rouven«, antwortete der Feenkrieger und lächelte. »Einen Fackelträger benötigt man nur in dunklen Zeiten. Doch jetzt wird es heller. Unsere Träumer wissen, dass die Menschen sich bald längst vergessener Philosophen erinnern werden, dass sie Bildung und Gerechtigkeit anstreben werden.«

»Heißt das«, fragte der Alte mit Sehnsucht in der Stimme, »dass ich endlich sterben darf?«

Das Gesicht des Feenkriegers wurde mild und ernst. »Du hast so lange Licht und Zauber getragen. In jenen Reichen, in die wir verschwunden sind, haben wir einen Platz für dich frei gehalten. An unserer Seite. Komm ganz zu uns, damit du dich in unserer Gegenwart noch einmal jung fühlen kannst.«

»Ja«, flüsterte Rouven und die Last unzähliger Jahre fiel von ihm ab.

So geschah es, dass der einstmalige Dieb und langjährige Fackelträger … mit den Feen ging.

ÜBER DEN AUTOR

Michael Edelbrock wurde 1980 geboren und kam über das Rollenspiel früh in Berührung mit der Phantastik. Am liebsten beschäftigt er sich mit dicken Schmökern oder langen Sagen, sowohl in der klassischen Phantastik wie auch der Science-Fiction.

Heute lebt er am Rande des Ruhrgebiets im Kreis Recklinghausen und schreibt dort seine Kurzgeschichten sowie eine phantastische Saga in Romanform.

Juliane Stadler, Dirk Röse,
Jana Hoffhenke (Herausgeber)

RICHTER DER NACHT
Historische Kriminalerzählungen

Preis 13,90 Euro
Taschenbuch
368 Seiten
Burgenwelt Verlag
ISBN 978-3-943531-04-6

Sie agieren im Verborgenen, skrupellos und unbehelligt – Schurken, Intriganten, Mörder. Doch der Blick hinter die Fassade zeigt auch eine andere Seite. Die wahren Beweggründe werfen oft ein anderes Licht auf ein Verbrechen. Täter waren zuvor selbst Opfer einer Intrige. Und manch ein Bösewicht stolpert über seine eigenen Fallstricke.
Immer jedoch gibt es auch Menschen, die dem Bösen auf der Spur sind und unermüdlich für Gerechtigkeit kämpfen. Sie jagen den Henker, der seine Fähigkeiten zur persönlichen Rache nutzt. Sie decken die Verschwörung auf, die eine ganze Stadt an den Rand der Rebellion bringt. Sie kommen dramatischen Schicksalen auf die Spur, die Weltgeschichte schreiben werden.

Die zehn kriminell guten Kurzromane in „Richter der Nacht“ entführen den Leser in die lasterhafte Welt des Mittelalters und der Renaissance.

Nina J. Röttger | Tanja Rast | Marlene Geselle | Susanne Haberland | Kerstin Göbel | Olaf Bröcker | Olaf Lahayne | Isabella Benz | Alexander Schmidt | Elisabeth Schwaha

Eine geheimnisvolle Bruderschaft.
Eine sagenumwobene Heilige Lanze.
Ein Leben auf der Suche nach der Wahrheit.

Dieter Beckmann

DIE LANZE GOTTES
Historischer Roman

Preis 14,90 Euro
Taschenbuch
448 Seiten
Burgenwelt Verlag
ISBN 978-3-943531-01-5

Deutschland im Jahr 1056: Janus von Esken ist erst sechs Jahre alt, als er durch fürstlichen Verrat seine Eltern und mit ihnen sein Erbe verliert. Fahrendes Volk nimmt sich seiner an und zieht ihn auf. Doch in ihm wächst der Wunsch, mehr über seine Herkunft zu erfahren. Daher begibt er sich schließlich als junger Mann auf die Suche nach seiner Vergangenheit und stößt dabei auf den Mythos um die „Heilige Lanze“, die einst vom Blut Jesu durchtränkt worden sein soll. In Adam von Bremen und Herman von Gleiberg findet er vertrauensvolle Freunde, doch bevor er es bemerkt, findet sich Janus im Intrigenspiel zwischen weltlicher und kirchlicher Herrschaft wieder. Bald stellt er fest, dass das Schicksal jener sagenumwobenen Lanze eng mit seinem verknüpft ist und plötzlich muss auch er um sein Leben fürchten …

Dirk Röse

CHRODIGILDIS

MORD IM ALTEN HAREN

Historische Erzählung

Preis 4,95 Euro
Taschenbuch
80 Seiten
Burgenwelt Verlag
ISBN 978-3-943531-05-3

Harun (Haren) im Jahr 715 n.Chr.: Der Fürstensohn Edo entdeckt im Wald den Leichnam seines Bruders. Doch er kann ihn nicht bergen, denn vor dem Wall des kleinen Schifferdorfes lauert ein Heer feindlicher Soldaten, das die schöne Chrodigildis aus den Händen ihrer Entführer befreien will. Mit einem Mal gilt es nicht nur, den eigenen Stamm und ein Dorf zu schützen, sondern auch die vielen Rätsel zu lösen: Wer tötete den Sohn des Friesenfürsten? Wie gelangte seine Leiche in die Hände des Feindes? Und welche Rolle spielt die Geisel Chrodigildis, die dem Toten versprochen war und mit ihrem undurchsichtigen Verhalten immer mysteriöser erscheint? Die Novelle „Chrodigildis" ist eine rasante Mischung aus Krimi, Thriller und mittelalterlicher Abenteuergeschichte – mit der Garantie für einen spannenden Leseabend.